本书在博士学位论文的基础上进一步深入研究，为2022年西昌学院博士科研启动项目[YBS202215]的成果和新疆社会科学院博士后科研工作站博士后研究项目的成果。

《库尔曼别克》
史诗文本研究

古丽多来提·库尔班——著

学苑出版社

图书在版编目（CIP）数据

《库尔曼别克》史诗文本研究 / 古丽多来提·库尔班著. -- 北京：学苑出版社，2024.12. -- ISBN 978-7-5077-7045-2

Ⅰ．I207.22

中国国家版本馆CIP数据核字第2024CE4073号

责任编辑：陈　佳
出版发行：学苑出版社
社　　址：北京市丰台区南方庄2号院1号楼
邮政编码：100079
网　　址：www.book001.com
电子邮箱：xueyuanpress@163.com
联系电话：010 - 67601101（营销部）、010 - 67603091（总编室）
印　刷　厂：廊坊市印艺阁数字科技有限公司
开本尺寸：710 mm×1000mm　1/16
印　　张：17.5
字　　数：243千字
版　　次：2024年12月第1版
印　　次：2024年12月第1次印刷
定　　价：78.00元

目　录

绪论 / 001

第一节　研究意义 / 005

第二节　国内外史诗搜集出版研究综述 / 012

第三节　概念界定 / 026

第一章　《库尔曼别克》史诗的形成 / 035

第一节　历史文化背景 / 039

第二节　人文背景 / 045

第三节　相关遗址及传说 / 049

第四节　产生年代 / 062

第二章　《库尔曼别克》史诗的现代传承与文本分析 / 073

第一节　演唱形式和演唱人 / 076

第二节　史诗流传现状 / 082

第三节　史诗的主题 / 094

第四节　史诗中的母题 / 098

第五节　居素普·玛玛依唱本及结构特征 / 114

第六节　萨尔塔洪·卡地尔变体及其结构特点 / 123

第七节　国内外其他变体内容及叙事结构特点 / 130

第三章　《库尔曼别克》与其他史诗的关系 / 157

第一节　与《玛纳斯》史诗的关系 / 161

第二节　与《赛依特别克》史诗的关系 / 188

第三节　与《西尔达克别克》史诗的关系 / 193

第四节　与《呙尔吾勒》史诗的关系 / 196

第五节　与《叶尔塔尔兰》史诗的关系 / 202

第四章　史诗中的程式 / 207

第一节　《库尔曼别克》史诗中的程式句法 / 213

第二节　特性修饰语 / 223

结　语 / 261

参考文献 / 265

后　记 / 273

绪论

史诗反映着古代人们的生活、理想和愿望，保留了人类和自然界的关系和人们几千年来积累下来的智慧和经验，其诗歌语言的哲理性与形象性的结合，表现出人类早期艺术思维的光华。除了对民族历史、民族关系的描述，还包含着大量的赛马、抢婚、服饰、饮食、丧葬等民俗事项的描写和古代地理、天文、农牧业、狩猎业、手工业等社会生产活动的描写，所以它是珍贵的文化遗产，是古代人们的"百科全书"。其形成、演唱、传播形式特殊，有很高的审美价值和研究价值。

通过史诗来歌颂真、善、美，是中华民族艺术文化百花园中的奇葩。《玛纳斯》等口头史诗表现了人们集体的智慧，以简单、朴素和风趣的民间语言来生动地叙述生活，是民间口头文化的最高成就。这些民间文学作品通过民间演唱艺人世世代代的演唱、传承，成为我国文学艺术文库的重要组成部分。即使在今天，很多史诗仍以口头形式演唱，满足了当地人民的文化艺术需求。

近年来，随着我国非物质文化遗产保护工作的迅速发展，以《玛纳斯》为代表的众多史诗得到了搜集、整理出版和研究。柯尔克孜族的《库尔曼别克》史诗就是其中的一部。其流传范围较广、民间影响较大，是人们闲暇中聆听和欣赏的小型综合艺术。长期的历史发展过程中，它跟民歌等其他民间文学作品紧密联系在一起，起到休闲娱乐和教育启发作用。游牧生活中，放牧闲时或节日活动中，与赛马、叼羊等竞技和阿肯弹唱、演唱民歌等各种娱乐活动一起进行，有时还进行史诗演唱技艺的现场竞赛。它在草原游牧生活中被民间的艺人们创作、演唱、发展，各种新的异文史诗相继出现。作为柯尔克孜族过去草原生活的遗产，它在长期的历史发展过程中不断接受各种艺术的熏陶和影响，在此基础上形成了一套独特的综合性艺术表现手法，具有浓厚的民歌风格、叙事特色和抒情色彩。《库尔曼别克》史诗的演唱在柯尔克孜族民间比较盛行，在当今牧区也有口头演唱，随着时代的发展，在流传形式上有所变化。目前，这部史诗有已出版的各种国内变体，还有口头形式流传的口头文本，也有一定的研究资料基础，值得我们去研究和探索。

通过史诗语境的引入，对灵活的口头文本和书面文本进行分析是史诗研究的重要方法。本书以《库尔曼别克》史诗的文本研究为主，以史诗的形成为出发点，重点考察史诗的当代传承、文本特点及各文本之间的联系。在文本分析的基础上，进一步分析史诗复杂多变的叙事形态，分析其流传和发展以及变迁规律。

史诗演唱艺人在演唱

第一节　研究意义

据统计，我国柯尔克孜族民间有40多部小型史诗（kenje epos）。这些小型史诗内容丰富，有以英雄人物的事迹为主题的，有以爱情为主题的，还有以人与自然的关系、保护自然环境为主题的，各有特色，深受人们的喜爱。但国内外对这些小型史诗的研究较少，柯尔克孜族史诗研究主要集中在对英雄史诗《玛纳斯》的研究，对其他小型史诗的研究不太重视。而这些小型史诗对柯尔克孜族口头传统及突厥语民族民间文学的理解和研究具有重要意义，值得我们去研究和探索。

《库尔曼别克》作为民间较有影响，以英雄的征战、友谊、爱情为内容，反映古代柯尔克孜族人的社会生活、社会变迁、文化、民俗和迁徙的一部英雄史诗，在当今也以各种形式在民间流传，也有几种变体已出版。目前，仍有几十位史诗歌手能够演唱这部史诗，为史诗文本研究提供了一定的资料基础。

作为一部跨国、跨族群、跨地域的史诗，《库尔曼别克》史诗在产生年代和形成问题上存在各种不同观点。研究这些问题在这部史诗的研究上具有重要意义，有助于我们进一步认识柯尔克孜族悠久而深厚的口头传统。

一、选题意义

《库尔曼别克》史诗虽然比《玛纳斯》史诗短很多,但内容、结构、形式均不亚于《玛纳斯》史诗,具有史诗的鲜明特征,内容感人,具有鲜明的悲剧美,口头形式唱腔声调比较动听,很受听众喜爱。只有民间的那些最为聪慧、最有才华的人才能够演唱这部史诗。在当今,虽然能唱这部史诗的民间艺人比较多,但能够从头到尾演唱的人很少,而且歌手们逐步走向老龄化。随着人民的生活环境变化、文化转型,现代年轻人不那么爱听、不乐于传承,传统的演唱已走向失传。作为一部珍贵的文化遗产,在当前的社会转型时期十分有必要揭示它在民间的流传现状,研究这部史诗将有助于传承和保护工作的开展。

目前,《库尔曼别克》史诗在民间依然以活态形式流传,同时通过各种现代媒体传播,已成为当今史诗传播和流传的新形态和新焦点,在国内外柯尔克孜族中有比较大的影响。所以这部史诗不能被排除在我们的视野外。其研究符合当下的时代需求,有重要的研究价值。

《库尔曼别克》史诗有柯尔克孜文、汉文、吉尔吉斯文几种语言的文本已经出版,还有各种手抄本和电子文本、口头文本等,多种文本形式并存。史诗文本研究将基于这些文本对这部史诗的相关问题进行研究。

具体地说,本书的意义表现在:《库尔曼别克》史诗在民间广泛流传,已经形成了一定规模,有一些口头和书面文本,为研究其他小型史诗和在一定区域内的史诗的形成和发展规律及叙事模式提供了一定的便利条件。以典型的史诗歌手和文本为主,讨论在史诗叙事传统中史诗歌手的学艺和表演技巧,观察这部史诗的流传、传承规律,其中包含着迁徙等历史记忆。所以,史诗文本的研究对认识民族心态史、认识和理解本部史诗及地方文化也有一定的实践意义。

二、资料来源

本书所使用的资料主要有 3 个来源。一是在我国已出版的 6 个书面文本。这 6 个文本均为居素普·玛玛依唱本的内容。具体为，居素普·玛玛依演唱，1984 年出版的文本（柯文）①，在此基础上 1986 年出版的文本（汉文）②、2003 年出版的文本（汉文，部分片段）③、2006 年出版的文本（柯文）④、2011 年出版的文本（柯文）⑤、2016 年出版的音频文本（柯文，CD 光盘）⑥。国外的 5 个文本（3 种变体，吉尔吉斯文），分别是卡力克·阿克耶夫（Kaim Miftakov）、莫勒朵巴散·木苏尼玛尼库力（Moldobasan Musinmakul）、萨日库南·地依卡尼巴耶夫（Sarikunan Diykanbayev）（T. Kalandorof）变体（吉尔吉斯文，1998 年出版），若扎·阿曼诺娃（Roza Amanova）、古丽扎达（Gulzada）等歌唱家演唱的两个电子文本和本人录音的 3 种录音文本，有关学者提供的录音本 3 本及相关研究资料。二是与本文研究有关的柯尔克孜族其他一些英雄史诗已出版的书面文本，主要有：《赛依特别克（Seyitbek）》《西尔达克别克（Shirdakbek）》《叶尔塔尔兰（Er Tarlan）》《呙尔吾勒（Gō ruluu）》等史诗的国内外已出版的书面文本和相关研究资料。三是已经发表和出版的与本史诗有关的国内外研究成果以及有关理论和研究方法。

---

① 居素普·玛玛依演唱. 库尔曼别克[M]. 乌鲁木齐：新疆人民出版社，1984.

② 居素普·玛玛依演唱. 柯尔克孜民间长诗精选[M]. 帕自力，刘发俊，岩石，翻译. 乌鲁木齐：新疆人民出版社，1995.

③ 贺继宏，马雄福，阿地里·居玛吐尔地，等. 柯尔克孜民间长诗精选：第三集[M]. 北京：中国文联出版社，2003.

④ 居素普·玛玛依演唱，吐尔达力·库其肯，整理. 柯尔克孜族民间长诗：第一集[M]. 阿图什：克孜勒苏柯尔克孜文出版社，2006.

⑤ 奥莫尼·玛米提，塔依普·苏勒坦. 中国柯尔克孜民间长诗[M]. 阿什图：克孜勒苏柯尔克孜文出版社，2011.

⑥ 居素普·玛玛依演唱，阿依萨丽肯·居努斯，吟诵. 库尔曼别克：音频文本版[M]. 乌鲁木齐：新疆人民出版社，2016.

《库尔曼别克》史诗吉尔吉斯文版
（包含该史诗三种文本）

《库尔曼别克》史诗柯尔克孜文版
（居素普·玛玛依演唱）

《库尔曼别克》史诗汉文节选，
收入《柯尔克孜民间文学精品选》

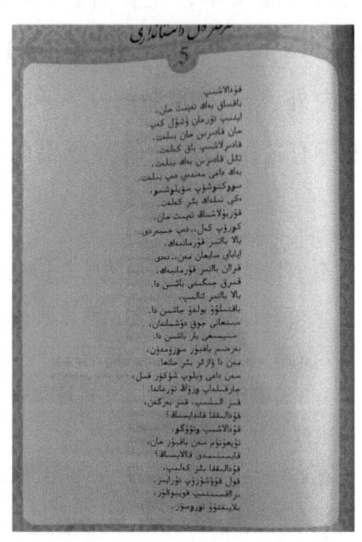

《库尔曼别克》史诗柯尔克孜文片段，
收入《柯尔克孜族民间长诗选》

三、本书所采用的理论与方法

20世纪上半叶美国两位古典学家"口头程式理论"的主要观点和口头诗学方面的成果，在本文的研究上具有很重要的理论指导和参考价值。国内已出版的与这一理论相关的成果主要有：约翰·迈尔斯·弗里著的《口头诗学：帕里-洛德理论》①一书中的关于文本的概念、文本背后的口头传统、故事歌手和比较方法、对程式的概念等的理论；关于口头诗学研究的各种理论和文本的分析方法，故事主题和故事模式的相关理论，田野工作和史诗的意识形态问题的有关看法和理论是本文研究参考的主要理论和方法。朝戈金著的《口传史诗诗学：冉皮勒〈江格尔〉程式句法研究》②一书中的对史诗程式句法的研究方法，史诗文本类型的分析和方法对本文的编写提供了一定的研究方法和思路。E. M. 梅列金斯基的《英雄史诗的起源》③一书中关于英雄史诗起源问题的有关理论和思路，格雷戈里·纳吉（Gregory Nagy）著的《荷马诸问题》④一书中的相关理论方法，关于口头传统流布的分析等有关荷马问题的分析的方法和思路等，都是本文的研究中的重要理论和方法。除此之外，卡尔·赖希尔著的《突厥语民族口头史诗：传统、形式和结构》⑤一书中关于史诗的文类、语境对文本的影响等问题的相关研究及理论方法，郎樱著的《玛纳斯论》⑥一

---

① ［美］约翰·迈尔斯·弗里. 口头诗学：帕里-洛德理论［M］. 朝戈金，译. 北京：社会科学文献出版社，2000.
② 朝戈金. 口传史诗诗学：冉皮勒《江格尔》程式句法研究［M］. 南宁：广西人民出版社，2000.
③ ［俄］E. M. 梅列金斯基. 英雄史诗的起源［M］. 王亚民等，译. 北京：商务印书馆，2007.
④ 格雷戈里·纳吉. 荷马诸问题［M］. 巴莫曲布嫫，译. 桂林：广西师范大学出版社，2008.
⑤ ［德］卡尔·赖希尔. 突厥语民族口头史诗：传统、形式和诗歌结构［M］. 阿地里·居玛吐尔地，译. 北京：中国社会科学出版社，2011.
⑥ 郎樱. 玛纳斯论［M］. 呼和浩特：内蒙古大学出版社，1999.

书中关于《玛纳斯》史诗文本的研究方法和思路,阿地里·居玛吐尔地著的《〈玛纳斯〉史诗歌手研究》①一书中关于柯尔克孜民间史诗歌手的理论,语境对文本的影响等观点和研究方法,玛纳斯们的学习、演唱,对传统加以继承的创新过程的研究,对史诗《玛纳斯》的结构、语言和韵律中普遍存在的传统程式特征,史诗歌手在"表演中的创作"中对程式的把握、操作和运用规律、口头史诗的表现特点、歌手的创编规律等做出的研究成果都在本书的研究中起到了很重要的指导和参考作用。此书中对《玛纳斯》史诗程式系统的研究和分析,证明了口头程式理论在柯尔克孜族口头传统的可操作性,书中对《玛纳斯》程式的分析和方法,对《库尔曼别克》史诗程式的研究有很重要的借鉴意义和参考价值。

本书的研究首先坚持马克思主义辩证法和民间文学研究基本原则,运用民间文学、民俗学、口头诗学的全方位研究法,通过历史分析法、文献分析法、田野调查法等尝试对《库尔曼别克》史诗文本进行研究。通过精读和解读史诗文本,阅读相关文献资料,找出民间文学发展进程的相关资料并对其加以梳理和分析。运用文献法对有关文献和文化现象进行考察和探讨,客观实际地进行分析和研究。国内外有关民间文学、口头传统方面的理论和研究成果、研究方法为本书的研究提供了很重要的理论基础和方法,本书将科学地借鉴和运用这些成果,并采用田野调查法与书面文本相结合的方式展开研究。

四、研究思路

本书将从《库尔曼别克》史诗的文本出发,首先,对这部史诗的形成背景、产生年代、历史真实性等问题进行探讨,同时对史诗文本的主题、母题,史诗歌手及史诗传承形式等基本因素进行分析。其次,对史诗的各种文本进行比较,找出其中的共同点和区别,在此基础上分析史诗

---

① 阿地里·居玛吐尔地.《玛纳斯》史诗歌手研究[M].北京:民族出版社,2006.

产生、流传和发展过程及变异特点和流传规律。最后，以代表性文本为主，对史诗内容和结构做分析，阐述它与其他史诗的关系和史诗所包含的程式、艺术特点等，试图回答《库尔曼别克》史诗的内容是什么，怎么形成的，在什么年代产生，以什么形式流传，是否有历史真实性，各文本之间有什么区别和共同点，当今的流传情况如何，如何流传和发展，是什么原因让它以这种方式而不是另一种方式传承，它与柯尔克孜族其他史诗存在什么关系，有什么特点等问题。

第二节　国内外史诗搜集出版研究综述

在国外，早在20世纪20年代就有学者开始对《库尔曼别克》史诗进行搜集、整理、出版和研究。吉尔吉斯斯坦对于这部史诗的文本出版情况主要有：吉尔吉斯斯坦史诗歌手莫勒朵巴散·木苏尼玛尼库力的《库尔曼别克》演唱文本在1923年被卡俄木·米夫塔阔夫记录，1927年首次出版，共2500行。① 阿勒·托坤木巴耶夫（Ale Tokombayew）所记录的《库尔曼别克》变体，1924年以散文体刊登在阿拉木图出版的《明星》（Qolpon）杂志上。② 卡力克·阿克耶夫（Kalik Akeyv）的文本在1938年通过居素普·吐尔逊别阔夫（Jusup Tursunbekov）的编辑第一次正式出版。1957年在1938年的版本基础上第二次编辑出版。1970年，由萨帕尔别克·扎克若夫（Saparbek Zakrov）作序并第三次出版，共计5500行。1998年由阿比德勒达江·阿克玛塔列耶夫主编的多卷本"吉尔吉斯民间文学丛书"③ 也将这一文本变体列入，为第四次出版。T. 卡兰德热夫

---

① 萨帕尔别克·扎克若夫. 库尔曼别克，加尼西-巴依西[M]. 吉尔吉斯斯坦科学院语言文学学院，1970：1.
② 萨帕尔别克·扎克若夫. 库尔曼别克[M]. 吉尔吉斯斯坦科学院语言文学学院，1970：1.
③ 阿比德勒达江·阿克玛塔列耶夫. 库尔曼别克、赛依特别克[M]. 比什凯克：夏木出版社，1998：10—12.

（T·Kalandorof）的变体在1958年被记录，共计360行。《库尔曼别克》史诗的这些异文被列入《库尔曼别克、赛依特别克》①一书中，1998年被吉尔吉斯斯坦夏木出版社出版。

由吉尔吉斯斯坦科学院语言文学学院出版的《库尔曼别克、加尼西-巴依西》②一书的前言部分中，巴提玛·克别阔娃（Batima Kebekova）、阿比德力达江·阿克玛塔力耶夫、萨帕尔别克·扎克若夫等学者对这部史诗的产生背景，产生年代，史诗与柯尔克孜族历史的关系，史诗中的库尔曼别克、阿克汗等人物及他们生活年代等问题有所探讨，提出这部史诗在卡勒玛克年代形成，库尔曼别克和维吾尔汗阿克汗是生活在同年代的历史人物，史诗中的内容和相关民族的历史完全符合相关历史研究的结论，并对上面提到的那些变体在柯尔克孜民间的影响和地位、产生变体的原因、英雄形象等问题进行了一定的比较和探讨。阿比德勒达江·阿克玛塔列耶夫主编的《库尔曼别克、赛依特别克》一书中的前言部分对这部史诗的形成、产生年代、历史真实性等问题进行探讨，并就勒朵巴散·木苏尼玛尼库力、卡力克·阿耶夫、萨日库南三个史诗歌手的变体进行比较，指出这些变体内容和情节上的相同和不同之处。这些研究构成吉尔吉斯斯坦《库尔曼别克》的基本研究成果，也是本书重要的学术参考。萨乌尔·阿布热玛卓尼（S. Abramzon）在他的《柯尔克孜族民俗学》③一书中对《库尔曼别克》史诗的产生年代、内容等进行了深入探讨。巴提玛·克别阔娃在她的《柯尔克孜民间歌手创作史》④一书中对《库尔曼别

---

① 阿比德勒达江·阿克玛塔列耶夫.库尔曼别克、赛依特别克［M］.比什凯克：夏木出版社，1998：18.
② 萨帕尔别克·扎克若夫.库尔曼别克、加尼西-巴依西［M］.吉尔吉斯斯坦科学院语言文学学院，1970.
③ 萨乌尔·阿布热玛卓尼.柯尔克孜族民俗学［M］.阿什图：克孜勒苏柯尔克孜文出版社，2014.
④ 巴提玛·克别阔娃.柯尔克孜民间歌手创作史［M］.阿图什：克孜勒苏柯尔克孜文出版社，2014.

克》史诗的几个演唱歌手的情况进行简单的描述。这些都为文本比较研究提供了很重要的基础性参考资料。

阿比德勒达江·阿克玛塔列耶夫主编的《库尔曼别克、赛依特别克》一书不仅包含上述在吉尔吉斯斯坦较有影响的3个文本,还包含作为《库尔曼别克》史诗续篇的《赛依特别克》史诗中的奥若孜巴依·乌尔曼别(Orozbay Wurmambet)、努尔地尼·奥德耶夫(Nurdin Adiyev)两个史诗歌手演唱的唱本,亦是本书的重要基础资料。

在国内,随着柯尔克孜族民间文学作品的搜集、整理和研究,《库尔曼别克》史诗的搜集、出版和研究工作也得到重视。《库尔曼别克》史诗的居素普·玛玛依演唱的文本已正式出版,后来被刘发俊、帕自力、岩石等学者翻译成汉文录入《柯尔克孜民间长诗选》一书中再次出版。此版本在2006年3月与居素普·玛玛依演唱的其他小型史诗一起被列入由克孜勒苏柯尔克孜文出版社出版的《柯尔克孜族民间史诗》一书中。2016年1月,在此基础上,由演员阿依萨丽肯·居努斯在库姆孜琴的伴奏下演唱的柯文光盘版出版。居素普·玛玛依文本部分节选又被学者巴赫特·阿曼别克翻译成汉文列入贺继宏、马雄福、阿地里·居玛吐尔地、程海序等编的《柯尔克孜族民间文学精品选》第三集《叙事诗精选》中。这些《库尔曼别克》史诗的已出版文本①,在《库尔曼别克》史诗的流传、保护和研究中具有很重要的作用和参考价值。

居素普·玛玛依唱本已出版的柯尔克孜文、汉文本已成为这部史诗研究的重要文本基础,同时促生了一些相关研究。毛星主编的《中国少数民族文学:上》②一书中由安尼瓦尔·巴依吐尔、胡振华、阿曼吐尔等人执笔的关于柯尔克孜族文学的论述中对《库尔曼别克》史诗的产生内容、诗行音节格律的特点、史诗的内容等进行探讨。此后,对《库尔曼

---

① 居素普·玛玛依.库尔曼别克(柯尔克孜文)[M].阿图什:克孜勒苏柯尔克孜文出版社,1984.

② 毛星.中国少数民族文学:上[M].长沙:湖南人民出版社,1983:345—347.

别克》较为全面的介绍和研究当属郎樱和张彦平合著的《柯尔克孜民间文学概览》①一书，对《库尔曼别克》的艺术价值、史诗内容进行了比较全面的介绍和评价。另外，郎樱所著的《中国北方民族文学比较研究》一书中与《库尔曼别克》史诗相关联的论文有3篇，它们是《柯尔克孜族史诗论》《克普恰克部落英雄史诗》和《柯尔克孜族史诗传承调查》，在第一篇中重点指出了《库尔曼别克》与《玛纳斯》（第一部）之间在叙事模式方面的相似性。在第二篇中将《库尔曼别克》纳入克普恰克部落史诗体系之中，主要对《库尔曼别克》的内容、结构进行了讨论，并且与《玛纳斯》史诗进行了比较研究。最后一篇主要涉及演唱歌手分布及史诗流传情况。郎樱先生的上述论著中有关克普恰克部落的情况，克普恰克部落和柯尔克孜族史诗的关系，以及《库尔曼别克》史诗与柯尔克孜族其他史诗的关系等问题的探讨，对史诗文本的历史问题研究具有启发意义。毫无疑问，郎樱先生是我国对《库尔曼别克》进行系统研究的第一人。

　　阿地里·居玛吐尔地、托汗·依沙克著的《当代荷马〈玛纳斯〉演唱大师居素普·玛玛依评传》②一书中对《库尔曼别克》史诗的内容、形成、居素普·玛玛依对《库尔曼别克》史诗的学习及演唱过程进行了介绍和探讨。书中的关于居素普·玛玛依的学唱史诗的经历以及继承发展，保存传播做出的贡献，他的师承关系，唱本形成的过程等方面的研究对本书的研究具有很重要的学术价值和资料价值。阿布都外力·克热木、阿地里·居玛吐尔地、毕桪等著的《中国突厥语诸民族民间达斯坦概论》③

---

① 郎樱，张彦平.柯尔克孜民间文学概览［M］.阿图什：克孜勒苏柯尔克孜文出版社，1992：114.

② 阿地里·居玛吐尔地，托汗·依沙克.当代荷马：《玛纳斯》演唱大师居素普·玛玛依评传［M］.呼和浩特：内蒙古大学出版社，2002.

③ 阿布都外力·克热木，阿地里·居玛吐尔地，毕桪.中国突厥语诸民族民间达斯坦概论［M］.北京：民族出版社，2017.

一书中对《库尔曼别克》史诗的结构、母题等有所探讨，① 曼拜特·吐尔地著的《柯尔克孜族文学史》②一书中对《库尔曼别克》史诗的产生年代、主要内容和它与柯尔克孜族民间的《赛依特别克》《西尔达克别克》等英雄史诗的关系，及对柯尔克孜族民间存在的相关传说进行探讨，以上这些研究成果对本书关于史诗的产生年代及其与柯尔克孜族其他史诗的关系等问题研究有很重要的参考价值。托略克·托若汗著的《柯尔克孜部落史话》③中对《库尔曼别克》的产生年代、历史真实性等问题的探讨，对本书也有一定的参考价值。除此之外，还有一些学者的相关论文对《库尔曼别克》史诗的内容、史诗歌手情况等做了论述：张凤武的《柯尔克孜族民间长篇叙事诗〈库尔曼别克〉》④，对这部史诗与柯尔克孜族其他史诗的关系、民间的影响、研究价值等进行了简短的介绍。曼拜特·吐尔地的《西尔达克别克史诗》⑤一文对《西尔达克别克》和《库尔曼别克》史诗的关系进行探讨。曼拜特·吐尔地的《玛纳斯奇加帕尔·铁米尔和他记录、搜集的柯尔克孜民间达斯坦》⑥一文对玛纳斯奇加帕尔·铁米尔和他记录的《库尔曼别克》史诗的手抄本情况等进行探讨。郎樱的《歌手的追踪调查与歌手文档建立——田野工作思考》⑦一文对《库尔曼别克》史

---

① 托略克·托若汗.柯尔克孜部落实话（柯尔克孜文）[M].阿图什：克孜勒苏柯尔克孜文出版社，1996.

② 曼拜特·吐尔地.柯尔克孜族文学史[M].阿地里·居玛吐尔地，译.香港：天马出版社，2005.

③ 托略克·托若汗.柯尔克孜部落史话（柯尔克孜文）[M].阿图什：克孜勒苏柯尔克孜文出版社，1996.

④ 张凤武.柯尔克孜族民间长篇叙事诗《库尔曼别克》[R/OL].中国民族文学网，2006-10-20.

⑤ 曼拜特·吐尔地.西尔达克别克史诗[R/OL].玛纳斯研究网.

⑥ 曼拜特·吐尔地.玛纳斯奇加帕尔·铁米尔和他记录、搜集的柯尔克孜民间达斯坦[J].柯尔克孜文学，2011（04）.

⑦ 郎樱.歌手的追踪调查与歌手文档建立——田野工作思考//国家社科基金重大招标项目《柯尔克孜族百科全书〈玛纳斯〉综合研究史诗歌手研讨会论文总汇》.内部资料，2014.

诗歌手情况有所论述。依斯哈别克·别先别克的《玛斯奇艾什玛特·曼别特居素甫及其所演唱〈玛纳斯〉的艺术特点》[①]一文对《库尔曼别克》演唱艺人，他们的学艺情况有所论述，巴合多来提·木那孜力编写的《浅谈史诗演唱艺人沙尔塔洪·卡德尔的艺术人生》[②]对《库尔曼别克》史诗歌手沙尔塔洪·卡德尔学习《库尔曼别克》等史诗的过程有所提及。祖拉·拜先纳勒的《〈玛纳斯〉的国家级传承人曼拜特阿里·阿拉曼》[③]一文对《库尔曼别克》史诗歌手、师徒关系情况有所探讨。

在国内，民间达斯坦在柯尔克孜语称为"kenje epos"（坎杰叶坡斯），意为"小型史诗"。这里的"小型"是相对规模宏大的《玛纳斯》史诗而言的。因为这些史诗跟《玛纳斯》史诗相比，无论规模还是内容都少很多。完整地唱完《玛纳斯》史诗的全部内容，即便是日夜不停地唱也需要一个多月的时间。而其他史诗则因为规模不是那么大，学唱完整的内容也不如史诗《玛纳斯》那么难，一般情况下民间艺人几个小时就可以完整地唱完，所以更受人们的欢迎。

但这里说的小型基本上是针对史诗规模上的大小。柯尔克孜民间达斯坦（小型史诗）的艺人称为"Jomokqu"（交毛克奇），意思指的是用韵文体演唱的长篇英雄叙事诗类作品，也就是民间达斯坦。

虽然这些史诗规模小，有的也不能算是严格意义上的史诗，但按照国际标准，这些史诗在国际上可以算长篇史诗或中型史诗。

一部史诗到底多长才算长篇史诗？这一问题国际上存在着不同的意见。朝戈金在他的《多长算是长：论史诗的长度问题》这一论文中说道：

---

① 依斯哈别克·别先别克.玛斯奇艾什玛特·曼别特居素甫及其所演唱《玛纳斯》的艺术特点//国家社科基金重大招标项目《柯尔克孜族百科全书〈玛纳斯〉综合研究史诗歌手研讨会论文总汇》.内部资料，2014.

② 巴合多来提·木那孜力.浅谈史诗演唱艺人沙尔塔洪·卡德尔的艺术人生[J].甘肃民族研究，2014（03）.

③ 祖拉·拜先纳勒.《玛纳斯》的国家级传承人曼拜特阿里·阿拉曼//国家社科基金重大招标项目《柯尔克孜族百科全书〈玛纳斯〉综合研究史诗歌手研讨会论文总汇》.内部资料，2014.

"爱德华·海默斯认为长度超过 200 到 300 诗行口头叙事诗才算小型史诗。劳里·航柯不太赞成海默斯的看法，认为小型史诗是应该达到 1000 诗行的叙事诗。我国学者朝戈金则认为："'行数的多少不是史诗大小的尺度，史诗内容才是关键。从史诗的内容来看，涉及民族迁徙、存亡等重大事件，描述这样史诗内容上、形式上也不可能太短小。'"①

从这个意义来讲，只看史诗的行数、规模来界定史诗的大小不太科学。如果把柯尔克孜族的那些小型史诗按这个要求来分，有些小型史诗，比如《库尔曼别克》《阔卓加什》等八九千行的史诗就不再是小型史诗了。不仅仅是这些，其他"小型"史诗最短的也有几千行，大部分内容上涉及民族和部落的存亡、迁徙、命运等重大事件和人物。虽然这些史诗不太符合上述的史诗的分类依据，但这种称呼便于把这部史诗跟《玛纳斯》等大型史诗区别开来。

这些小型史诗跟《玛纳斯》史诗流传在一个共同"土壤"和语境中，形成、流传、传播和研究都跟《玛纳斯》史诗紧紧联系在一起。过去对《玛纳斯》史诗的发现、搜集、记录和抢救、保护，都为这些小型史诗、民间达斯坦带来了重要机会。

因为民间歌手们大部分都会演唱《玛纳斯》史诗，同时还会唱若干个小型史诗。有的史诗歌手虽然只会唱这些史诗的片段，但都在这些史诗的传播和传承中起到重要作用。就像我国著名的学者胡振华所说的那样，玛纳斯奇并不仅仅是《玛纳斯》的说唱者，他们被柯尔克孜人视为"最崇高的职业"，承担着丰富发展群体文化、净化群体灵魂、弘扬群体精神的重要使命。玛纳斯奇们不仅仅在《玛纳斯》史诗演唱、保护和传承中起重要作用，在柯尔克孜族达斯坦（叙事诗）、民歌、歌谣、民间故事等其他类型中也起到重要的作用。

民间流传和传播较广的小型史诗有：《艾尔托西吐克（Ertoshtuk）》

---

① 朝戈金.多长算是长：论史诗的长度问题[J].中央民族大学学报（哲学社会科学版），2015（05）：4.

《库尔曼别克》《布达依克（Budayik）》《阔交加什（Kojojash）》《加尼什-巴依什（Jansh-Bash）》《巴额什（Bagshi）》《克孜萨依卡丽（KzSaykal）》《托勒托依（Toltoy）》《加额勒米尔扎（Jangilmirza）》《库勒米尔扎-阿克萨特肯》《玛玛凯-绍坡克（Mamake-Xopok）》《西尔达克别克（Xirdakbek）》等。大部分在我国柯尔克孜聚集地和吉尔吉斯斯坦边境等地方。

多年来随着我国《玛纳斯》史诗的保护、搜集、研究工作的发展，这些小型史诗的研究工作也取得了前所未有的发展。传播和流传架起文化遗产与公众世代对话交流的桥梁。这些小型史诗的传播研究是有关史诗研究的大课题，当前已有部分相关研究成果，但总体研究欠缺、存在很多的研究盲点和短板。本书试图在国内已有的研究成果的基础上对这些小型史诗传播和研究现状及存在的问题进行分析。

一、传播和研究现状

1950—2021年，我国少数民族史诗研究取得了丰富的成果，其中以我国柯尔克孜族《玛纳斯》为首的柯尔克孜族小型史诗也不例外。20世纪60年代，在我国，随着柯尔克孜族《玛纳斯》的搜集、整理和研究，以《库尔曼别克》《阔卓加什》为首的诸多小型史诗的搜集、出版和研究也得到青睐。被发现后，这些小型史诗的抢救、搜集、记录、整理和保护工作中，著名的居素普·玛玛依起到很重要作用，贡献很大。大部分小型史诗在居素普·玛玛依的演唱中被记录下来，后得到整理、出版。他成了能完整地演唱部分小型史诗的重要人物。目前，已出版的小型史诗已的版本基本上都是以居素普·玛玛依演唱为主的。

居素普·玛玛依之所以被称为大玛纳斯奇，是因为他有超人的记忆力和演唱才能，不仅能完整地演唱《玛纳斯》史诗，还会唱其他诸多部小型史诗。

这些小型史诗口头创作、口头流传、口耳相传，流传至今，是民族传统文化的重要组成部分。

2003年4月，由贺继宏主编，中国文联出版社出版的《柯尔克孜民间文学精品选》（汉文）中除收录《库尔曼别克》节选外还收录了《英雄托什吐克》（节选）、《萨依卡丽》（节选）、《巴额什》（节选）、《托勒托依》（节选）、《阔交加什》（节选）、《江额里·木尔扎》（节选）、《吉别珂公主》（节选）以及《玛玛克-绍波克》《库勒木尔扎》《阿依库孜汗》等小型史诗（达斯坦）全诗，满足了当时人们对柯尔克孜民间文学的急切盼望和需要。

还有《中国柯尔克孜族达斯坦》（柯文）共16卷，2014年12月由克孜勒苏柯尔克孜文出版社出版。玛买塔里·玛坎整理的《萨仁吉·布考依》（Sarinji-Bokoy）（柯文）在2008年11月由克孜勒苏柯尔克孜文出版社出版。吾尔尕里恰·克地尔巴依、吾木尔·曼拜提搜集整理的《沙阿玛郎》（Xaymaran）（柯文）在1988年6月出版，2013年12月由新疆人民出版社再版。玉麦尔·毛勒朵整理的《英雄苏理堂》（Goruulu Sultan）（柯文）在2008年6月由克孜勒苏柯尔克孜文出版社出版。居素普·玛玛依演唱，吾尔尕勒恰·克地尔巴依整理的《托里托依》（Toltoy）（柯文），2013年12月由新疆人民出版社出版。《七个可汗》（Jeti Kan）（柯文），居素普·玛玛依演唱，1993年由新疆人民出版社出版。居素普·玛玛依演唱的《艾尔图西图克》（Ertoxtvk）（柯文）8000多行，1984年由克孜勒苏柯尔克孜文出版社出版，1994年由克孜勒苏柯尔克孜文出版社再次出版。《艾尔图西图克》史诗较著名的变体由V. V. 拉德落夫于19世纪后半叶在中亚地区搜集的唱本和20世纪苏联史诗歌手萨雅克拜·卡拉拉耶夫的唱本，有俄罗斯语、英语、法语等译本。玉木尔·毛勒多演唱的《阔交加什》（Kojojax）（柯文）在1987年由克孜勒苏柯尔克孜文出版社出版。

1964年1月24日，中国民研会召开会议，听取新疆文联关于《玛纳斯》的汇报，决定成立《玛纳斯》工作领导小组，开始阿图什田野采录工作。这一次采录从1964年8月7日开始至1965年1月30日结束，半年时间，分别调查了4个县。在这半年期间，除口头记录的《玛纳斯》

片段外还记录了叙事诗《库尔曼别克》《布达依克》《艾西托西吐克》等共24份，计17686行。从此以后，《玛纳斯》以外的其他叙事诗也受到学术界的青睐，大部分民间叙事诗也得到了整理、翻译和研究。

《柯尔克孜族民间长诗集（1）（2）》（柯文），于1988年10月由新疆人民出版社出版。居素普·玛玛依演唱，朱玛拉依整理的《巴阁什》（柯文），于1991年4月，由新疆人民出版社出版。玛克西·买买提托合提、买合买提·买买提讲述、朱玛拉依翻译，张运隆整理的《柯尔克孜民间故事》于1980年由新疆人民出版社出版。吐尔地阿洪·哈斯木那扎尔的《叶尔蒙》（柯文），1992年1月由新疆人民出版社出版。居素普·玛玛依演唱的《萨依卡丽》（柯文）于1994年9月由新疆人民出版社出版。居素普·玛玛依演唱《叶尔图什吐克》（柯文）于1983年11月由克孜勒苏柯尔克孜文出版社出版。玉木尔·毛勒多整理《考交加什》（柯文），于1987年7月由克孜勒苏柯尔克孜文出版社出版。吐尔地·阿尤甫《马合吐木苏鲁》（柯文），1991年10月由克孜勒苏柯尔克孜文出版社出版。居素普·玛玛依演唱，刘发俊、帕孜力、岩石翻译整理的《柯尔克孜族民间叙事长诗选》（汉文），于1986年12月由新疆人民出版社出版。居素普·玛玛依唱，萨坎·玉木尔记录《柯尔克孜民间叙事长诗选》（柯文）于1985年由新疆人民出版社出版。居素普·玛玛依演唱的《中国柯尔克孜族达斯坦》（第2卷）（民间卷）（柯文），于2014年12月由新疆人民出版社出版。

这些小型史诗得到出版后，在这些书面文本基础上先后出现了一些相关研究成果。张彦平在《古代诗歌研究》1990年第4期中发表的《柯尔克孜族民间叙事诗的历史演变及其主要特征》这一论文中试图通过对有代表性的几部柯尔克孜族叙事诗，诸如《艾尔图西吐克》《考交加什》《库尔曼别克》《江额尔·木尔扎》《玛玛凯-绍波克》等作品与历史、神话、宗教所构成的对应关系的具体解析，进而阐明其产生、衍化中各个阶段的形态特征等。

张彦平、郎樱著的《柯尔克孜族民间文学概览》（汉文）于1992年

12月由克孜勒苏柯尔克孜文出版社出版。王堡、雷茂奎主编《新疆民族民间文学研究》，1986年1月由内蒙古大学出版。郎樱《〈玛纳斯〉论析》（内蒙古大学出版社，1991年）一书中对《玛纳斯》及柯尔克孜族民间文学，《玛纳斯》与英雄传说《阿勒普玛纳什》与突厥语民族史诗共有的母题和共性等章节中对《玛纳斯》与柯尔克孜族其他史诗的关系，母题及共性等问题有所探讨和比较。阿地里·居玛吐尔地编写的《神话史诗（艾尔托西图克）比较研究》于2003年发表在《东方民间文学比较研究》，郎樱编写的《柯尔克孜族狩猎史诗所体现的古代先民生态观》于《西域研究》2007年第4期发表，曼拜特·吐尔地编写的《论柯尔克孜族神话史诗〈考交加什〉》发表于《西北民族大学学报》2012年第5期，居素普·玛玛依著、尚锡静译的《新疆柯尔克孜族口头文学》发表于《新疆社会科学》1984年第3期，沙坎·玉木尔著、尚锡静译的《论柯尔克孜族人民的英雄史诗〈加额里·木尔扎〉》发表于《新疆民族文学研究》1985年第1期。在这些论文中对《艾尔图西吐克》《阔交加什》《布达依克》《加额里·木尔扎》等小型史诗的内容、口头特征、史诗所反映的思想等问题进行探讨。张凤武在《乌鲁木齐职业大学学报》1999年第2期发表的《新疆各族人民捍卫祖国统一的战歌——关于柯尔克孜族民间叙事诗〈玛玛凯-绍波克〉的社会历史分析》中从史诗形成的时代背景、历史过程、社会生活内容、诗意技巧、语言特色诸多方面，全面深入地分析并阐释了长诗的文本审美蕴含和历史文献价值，对这部史诗号召各族人民团结一致，共同反对外来侵略和民族分裂，捍卫祖国统一，谱写的英雄主义、爱国主义战歌精神进行了评价。随着我国对非物质文化遗产保护工作的重视和发展，柯尔克孜族民间达斯坦（叙事诗）于2013年被列入自治区级非物质文化遗产名录。自20世纪60年代以来，自治区相关部门组织专家学者，对柯尔克孜族长诗进行了挖掘、搜集、整理和出版，为民间长诗传承人提供了一次相互交流、学习的机会。新疆民间文艺家协会主办的"柯尔克孜民间达斯坦"演唱会，比如由新疆维吾尔自治区文联主办、新疆维吾尔自治区民间文艺界协会承办的2014年9月

26—29日在乌鲁木齐市举行的"首届中国柯尔克孜族民间长诗保护与传承培训班",2016年8月15日在克州举行的由新疆维吾尔自治区文联主办,新疆民间文艺家协会《玛纳斯》柯尔克孜民间达斯坦研究室承办的"《第四节中国柯尔克孜族〈玛纳斯〉(民间长诗)保护与传承培训班"暨"居素普·玛玛依杯《玛纳斯》演唱会"等都不仅仅对《玛纳斯》史诗,也在柯尔克孜族小型史诗(达斯坦)的保护、传承、研究上起了一定的作用。这些演唱会、培训班通过比赛、奖励等方式鼓励史诗歌手们,同时促进他们之间的交流和互相学习,提高他们对民间文化的认识和自觉性,主动为保护和传承民间达斯坦(叙事诗)起积极推动作用。由新疆维吾尔自治区文联主办,新疆民间文艺家协会《玛纳斯》柯尔克孜民间达斯坦研究室承办的,对《玛纳斯》史诗研究人员,史诗演唱艺人及从事非物质文化遗产保护和研究工作进行的专业培训,主要学习非物质文化遗产保护工作方面相关的政策法规,为《玛纳斯》研究人员举办《玛纳斯》保护与传承有关知识的讲座和以史诗研究理论知识为目的的首届"人类非物质文化遗产代表作《玛纳斯》研究人员培训班"于2015年11月2至5日在乌鲁木齐开班,来自全国各地的《玛纳斯》研究人员以及非遗保护工作者参加了这次培训。这是针对研究人员的一次培训,在保护《玛纳斯》及柯尔克孜族达斯坦上有一定的现实意义。2015年11月14日由新航维吾尔自治区文联主办,新疆民间文艺家协会承办的"《玛纳斯》演唱大师居素普·玛玛依艺术生涯座谈会"在乌鲁木齐举行,充分肯定居素普·玛玛依在柯尔克孜族民间文化保护和传承方面的重大贡献。2018年6月22日在乌鲁木齐举行的由中国文联指导,中国民协、新疆文联主办,新疆民间文艺家协会承办的"纪念居素普·玛玛依100周年诞辰座谈会"纪念居素普·玛玛依为传承民间文艺事业所做出的杰出贡献的同时,激励年轻的民间文艺工作者们继承和发扬老一辈文艺家们锐意进取的精神。

到目前为止,已出版的柯尔克孜小型史诗有24部,在民间比较有名,流传较广泛的几部小型史诗,如《阔卓加什》《库尔曼别克》等得到翻译，为各民族的民族文化的了解和研究提供了基础。

二、存在的问题

目前，柯尔克孜族民间达斯坦（小型史诗）已于2013年被列入新疆维吾尔自治区非物质文化遗产名录，申报国家级非物质文化遗产工作正在准备中。

这些小型史诗是中华民族文学共同体的一部分，经过民间史诗歌手的口头传播过渡到手抄传播，经历漫长的历史过程，是关于中华民族共同体历史的故事及民族交往交流交融的生动写照。是跨民族、跨国界的文化遗产，在对外文化交流中具有独特的意义。

这些小型史诗作为中华民族文学共同体的一部分，从之前的口头传播过渡到手抄传播、印刷传播和现代媒体传播。活态流传环境被破坏，传承人越来越少，以前只要有《玛纳斯》的地方就有小型史诗的状态逐渐失衡，现有的很多《玛纳斯》逐渐丢掉了之前的多元一体的演唱功能，处于只会唱《玛纳斯》，不会或不愿唱、不学小型史诗的后继无人状态。好在有书面文本，在这些史诗的保护和研究中起到重要作用。它的保护单位、保护形式、保护方法、研究人员都跟《玛纳斯》史诗联系在一起，成为一体多元的研究和保护机构。保护、传承和研究工作向多角度方向转变。但保护、传承和研究上还存在一些问题。因为这些史诗目前知名度和研究度没有《玛纳斯》史诗高，保护和研究的焦点大部分集中在大型的《玛纳斯》史诗上，研究成果匮乏，不均匀，存在感不高，有些都等基础研究开始挖掘和研究，缺乏宣传和对传承人的鼓励、重视，这在这些史诗的传播、研究和保护上起到不利作用。对史诗的流传现状、传播广度及内容的研究较为欠缺，流传现状、传播方式、空间和形态的研究较少或较单一，现有研究主要以书面文本为主，对活态形式及口头文本和传承方式的研究较为欠缺，缺乏比较研究视角，对史诗翻译关注不足，相关资料较分散。这些因素和生存环境的变化对这些史诗传播产生了影响，研究角度的多样化和深化，研究焦点的发展、挖掘和利用，转化这些传统文化资源的价值和数字化建设将会成为这些小型史诗研究的趋势。

对策和建议：

1. 加快进行国家级非物质文化遗产名录的申报工作，争取使史诗的保护和传承有保障，鼓励传承人传承和保护史诗。

2. 加快研究和开发利用步伐，提高学术知名度，吸引更多的学者和相关专业人员关注，参与研究开发利用，发挥积极作用。

3. 加强文化自信，认识、肯定和发挥传统文化的艺术价值、教育价值，开发利用价值，促进史诗的传承和传播。

4. 加强旅游开发，与当地旅游项目相结合，发挥史诗的艺术欣赏价值，促进文化多样化。

第三节　概念界定

在本书的写作中常用一些术语，为了方便理解，下面对本书所使用的基本概念和术语进行简单的解释和说明。

一、文本

口耳相传并非固定文本的传递。本书中采用的《库尔曼别克》史诗文本属于口述记录文本，可以看作是比较接近实际表演的文本。史诗的书面文本是由歌词组成的，这是一种比较特殊的表演记录，不能算是自然语境下的表演。这样的书面文本，都是演唱过程中记录下来的文本。《库尔曼别克》史诗在它的书面记录文本产生之前长期在民间演唱和流传。居素普·玛玛依在其文本被记录前，不知有多少次已在民间演唱。他的唱本、书面文本只是某一次的演唱记录，而且这种为了记录而进行的演唱，很显然是离开了原有的口头特征和环境。口头诗歌的创编并不是为了演述而演唱，而是在演述中创编，发挥即兴创作能力，各方面进行发挥，展示出一个全面的表演。[①] 只对这部史诗的书面记录文本进行研究

---

① 阿地里·居玛吐尔地.《玛纳斯》史诗歌手研究[M].北京：民族出版社，2006：25.

和分析显然是不够全面的，对活态文本进行研究和分析十分有必要。所以在本文的研究中以这部史诗的书面记录文本为基础的同时将活态的唱本作为补充。

柯尔克孜民间认为的史诗文本多指的是史诗的唱本和变体。按歌手定为某某歌手的文本、录音文本、书面文本等。任何伟大的史诗歌手都不会，也不可能将自己的某一次表演毫无变化地重复一遍。[①] 甚至一些主要章节的位置的改变，详略程度的不同，一些次要章节被删除，一些新的附属情节的引入都是很有可能的。[②] 所以，在《库尔曼别克》史诗这样一个活形态口头传统中，想要找到一个权威的"标准文本"是不可能的。

就史诗的具体研究对象来说，文本分为口头文本、源自口头传统的文本和以传统为导向的口头文本三种。[③] 所以，口头诗学的研究对象是这三个层面的文本。从这个意义来讲，《库尔曼别克》史诗文本属于口头传统的文本，是来源于口头传统的文本。本部史诗已出版的书面文本也都属于这种文本类型。史诗的书面文本、录音文本等都是在脱离原有的口头传统演述语境的情况下被记录或录音的，有的虽然在原生态的口头传统中录音，但还是不完整，不能看到演唱人所处的演唱环境和气氛，而且歌手的演唱表情和手势等一些表演中的因素也不能体现在此类不完整的文本中。对这样的文本进行研究比较得出的结论虽然不够严谨，但在本史诗的研究上有一定的意义。民间有名望的著名的史诗歌手已去世，但从他们口中记录的文本或录音文本等，还算是比较古老完整的，在这部史诗的传承和研究方面起重要的承前启后的作用。

本书主要参考的是口头诗学意义上的文本，是以著名的《玛纳斯》史诗歌手居素普·玛玛依的唱本为主，也有一些自己在调研中搜集到的史诗文本做补充。因在田野调查中无法碰到自然语境下的演唱场面，调

---

① 阿地里·居玛吐尔地.《玛纳斯》史诗歌手研究[M].北京：民族出版社，2006：24.
② 阿地里·居玛吐尔地.《玛纳斯》史诗歌手研究[M].北京：民族出版社，2006：25.
③ 陈建宪.民间文学教程[M].武汉：华中师范大学出版社，2009：92.

《库尔曼别克》史诗演唱艺人多来提·卡热（1971— ）

研中笔者并不是以普通听众的身份存在，而是以一个调研者、采访者的身份出现在史诗歌手面前。有时还会对演唱者造成一定的情绪压力，很难自然完整地演唱。离开那种众多听众入迷似的集中精力去聆听，并随着史诗内容和情节的发展变化而表现出哀乐、呼喊、沉默、高兴、悲伤等气氛，歌手通常快快地把记忆中的史诗内容给唱完，完成自己的任务。在这种情况下，要想找到一个完整的口头传统文本也就是真实表演语境的史诗文本难度较大。本书虽然是在这部史诗的书面记录文本、录音文本等文本层面上进行研究和分析，但一定程度上对理解这部史诗的口头传统有一定的价值。本书之所以选择这些文本，是因为这些文本结构和内容比较完整，便于史诗的内容和程式的分析和比较，能够找出现代传播中的规律，有很重要的参考价值。

口头形式流传的史诗文本中，不存在权威性的文本。[①] 这是因为这些作品在传承中不断变异，而且口头史诗的传承并不是机械地记忆，而是每次演唱就是一个创作。这些作品流传到另一地区、民族、文化环境，经过不同的史诗歌手的知识积累、演唱技巧，从此形成新的变异。

在柯尔克孜族民间，《库尔曼别克》史诗虽然已经搜集到了几个文本，但人们还是把居素普·玛玛依的唱本视为最完整的唱本（文本）。这个唱本已成为人们眼中比较权威的文本，很多年轻史诗歌手学习、背诵这个唱本，并在民间演唱（主要是节日等聚集活动中）。对于传统学习环境欠缺、很难碰到自然学习环境、记忆力不太好的新歌手来说，书面文本是学习演唱本部史诗的一个途径。因为它是目前为止唯一出版的唱本，在保护和传承这部史诗上有一定的作用。另外，听众因多次听过这部史诗，对基本内容都有所了解，如果演唱艺人在内容上有大改，听众就会提醒说"不像了""不完整了"等，大多数人认为只有居素普·玛玛依演唱的版本是最完整的、权威的。因为这个变体让本史诗的演唱在语

---

① 朝戈金. 口传史诗诗学：冉皮勒《江格尔》程式句法研究[M]. 南宁：广西人民出版社，2000：72.

言、艺术的表达上达到巅峰。这也是这部史诗发展中的一个特点。如今，民间一些艺人演唱学习他的书面唱本，获得"居素普·玛玛依的徒弟"称号，得到了有关单位发的证书，乌恰县的多莱提·卡热（女，Dolot Kari）是最好的例子。但在她的演唱中可以找到多种因素，史诗演唱内容根据居素普·玛玛依的（因为背诵的原因）音调，唱调基本模仿国外舞台化的本史诗演唱音调，手势、表情等也模仿他们的演唱。如果在演唱中忘了几行就很难继续唱下去，会说"忘了，让我等待片刻"等想起来了再继续演唱，因记忆等问题，漏掉某些部分，因此也不太像原唱书面文本那样，某种程度上一个新的异文产生了。在国外的唱本中也存在这种问题，比如莫勒朵巴散·木苏尼玛尼库力的变体因宗教色彩太重，女主人公卡妮夏衣自己前去找库尔曼别克，而库尔曼别克没给彩礼就娶到汗的女儿，库尔曼别克的父亲没去参加婚礼，女孩父亲亲自办理婚礼等情节的描述，因为脱离传统而不太受听众的欢迎，不合人意。而卡力克·阿克耶夫的变体最受欢迎和认可，因为唱本演唱的内容不同于上述唱本，而是迎合人们的意愿，受听众喜欢。这一唱本先后多次出版，已成为后辈在本部史诗学习、传承和研究中参考的重要文本。

本书的研究以我国著名的《玛纳斯》史诗歌手居素普·玛玛依的唱本为基础，主要对这个唱本进行解读和分析。

二、小型史诗

柯尔克孜民间，规模宏大的《玛纳斯》史诗以外的其他史诗在柯尔克孜语称为"kenje epos"（坎杰叶坡斯），意为"小型史诗"。这里的"小型"是相对规模宏大的《玛纳斯》史诗而言的。这些史诗对《玛纳斯》而言，无论是规模或内容都简单许多。完整地唱完《玛纳斯》史诗的全部内容，即便是日夜不停地唱也需要一个多月时间。而其他史诗跟《玛纳斯》史诗比起来因为规模不是那么大，学唱完整的内容也不如史诗《玛纳斯》那么难，一般情况下几个小时就可以唱完。《玛纳斯》

以外的其他史诗被概括为小型史诗。这些小型史诗有《艾尔托西吐克》（Ertoshtuk）、《布达依克》（Budayik）、《交达尔别西木》（Jodarbexim）、《阔交加什》（Kojojash）、《加尼什－巴依什》（Jansh-Bash）、《巴额什》（Bagshi）、《克孜萨依卡丽》（KzSaykal）、《曼地尔曼》（Mendirman）、《加拉依尔加力格孜》（Jalayir jalgiz）、《托勒托依》（Toltoy）、《加额勒米尔扎》（Jangilmirza）、《库勒米尔扎－阿克萨特肯》（Kulmirza-Aksatkin）、《英雄吐坦》（Tutan baatir）、《玛玛凯－绍坡克》（Mamake-Xopok）、《七个可汗》（Jeti han）、《英雄阔班》（Kovoon-batir）、《叶尔塔尔兰》（Er Tarlan）、《艾尔塔比勒迪》（Er Tabildi）、《赛依特别克》（Seyitbek）、《西尔达克别克》（Xirdakbek）、《库尔曼别克》（Kurmanbek）、《阔勇阿勒普》（Koyon Alip）、《艾尔艾皮西》（Er-Exim）、《阿吉别克》（Ajibek）、《蒙露克与扎尔里克》（Mugluk-Zarlik）、《阿勒帕米什》（Alipmix）、《凯代汗》（Kedaykan）、《萨仁吉勒凯依》（Sarinji-Bokoy）、《卡尔特考捷克》（Kart Kojek）、《叶尔索勒托诺依》（Er Soltonoy）、《卡拉奇朵》（Klaqi Doo）、《叶尔波罗特》（Er Bolot）、《别克阿热斯坦》（Bek Aristan）、《塔依拉克巴特尔》（Taylak batr）、《阿克姆尔》（Akmoor）、《卡其坎克孜》（Kaqkan kez）、《阿克别尔蔑特》（Akbermet）、《阿西木江》（Aximjan）、《巴特尔别克》（Batirbek）、《阿依库木西》（Aykvmux）、《阿克玛格杜姆》（Ak Magdum）、《奥勒交拜和凯西木江》（Oljobay-Kximjan）、《波孜吉戈特》（Bozjigit）、《乔绕》（Qoro）、《阔孜凯与巴牙尼》（Kozike-Byan）、《克孜吉别克》（Kiz Jibek）、《克孜达丽卡》（Kiz Dalka）、《夏克尔与夏克热特》（Shakir menen Xokrot）、《呙尔吾勒·苏勒坦》（Goruulu Sultan）等40多部小型史诗。

这里的小型史诗基本上是针对史诗规模的大小而言。有些柯尔克孜学者把柯尔克孜族的民间口头叙事文学按内容分为"Jomok"（交毛克）和"Juejomok"（决交毛克）两种类型。"决交毛克"通常指用散文体讲述的各类民间故事。而"交毛克"指的是用韵文体演唱的长篇英雄叙事诗类作品。所以，大部分柯尔克孜人把《玛纳斯》史诗以外的其他史诗都习惯性地称为小型史诗，也就是"kenje epos"（坎杰叶坡斯）。①

在柯尔克孜族中被叫作小型史诗的在国际上可能算长篇史诗或中型史诗。

这些小型史诗与《玛纳斯》史诗在一起流传共存，形成了柯尔克孜族独特的口头传统、史诗传统。柯尔克孜族民间歌手除大多数演唱这些小型史诗外还会唱《玛纳斯》史诗。也有只会唱这些小型史诗中的某一两个歌手。有的歌手虽然只会唱一点片段，但都在这些史诗的传播和传承中起着一定的作用。

三、克普恰克

克普恰克部落的历史比较复杂，在民间也存在跟这个部落有关的各种观念。历史学家安瓦尔·巴依吐尔指出"各部落和部落联盟由于战争、自然灾害、追水草迁徙等原因和过程渗透到别的民族当中，形成克普恰克、纳依曼等部落，后来柯尔克孜族也渗透到别的民族当中，所以在当今的哈萨克、乌兹别克、柯尔克孜族等很多民族中都有克普恰克部落。"

克普恰克（Kipchak）部落是柯尔克孜族古老的部落之一，也是柯尔克孜四大核心部落之一。

克普恰克部落公元前1世纪出现在我国的历史记载中，被称为"钦察""乞卜察兀""希布察克"等。克普恰克在柯尔克孜语中的意思为"空心树，树洞"。同样，在《史集》中，"克普恰克"的意思解为空心树。

在唐代，生活在我国北部草原的钦察人与柯尔克孜人比邻而居，在长期共同生活的过程中有一部分融入到柯尔克孜族中，称为"克普恰克柯尔克孜部"。②《库尔曼别克》史诗是一部反映柯尔克孜族克普恰克部落

---

① 阿地里·居玛吐尔地.《玛纳斯》史诗歌手研究[M].北京：民族出版社，2006：32.
② 郎樱.中国北方民族文学比较研究[M].北京：民族出版社，2011：282.

社会生活、克普恰克部落的英雄史诗。

我国柯尔克孜语属于阿尔泰语系，突厥语族克普恰克语支。从中也可以看出柯尔克孜语与克普恰克部落有一定的关系。克普恰克部落是一个复杂的部落，其中也分很多小部落。我国柯尔克孜族散吉拉奇（部落系谱的传诵者），历史学家玉赛音·阿吉对柯尔克孜克普恰克部落进行过详细的分类。他指出"克普恰克主要分为：克普恰克、纳依曼、铁依特、凯塞克等大部落。这些大部落也分成若干个小部落。如克普恰克分成7个部落，纳依曼分成7个部落，铁依特分成9个部落，凯塞克分成12个部落"①。虽然纳依曼、铁依特部落是不是属于克普恰克部落这一问题存在一些分歧，但柯尔克孜族散吉拉奇玉赛音·阿吉、艾山·艾莎等柯尔克孜学者认为这些部落属于克普恰克部落，并提出有些部族（tayipa）在大部落、小部落中都能遇见。如波斯托尼部落在克普恰克部落中的凯塞克部落、切力克部落中也都存在。克普恰克部落对柯尔克孜族的语言、民俗、文学艺术和其他特点的形成和定性起到一定的作用。

部落之间的交流与交融，使一些部落史诗逐渐演变成跨部落、跨民族、跨地域的史诗。日尔蒙斯基指出，克普恰克今天仍然是阿尔泰民族中的一个重要部落，阿勒帕米西的故事也因此得以通过克普恰克传到了阿尔泰。②"从历史角度来看，柯尔克孜史诗传统应当区别于克普恰克或诺盖史诗传统，因为后者反映了13—15世纪的内部历史。从文学角度看，柯尔克孜史诗，尤其是他们的19世纪的史诗，在许多方面都是独一无二的"。③一些重要的、有名的史诗多形成于克普恰克部落。16世纪《史集》一书中的记载，玛纳斯本人也是克普恰克部落的英雄。因此克普

---

① 艾山·艾莎.玉赛音·阿吉和安瓦尔·巴依吐尔[M].纪念玉赛音·阿吉100年研讨会论文，2016.

② 卡尔·赖希尔.突厥语民族口头史诗：传统、形式和诗歌结构[M].阿地里·居玛吐尔地，译.北京：中国社会科学出版社，2011：392.

③ 卡尔·赖希尔.突厥语民族口头史诗：传统、形式和诗歌结构[M].阿地里·居玛吐尔地，译.北京：中国社会科学出版社，2011：392.

恰克部落被公认是一个史诗繁盛的部落。古老的神话英雄史诗《阔布兰德》等史诗是克普恰克部落具有代表性的英雄史诗。①

柯尔克孜族克普恰克部落在历史上是一个史诗繁盛的部落。这里我们把克普恰克部落作为一个重要的概念进行解释，是因为克普恰克部落跟《库尔曼别克》史诗有密切的关系。除《库尔曼别克》之外，很多学者认为《艾尔吐西吐克》《斯德克别克》《赛依特别克》《西尔达克别克》《奥勒加巴依-克西木江》等英雄也都出现在克普恰克部落中。克普恰克部落是柯尔克孜族有史以来产生英雄和英雄史诗最多的一个部落。《库尔曼别克》史诗以外，克普恰克部落在《玛纳斯》史诗中也有所描述。②

---

① 郎樱.中国北方民族文学比较研究［M］.北京：民族出版社，2011：282.
② 萨乌尔·阿布热玛卓尼（S. Abramzon），曼别特·吐尔地.柯尔克孜族民俗学［M］.阿图什：克孜勒苏柯尔克孜文出版社，2014.

第 一 章

《库尔曼别克》史诗的形成

第一章 《库尔曼别克》史诗的形成

社会历史生活是史诗产生的基础。没有柯尔克孜族形成和发展的漫长历史过程，没有复杂的迁徙过程和社会变迁，没有草原的游牧生活，没有世世代代流传的口头讲述传统，就没有史诗的形成。

作为一个游牧民族，柯尔克孜族逐水草而居，经历了多次的迁徙。他们所经历的社会生活源远流长，原有的口头传统为这部史诗的形成创造了客观条件。从史诗的内容上我们不难看出其体现出的浓郁民族特征。

根据我国有关历史记载，柯尔克孜族经历过多次的变迁，而且变迁过程和路线极为复杂。这些迁徙活动在柯尔克孜族《库尔曼别克》和《玛纳斯》等史诗中也有一定的反映。

史诗是人类早期阶段的艺术形式，是早期全民性的寓教于乐的一种口头文学形式。现代不能产生史诗，如果说现代也可以产生史诗那是荒谬的。史诗虽然产生在早期，但它的流传经历了漫长的历史过程。所以，不可避免地吸纳了不同历史时期人们的思想认识和知识体系，包含一些人类生活比较复杂的情形。史诗与神话、传说密切关联。人们早期的神话、传说以及幻想思维，为史诗的产生提供了素材。在漫长的流传过程中，以前的神话、传说色彩慢慢被现实生活淡化或取代，越到后来史诗中的现实生活色彩越强，原始的神话、传说色彩越走向淡化。

史诗因经历漫长的历史时间而得到反复加工、完善，所以要想证明史诗确切的产生时间是一个严峻挑战。

恩格斯把英雄史诗产生的时代称作"英雄时代",这时氏族制度已被瓦解,畜牧和农耕这样重要的生产活动方式的产生,使人类集体的力量增大许多倍,氏族、部落已经逐渐发展成了一个足以与自然对抗的集体,就是英雄史诗真正的主人公。《库尔曼别克》史诗虽然在柯尔克孜族的早期历史时期形成,但其传承一直延续至今。史诗演唱艺人都将自己的经历或思想渗透到史诗当中,在史诗的内容和结构上进行加工、创编,不断形成新的变体。比如,史诗的主人公库尔曼别克在幼年时期是极为普通的牧民、放牧者,成为可汗或王以后仍然从事放牧,他们的后代、亲属也都分担挤牛奶、放牧的劳动,社会组织是由汗、别克①、奴仆等不同的阶层构成。从这里可以看出史诗所呈现的氏族社会的生活图景。这种早期的艺术是概括社会关系史、文化史极为珍贵的资料。正因为英雄史诗是人们智慧的结晶,它成就了早期人类艺术的范本,而"具有至今仍然不可超越的,思想与形式完全调和的美"②。

英雄史诗虽然以某些历史事件为基础,接近于现实生活,把本民族的心理、性格、世界观、价值观、审美观及社会生活状况、部落、家族等均融入其中,但由于经过了长时间的加工,早已失去了许多原始的因素,这种集体的艺术仍然象征性、想象化、传奇化地反映社会生活,特别是其中所包括的许多有关社会关系史、家庭史、文化史等方面的资料,是尤为宝贵的。③史诗并不是一代或少数人完成的,其形成、流传过程中不停地受到民间的各种传说、歌谣等的影响,在内容、结构上不断改进、发展,经过几代人的加工才逐渐形成。因此在分析和研究史诗时必须考虑到这些因素。在无文字的社会,人们靠口头传播历史和现实中的重要事件,并以传说、诗歌、史诗等形式进行记载,成为人们记载和理解过去社会生活的一种间接的方式。

---

① 别克:古代社会中的一种官职在柯尔克孜语的称呼。
② 李惠芳.民间文学的艺术美[M].武汉:武汉大学出版社,1986:38.
③ 李惠芳.民间文学的艺术美[M].武汉:武汉大学出版社,1986:38.

第一节 历史文化背景

英雄史诗与历史、文化及人们的各种心理密切联系在一起,并以一定的社会生活背景为基础。史诗不仅曲折地描述了历史,同时也包含着人们的幻想和对美好生活的向往,它往往与夸张、比喻等诸多文学修辞因素紧密联系在一起。但不能说史诗反映的是真实的历史,在某种程度上史诗中所描述的内容并不代表真实的历史。它的结构、情节安排、内容、人物等都具有一定的程式化的特点,所以说其艺术因素占很大的比例。史诗的创造也是为了艺术欣赏并记录历史、教育后辈。在流传过程中不可避免地受到时代的各种影响,每一个时代都会在其身上留有一定的痕迹。因此,本文以柯尔克孜族历史社会生活和口头传统为出发点,观察《库尔曼别克》史诗产生的历史文化背景。就《库尔曼别克》史诗产生的历史背景来看,可以说它是在古代的氏族社会和长期的草原游牧生活的背景下产生的。过去人们没有太多的娱乐、休闲方式的时候,游牧闲时的民歌演唱、各种说唱、史诗演述等成为人们的主要娱乐方式,这种方式深得人们的喜爱,从而使它不断发展,而近代柯尔克孜族的游牧和半游牧生活方式,为史诗的继续流传和发展创造了一定的有利条件。

史诗产生的原因并不是为了记载历史,而是为了娱乐、休闲,这从《库尔曼别克》史诗的演唱方式、内容等各方面都可以看得出来,无论内容或框架都是高度艺术化、程式化的，史诗歌手们创造、演唱史诗时根本不知道他们演唱的内容将会成为当今人们认识过去社会生活的资料，而且史诗的演唱内容往往超出当时的时空，反映的不是当时，而是过去，反映的是他们的愿望、理想，与真实历史有一定的距离。

吉尔吉斯斯坦散吉拉奇[①]托郭罗克·莫勒多说："克普恰克部落的艾西木汗的后代库尔曼别克、赛依特别克和西尔达克别克等人 16 世纪在安集延、阿尔卡等地对卡勒玛克人有很多次征战，这些历史为《库尔曼别克》史诗的产生提供一定的历史文化背景。[②]蒙古时期，对草原上游牧生活的柯尔克孜族等民族的生活产生了很大的影响，这和当地豪强、巴依的剥削给人们带来深重的灾难。这些特殊的条件决定了这些地区民族史诗的风格。"[③]

按上述观念看这部史诗产生的社会生活背景的话，需要从相对应的历史文献中寻找蛛丝马迹。在我国历史资料中有以下一些记载：1262—1263 年阿里不哥的基地转往伊犁河流域，1264 年他战败后，只身逃回投降忽必烈，1264 年他把天山地区察合台的领地直到塔拉斯都兼并，河中和其他西部地区也均被他侵占。作为当时直属的钦察（希布察克）-吉尔吉斯部落部众，在随从海都作战 30 年的过程中，又有一部分迁往了天山一带。有的学者认为：在 13 世纪叶尼塞河地区的吉尔吉斯人迁徙到天山的基础上，14 世纪末、15 世纪初人数逐渐增加，那是塔儿米兰帖木尔及其继承人入侵天山造成的。当地大量蒙古—突厥部落或被消灭，或被带往锡尔河外，还有一批迁往喀什噶尔等地区。而钦察-吉尔吉斯人因多居山区，损伤比定居农业区少，从此天山地区的柯尔克孜族便开始形

[①] 柯尔克孜部落系谱讲述家。

[②] 阿比德勒达江·阿克玛塔列耶夫.库尔曼别克、赛依特别克[M].比什凯克：夏木出版社，1998：8.

[③] E. M. 梅列金斯基.英雄史诗的起源[M].王亚民，张淑明，刘玉琴，译.北京：商务印书馆，2007：228.

成。①16世纪初，卡勒玛克部落强化后，柯尔克孜部落迁到喀什噶尔、吐鲁番、阿克苏等地居住。据记载，17世纪在天山地区巴依博托卡里、索库尔比、阔硕依别克、克拍克别克、西尔大克别克等人在喀什噶尔担任很重要的职务。有的还担任阿依玛克的长官。这时柯尔克孜与喀什噶尔的汗有着友好的来往。所以在史诗中阿克汗以库尔曼别克的朋友的身份出现确实有历史基础，在"卡勒玛克时代"，喀什噶尔和柯尔克孜地区有过密切的文化和经济交往关系。尤其是17世纪在喀什噶尔阿依玛克地区，中库西奇、琼巴戈西、克普恰克、诺依古提、特依提、布勒尕奇等柯尔克孜部落生活在这里。②《库尔曼别克》史诗中，库尔曼别克是柯尔克孜克普恰克部落的首领特依特的儿子，作为《库尔曼别克》续篇的《赛依特别克》《西尔达克别克》等柯尔克孜族英雄史诗中，赛依特别克被描述为库尔曼别克的儿子，西尔达克别克是赛依特别克的儿子，是库尔曼别克的孙子。这些史诗中的人名跟上述历史记载中的人名有一定的相似性。

从《库尔曼别克》史诗的内容来看，他的主要活动地区为天山一带，这些因素也可能对这部史诗的形成起到一定的积极作用。在史诗中我们可以看到上面所述的历史的蛛丝马迹，比如柯尔克孜族的搬迁、跟卡勒玛克人的关系、当时的社会生活民俗等。《库尔曼别克》史诗中库尔曼别克的父亲特依特是克普恰克部落的汗王，库尔曼别克的敌人是卡勒玛克人，少年库尔曼别克跋涉千里，翻越山岭通过考验，娶到异族汗王的女儿，他的英勇事迹成为他们传说故事的一个重要素材。然而，库尔曼别克英雄的胜利是短暂的，战胜卡勒玛克人后娶妻生子，刚过上幸福的日子不久，又被卡勒玛克人打败，惨死在战场上，他的四十勇士被判死刑，妻子殉情，父亲被他的好友处死，儿子变成孤儿，一系列悲剧接连发生。

---

① 杨建新.中国西北少数民族史［M］.北京：民族出版社，2009：410.

② 阿比德勒达江·阿克玛塔列耶夫.库尔曼别克、赛依特别克［M］.比什凯克：夏木出版社，1998：16.

牧场生活

奔跑的骏马

这一系列悲剧发生的原因还有一个方面是父子之间的矛盾，英雄四十勇士的背叛，是内部矛盾的反映。英雄战败的一个原因是失去了心爱的骏马，骑了一匹劣马，他的勇士在他的马累坏了的时候不让他及时换马，他的马累倒在地上，最后被刺死。这在一定程度上反映了当时柯尔克孜族社会生活内部矛盾和社会生活、生产力水平、生产方式。在一个部落里能征善战的好马只有一匹。父子争夺骏马，英雄因失去了骏马便被击败死去，这样的情景在柯尔克孜族英雄史诗《库尔曼别克》《玛纳斯》等中是常见的情景之一。英雄的马有特殊的神秘描述，父子之间产生矛盾，亲戚、朋友背叛。汗王、别克之间常常相互赠送骏马、丝绸、茶为珍贵礼物，战败的一方缴纳贡税，通常都是牲畜，如骆驼、马匹、羊、动物皮等游牧生产的产品。这些在一定程度上都是柯尔克孜族社会生活在人们脑袋中的记忆，来自当时的现实生活。来自环境和社会的各种困境和危难。逐水草而居的生活状态和现实，内部矛盾激烈，是史诗呈现悲剧性特征的一个原因。最危难时刻少年库尔曼别克的出现，给人们带来和平、幸福的生活，最后又因为父子矛盾和勇士的背叛而死亡，这在听众心中留下深刻的影响，史诗歌手通过这样的悲剧警示和教育人们，通过描述英雄战胜困难摆脱危机，表达对美好生活的向往。

另外，在悠闲的游牧生活里，在晚上或放牧时间里人们聚集在一起讲故事、传说，唱民歌，这样的口头讲述环境和条件为史诗的创造和形成提供了有利的条件。英雄史诗一般都出现在游牧民族中。这表明，它的形成和这些民族的生活方式有一定的关系。游牧民族的生活条件艰辛，需要不断地搬迁，地理环境复杂，常常受自然灾害的侵害，这就要求人们有健壮的体质和坚强的意志，勇敢豪放的人及勇敢的行为极受人们赞扬和崇拜。现实社会生活中的爱情、友情、勇敢、忠诚等话题及理想化、庄严的情节常常成为柯尔克孜族英雄史诗的重要内容。以这些内容为话题讲述一个英雄故事，足够让人们感动和欣赏。聪明的史诗歌手掌握当时人们的心理，会创编出符合人们意愿的故事，人们的心理、性格以及审美期待也是英雄史诗形成和流传的条件之一。

史诗赋予我们的是其作者见到的全部真理，我们感到他所讲的是合乎情理的；史诗的创造者，史诗歌手，为他们的时代讲话，不是为了所有时代说话，而是代表某一个民族，某个时代讲话。① 从《库尔曼别克》史诗内容和温和历史背景来看，它反映的是某一个特定的历史时期，而不是某一个具体年代。从这部史诗的内容中不难看出，这部史诗是以柯尔克孜族与卡勒玛克人相邻而居时的草原游牧生活为背景。相关历史记载也在一定程度上解释了这部史诗形成的社会生活背景。

---

① 周式中，等.世界诗学百科全书［M］.太原：山西人民出版社，1999：586.

第二节 人文背景

英雄史诗虽然在某种程度上属于艺术作品，是天才的史诗歌手们借助传统创编出来的口头作品，但它在一定程度上是以现实生活为基础，以本民族部落现实生活中的物质和精神世界为基础。在此基础上靠口头演述技巧，加强记忆和想象，在传说中的英雄人物形象基础上塑造崭新的人物形象，并以其他民俗传统文化在事项和爱情、忠诚、友谊等人们所关心和向往的主题上，运用最简洁明了的口头语言，用夸张、比喻、修饰等艺术手段加以润色，借助古老故事的模式、框架，遵守某种音律和格律而创造出来。作为语言艺术，史诗语言保留着过去和现在的语言，民俗和生活中的审美情趣，所以它给人们很真实的感觉，这就是史诗的魅力所在。

一、生活环境

人类对环境的认识、人文地理环境也对文化艺术产生影响。柯尔克孜人的生计、生产方式等，都是他们长期以来积累起来的智慧的结晶。知识和文化总是在交流中发展和丰富起来的。长期的历史生活中，他们与周围的民族彼此交流，学习和借鉴周围其他民族的生活方式、生产方式并逐渐丰富自己的文化，原来的生活、生产方式慢慢发生变化，如从狩猎生活过渡到游牧生活或半游牧半农耕生活，社会制度从氏族社会到部落体系瓦解。为了生存而不断迁徙以及自然环境的不断变化，并受到自然环境的严峻考验，因他们长期居住在山区，自然灾害频发，粮食紧缺，冬日漫长，这些恶劣的自然环境决定了他们一定会创造出与之相适应的文化产物，这也为口头传统的形成和发展创造了条件。

总之，柯尔克孜族古代的游牧生活，复杂、艰辛的生活环境，对人们的生计和生活方式、心理、性格等产生了一定的影响，而这些都是这部史诗形成的因素之一。《库尔曼别克》史诗中有很多柯尔克孜族当今生活的地名及描述。如喀什噶尔、乌什、阿克苏、伊犁、库车、特克斯、白山（凯别孜套山）等地名以及山水等名称，这些地名也在一定程度上说明了在史诗发展过程中环境对它的影响。

二、社会组织及民俗

《库尔曼别克》史诗除对柯尔克孜族古代氏族社会中的别克、汗王、部落等有一定反映外，还有不同阶层之间的各种社会组织形式和一夫多妻的古老的婚姻方式以及结义兄弟、各种游戏，竞技活动等的反映。在各种活动中接待和迎送客人等社会民俗活动也都以生动的形式出现在史诗中。比如史诗中特依特汗有7个妻子，阿和玛特别克有6个妻子，库尔曼别克有1个。一夫多妻是古代柯尔克孜族的一种古老的婚姻制度，主要流行在别克、汗和富有的巴依们等上层贵族中。随着社会的发展和人们生活环境的变化，这种古老的制度被现代的一夫一妻制度取代。史诗中出现这些社会组织因素，是因为这些因素在这部史诗的形成过程中是重要的创作素材。柯尔克孜族的生活环境及认知更能帮我们理解其中的内涵和民间社会对于生活方式的选择。

放羊、马、骆驼等生计，也是柯尔克孜族食物、衣服等的来源，把自己生产的动物皮和牲畜与其他民族的茶叶、丝绸、珠宝等进行交换。

历史资料记载，柯尔克孜族和维吾尔族在历史上和经济上建立了密切联系，早在柯尔克孜族过着游牧生活的时候，当地维吾尔族已从事农耕，柯尔克孜族用牲畜交换维吾尔族的粮食，维吾尔族人也教他们从事农业生产，卖给他们耕地，借给他们工具，传授他们农业生产技术。维吾尔族也从柯尔克孜族那里学会了饲养管理牲畜的方法。所以，在史诗中出现维吾尔、卡勒玛克、卡拉卡勒帕克、塔吉克、哈萨克等长期与柯尔克孜族相邻而居或者杂居民族的有关描述是很自然的，因为这也是社会生活环境的一部分，在史诗的形成方面成为很重要的资料基础。

史诗内容中没有关于发达的手工艺的描述，修建陵墓等都要从别的地方找来匠人、运来材料。除了游牧生活外没有农耕的描述，游牧生活为他们的搬迁创造了条件。根据史诗中的描写，茶叶、丝绸、骏马被视为最珍贵的物品，也是互相赠送的礼物之一。如：

bederlv kimkap xayi arttim,	我驮来了锦缎丝绸的衣物，
kanqa toogo mal arttim.	我用众多的驼队驮来了贵重的礼物，
aylanayin Kurmanbek	亲爱的朋友库尔曼别克，
kizil jorgo tayimdi,	我那匹枣骝马，
minesingbi Kurmanbek?	你能骑上吗库尔曼别克？
kizil kimkap tonumdu,	我那件红呢大衣，
kiyesingbi Kurmanbek?	你能穿上吗库尔曼别克？
kara pamil qayimdi,	我带来的砖茶，
iqbeysingbi Kurmanbek?①	你能喝吗库尔曼别克？
…… ……	
kimizdan arak aqitip,	用马奶酿制美酒，
kokorgo ani kuydurup,	注入了盛奶酒皮囊，
jeterlv nan qay alip,	准备了充足的馕和茶叶，

---

① 居素普·玛玛依. 库尔曼别克[M]. 阿图什：克孜勒苏柯尔克孜文出版社，1984：310.

kiyla toogo arttirip.① 　　　　将食品让骆驼驮载。

当然，史诗中还有叼羊嬉戏、纵马驰骋、弹琴歌唱、跳舞宴席以及各种游戏、竞技活动、婚礼等民俗活动和同周围一同杂居的民族之间的关系及贸易交换等内容，也是史诗形成的素材之一。

三、丰富的口头演唱传统

柯尔克孜民间，在喜庆节日和放牧闲时的各种口头演唱活动十分盛行。小孩出生时唱摇篮歌、祝福歌迎接，有人去世时唱葬歌送别。这样的演唱活动中会不断出现各种优秀的演唱艺人。这些歌手在原有的口头传统基础上即兴创作，不断创造出各题材的口头传统作品。《库尔曼别克》史诗的形成受到多种因素的影响。民间原有的民歌、赞颂歌等为史诗的演唱提供了优美的格律、音调，即兴创作技巧提供了创造空间，民间丰富的口头语言为史诗的演唱提供了便利，各种人物传说、谚语等为史诗的内容提供了丰富的素材，有些古老史诗也为后来的史诗的产生提供了演唱模式，民间盛行的史诗演唱活动和听众的需要为这部史诗的形成、发展和流传打下坚实的基础。

从内容来看，这部史诗在一定程度上受到《玛纳斯》等柯尔克孜族及其他民族英雄史诗的影响。这将在"《库尔曼别克》与其他史诗的关系"一章中另行探讨。《库尔曼别克》史诗不仅在形成和内容上受到柯尔克孜族其他史诗的影响，而且也反过来影响别的英雄史诗的形成发展和流传。

---

① 居素普·玛玛依.库尔曼别克［M］.阿图什：克孜勒苏柯尔克孜文出版社，1984：46.

第三节 相关遗址及传说

在柯尔克孜民间流传着各种有关《库尔曼别克》的传说。这些传说可能是这部史诗形成的基础,并在一定程度上有助于我们进一步理解这部史诗。当然,这些传说也是研究这部史诗的很重要的基础资料。

一、相关传说

据柯尔克孜族口传族谱讲述者(散吉拉奇)托莱克·托热汗(Tolok Torokan)的散吉拉:"古代,柯尔克孜族的名叫阿萨尼(Asan)、达比提(Dabit)两个勇士去世。为重新挑选勇士,必须要从民间入手让他们互相较量,进行比赛。此时有一个人说:在叶地力山(Edildin toosu)中有一个名叫吐玛尼(Tuman)的勇士,他有6个儿子。最小的儿子名为库尔曼(Kurman),是一个勇士大力士。把他叫来考验一下。部族长老派提尼别克(Tinibek)叫来库尔曼,说让长者考验看看。提尼别克叫来库尔曼,让他跟700位勇士较量,却没有人能战胜他。在场的所有人无不佩服库尔曼的英勇气概。长者便把库尔曼推举为他们的首领。有一天,库尔曼勇士得了重病,并无法治愈而去世。人们埋葬、祭奠库尔曼。他死后,勇士中有一位搬弄是非,蛊惑所有的勇士散伙。听到这个消息,人民开始担惊受怕，不听长者的规劝，社会出现了混乱。后来，柯尔克孜从内部溃散，人们不满后来当选的卡力马米提（Kalmamit）的所作所为。此时民间一位名叫切切尼（Qeqen）的长者劝告人民说柯尔克孜族中有过库尔曼勇士，他的名字值得被人民歌颂。离开库尔曼勇士，受尽凌辱的柯尔克孜人，无比地怀念库尔曼勇士。"① 这是在民间流传的关于库尔曼勇士一种传说。

另一种传说为"卡勒玛克克尔沁"传说。这也是民间广泛流传的传说之一。1947年，学者阿比地卡力克·琼若巴耶夫（Abdikalik Qorobayef）在贾拉拉巴德（Jalalabad）省，即现在的苏扎克地区的塔拉尼巴扎尔冬牧场的71岁的西尔达克（Xirdak）老人那里记录到"卡勒玛克克尔沁"传说。这个传说描述，在古代，柯尔克孜克普恰克部落中出现一位名叫库尔曼别克的勇士，库尔曼别克跟阿克汗做朋友后回家乡。在那时，库尔曼别克居住在克孜勒苏。库尔曼别克得了一个儿子，阿克汗为祝贺朋友得子而来到库尔曼别克的家乡，此时库尔曼别克在克孜勒苏的西边跟卡勒玛克人作战。从此，这个地方被称为"卡勒玛克克尔沁"。②

从这些传说的内容来看，前一个传说中除了人名符合史诗中的人名外没有太多的信息。《库尔曼别克》史诗的主人公库尔曼别克及他的盟友阿克汗等人名均出现在这个传说中。从中明确地可以看出这些传说和史诗的内容有一些相符合的因素，但也不能就此证明《库尔曼别克》史诗受到这些传说的影响。要想考证这部史诗形成到底是受到这些传说的影响还是这些传说受到《库尔曼别克》史诗的影响，还需要做更加深入的调查和研究。

上述传说讲述人们失去名叫库尔曼别克的勇士后怀念库尔曼别克勇士，把他的事迹当作民歌演唱。讲述库尔曼别克、阿克汗等人物的有关

---

① 托莱克·托热汗.柯尔克孜史话［M］.阿图什：克孜勒苏柯尔克孜文出版社，1996：169-180.

② 阿比德勒达江·阿克玛塔列耶夫.库尔曼别克、赛依特别克［M］.比什凯克：夏木出版社，1998：6.

事迹。梅列金斯基认为:"在古代人们会更加怀念和推崇古代的辉煌,人民会产生新的历史观。英雄时常产生于缅怀和歌颂过去,他们的歌颂跟与集体有机地联系在一起的英雄史诗是人们对过去的理想化,原始公社制度解体和氏族关系瓦解时期的一种特殊现象。非凡的力量只是英雄气概的一个方面;另一个方面,主人公的公众性、这也正是英雄史诗所要显现出的英雄行为功能。史诗反映的主人公的英勇精神还包含道德的因素,如言出必行,不伤害失去抵抗能力的敌人等。"① 上述传说说明了人们失去英雄的时候的无比怀念,这也许是这部赞颂英雄的英雄史诗形成的开端,还需要进一步研究。

二、相关遗址

柯尔克孜族民间存在一些关于《库尔曼别克》史诗相关遗址的传说和观点。有些遗址被认为是库尔曼别克英雄和他的孙子等相关人物的陵墓、城堡(阔尔干)而得到崇拜,人们把这些地方视为神圣的地方。在国内外,流传有在我国克孜勒苏柯尔克孜自治州的阿合奇县、阿克陶县、乌什县、拜城县等地和吉尔吉斯斯坦的贾拉拉巴德市境内有库尔曼别克和他的子孙的相关遗址的各种说法。而且民间关于库尔曼别克的遗址方面存在多种不同说法。《库尔曼别克》史诗歌手和民间的散吉拉奇们凭《库尔曼别克》史诗的内容和有关传说,各自猜测库尔曼别克的坟墓、城堡等有关遗址。

我国柯尔克孜族中传说库尔曼别克的陵墓,库尔曼别克的城堡、马槽等位于阿合奇县和乌什县境内。关于他的陵墓,柯尔克孜族民族志学家卡兰·阿山阿洪(Kalen Asanakun)说:"库尔曼别克生活到现在已500年。库尔曼别克的坟墓在拜城县名叫乔尔郭(Qorgo)的戈壁滩。"他父

---

① E. M. 梅列金斯基.英雄史诗的起源[M].王亚民,张淑明,刘玉琴,译.北京:商务印书馆,2007:15.

亲给他说过"以前80个人合伙去那里的库尔曼别克的坟墓祭祀朝拜"。卡兰·阿山阿洪说："关于这个坟墓,生活在阿克苏温宿县博孜墩乡的吐尔孙·阿瓦克尔（Tursun Abakir）知道的比较多。但目前为止没有谁能明确地知道库尔曼别克坟墓的具体位置在哪里。有人说库尔曼别克的坟墓在阿克陶县境内的克孜勒套山附近,但也有人说那不是库尔曼别克的坟墓而是阿克汗的坟墓。据说因为库尔曼别克的父亲特依特、孙子西尔达克别克都生活在阿克陶县。① 都是按照史诗的内容和自己的猜测和从前辈们那里听到的传说来确定这些位置,并认为是库尔曼别克英雄的城堡或坟墓"。克孜勒苏柯尔克孜自治州文联非物质文化遗产保护研究室的青年柯尔克孜学者扎依尔·居玛西②说："库尔曼别克生活的年代是近代,离我们的时代很近。萨尔塔洪·卡地尔生前说,库尔曼别克的坟墓在卡拉夏哈尔（焉耆县）③,他生前每次去看望库尔勒的女儿的时候都去那里祭拜。"

关于他的城堡,卡兰·阿山阿洪说："在阿合奇县,玉奇镇内的库尔曼别克的阔尔干（城堡）,以前有7堵围墙,但受到各种破坏,许多人在旁边盖房子,现在只有两三个围墙。库尔曼别克也在乌什县建过城堡,50年代有人见过小的城堡,是库尔曼别克建的城堡,那时在当今的乌什县市内的位置,后来这里盖了楼房,现在完全没有任何痕迹了,也没人记得这个事情。"笔者在调研过程中去了当地人们传说的位于阿合奇县的吾奇（Uq）镇上的库尔曼别克的城堡（korgan）遗址。这是一个位于路边山上的城堡遗址,好像遭受了很大程度的破坏,现在只留有城堡的一点点痕迹。当地人们说"这是库尔曼别克出征路过时临时建的城堡,在这个地方也曾跟卡勒玛克人发生过战争",这个城堡遗址由于自然灾害和后来的人为损害,对城堡的原型的存在造成了严重破坏。这里的柯尔克

---

① 库尔曼别克的父亲的名字在《库尔曼别克》史诗的不同文本中用"特依特""铁依特别克""特依特汗"来表示。

② 克孜勒苏柯尔克孜自治州文联非物质文化遗产保护和研究室工作人员。

③ 现新疆维吾尔自治区和静县境内。

孜人仍然认为这里是库尔曼别克英雄的城堡，心存崇敬之意，认为这里是神圣之地。①乌恰县波斯坦铁列克乡乔尔戈村的《库尔曼别克》史诗歌手阿瓦克尔·阿依特曼别特说："库尔曼别克的坟墓在乌什县，在阿克苏，曾经听说过亲戚去阿克苏参加婚礼时亲戚带他们去看过'库尔曼别克'的坟墓。具体什么位置我已忘记"。②乌恰县卡拉布拉克乡的《库尔曼别克》演唱艺人多莱提·卡热说："库尔曼别克的城堡在乌什县。他的坟墓听说在乌恰县的名叫朱录克巴什的地方。"

扎依尔·居玛西说"库尔曼别克的城堡在阿合奇县，人们以前在阿合奇县的库尔曼别克的城堡中找到过剑刀等物品，后来卖给别人"。扎依尔别克·居玛西说："据《库尔曼别克》史诗歌手萨尔塔洪·卡迪尔说库尔曼别克的城堡、坟墓在卡拉沙尔③。另外还听说过库尔曼别克的坟墓在拜城县境内一个跟骏马名字有关的一个地方，但具体什么地方，已记不清了。还有阿克陶县去往克孜勒套乡的路上有一个遗址，有人说是库尔曼别克的坟墓，还有一部分人则说是《库尔曼别克》史诗所描述的阿克汗的坟墓，到底是不是的问题上也存在不同的说法。"④也有人认为库尔曼别克英雄的城堡和马槽在乌什县境内。这跟《库尔曼别克》史诗的内容符合。在居素普·玛玛依的变体中库尔曼别克在喀什噶尔返回的路上见到一个水草丰盛、空气清新，名叫铁提日苏旁边的地方，并想在这里建城。卡勒玛克的多略尼汗，维吾尔阿克汗为库尔曼别克建城从远方找来2000多人和各种建材，库尔曼别克便在这里建城并把妻子卡妮夏依接到这里，命名为"阿勒提尼托卡依"，因城堡的上面是黑山，所以被称为"塔西吐热"，后来改名为"乌其吐尔畔"（乌什）。从史诗的国内外文本中的地名情况来看，无论是国内变体还是国外变体中所提到的地名都有一定的

---

① 笔者2016年10月19号在克孜勒苏柯尔克孜自治州（阿合奇县）的调研记录。
② 笔者2016年10月18号在克孜勒苏柯尔克孜自治州（阿图什市卡兰·阿山阿洪家进行的）的调研记录。卡兰·阿山阿洪，柯尔克孜族民族志学者，76岁。
③ 根据中外学者的研究，此地应该是现在的焉耆。
④ 笔者在阿合奇县的调研笔录。

相似性，而且基本上都是以我国境内的地名为主。如阿克苏、喀什噶尔、吐鲁番、特克斯、哈密、焉耆、伊犁、库车、奥破力等。根据史诗中的这些地名可以大胆地得出一个初步的结论。那就是，《库尔曼别克》史诗最初产生在我国境内，是以我国境内柯尔克孜族中发生的事件为主而创编出来的一部英雄史诗。

还有一个相关遗址是，按民间的观点中的库尔曼别克的孙子西尔达克别克汗（库尔曼别克的孙子，赛依特别克的儿子）的城堡（korgan）。在柯尔克孜民间，只要一提到西尔达克别克，首先就会提到库尔曼别克英雄，并把西尔达克别克的城堡说成是库尔曼别克英雄的孙子西尔达克别克的城堡。这是历史的一种说法。按《西尔达克别克》史诗的内容，西尔达克别克7岁时离开自己的父母变成孤儿，到13岁时为父亲赛依特别克复仇跟卡勒玛克人作斗争，后来因遭受爱妻的背叛，离开骏马后，惨死在卡勒玛克人手中。西尔达克别克汗的城堡位于吉尔吉斯斯坦阿克塔拉（Aktala）地区琼洛克卡依尼（Qolok kayin）乡的阿拉布尕（Alabuga）河畔。西尔达克别克汗的城堡很早就引起国外学者的兴趣，早被瓦西里·巴托尔（W. Barlod）发现。关于这个西尔达克别克的城堡，在民间存在各种传说。据说盖这个城堡的过程比较神秘，宰杀阉山羊并用阉山羊的油铸成砖，城堡四周有宽度为20米的深水坑，在这个坑里注满水，城堡上面四角有观望塔，任何人都无法接近城堡，无法打败西尔达克别克英雄。据说城堡建完后，设计和参与建设城堡的所有人统统被杀死。

现在的西尔达克别克城堡早已失去原来的模样，只留存城堡的遗址，有关学者凭遗址的模样猜测它原来的样子，并提出自己的观点并造出城堡的模型。西尔达克别克城堡已成为柯尔克孜人纪念西尔达克别克英雄的地方，柯尔克孜人民通过这些遗址纪念英雄，歌颂这些英雄的英勇事迹，为西尔达克别克、库尔曼别克等英雄而感到无比的自豪。

关于库尔曼别克是否为历史人物，阿合奇县克孜勒贡拜孜乡的《库尔曼别克》史诗歌手库尔曼别克·吾木尔（Kurmanbek Omur）说："库尔曼别克是真实的历史人物，到现在最多也是400—500年前生活过的克普恰克部落人。他在乌什县建过城堡，也在阿合奇县的名叫伊力地依库西（Ildiykux）的地方建立过城堡。库尔曼别克的坟墓在吉尔吉斯斯坦的加拉力阿巴德市，当时库尔曼别克被卡勒玛克人刺下马，逃到加拉力阿巴德境内的一个山旁边，遭到卡勒玛克的杀害。"①

在吉尔吉斯斯坦，人们认为库尔曼别克是一位真实的历史人物，是柯尔克孜克普恰克部落的英雄。为纪念他，还在加拉力阿巴德市入口处建立他的塑像。柯尔克孜族民间有许多关于英雄库尔曼别克的传说故事，值得我们研究。《库尔曼别克传说》《思德克的传说》等与史诗相关的传说在柯尔克孜族民间广泛流传。《库尔曼别克》传说用简单的故事语言叙述为"在历史上有过一名叫库尔曼别克的英雄。他打败卡勒玛克人，因为父亲不给他骏马而惨败在卡勒玛克人的手中"。具体内容没有展开。人们把这些传说自然跟西尔达克别克等他的后代联系在一起，库尔曼别克和他的祖先、他祖先的相关遗址，人们把这些遗址同样看作神圣的地方。

长期的游牧生活环境对柯尔克孜族口头文学的发展产生了一定的影响。柯尔克孜族的各种传说、史诗等民间文学作品代代相传，得到了突飞猛进的发展，结构上固定下来，构成一个庞大的史诗体系。有关帕米尔柯尔克孜族中出现的汗王西尔达克别克、斯德克别克②等长篇叙事在18—19世纪广泛流传于民间，它们最初的手抄本也在民间保存了下来。③

另一部跟库尔曼别克相关的传说是关于斯德克④的传说。根据国内相关史料，斯德克别克是传说中的英雄西尔达克别克的儿子。故事流传于新疆柯尔克孜族聚居地区。讲述清朝同治年间，思的克在阿克陶县及喀

---

① 笔者在克孜勒苏柯尔克孜自治州乌恰县的调研笔录。

② "斯德克"是人物的本名，"别克"则是指其获得的一种官衔，是柯尔克孜族历史上的一种地方官职。

③ 国家民委全国少数民族古籍整理研究室.中国少数民族古籍总目提要柯尔克孜族卷［M］.北京：中国大百科全书出版社，2008：109.

④ 即思的克，在不同史料中有混用。

什一带率领柯尔克孜等民族,打败喀什白山派头目托合提·马木提,占领喀什,后来浩罕侵略者阿古伯侵入境内,思的克率领柯尔克孜和维吾尔等族,在喀什与阿古伯激战,兵败逃回家乡阿克陶。阿古伯强占喀什后,他几次组织数千人紧密配合清军,共同抗击阿古伯,守卫喀什、阿克陶及英吉沙尔,最后全歼侵略者的动人事迹。对研究《库尔曼别克》史诗及柯尔克孜族近代史有一定的参考价值。①

柯尔克孜族民间认为西尔达克别克汗的儿子的故事为主要内容的思的克别克传说,在流传过程中被歌手们改编变成史诗,在民间也广泛流传,但至今没有下落。

据柯尔克孜族散吉拉奇托莱克·托若汗的观点,思的克别克的父亲是库尔曼别克,思的克别克是克普恰克的英雄,因为他的祖宗都是长官、巴依,靠钱财和威望把思的克别克送到布哈拉读书,后来又到埃及读书。思的克别克的手下的军官别克波和他一起去许多地方读书。别克波的父亲波阔尼、母亲古拉依木是个有学问的人。并说思的克别克的7位祖先是:思的克别克的父亲阿力达亚尔别克,阿力达亚尔别克的父亲是阿克木别克,阿克木别克的父亲是苏勒坦别克,苏勒坦别克的父亲是居努斯别克,居努斯别克的父亲是吐尔地别克,吐尔地别克的父亲是库尔曼别克,库尔曼别克的父亲为铁依特。库尔曼别克当时不仅仅是一个部落的英雄,而是所有柯尔克孜人的英雄。他是玛纳斯之后出现的第二位英雄人物。他带领我国生活在帕米尔、天山等地区的柯尔克孜人反抗卡勒玛克入侵者。他在斯尔河和阿木河中间的地区也娶过一个妻子,吐尔地别克是他那个妻子所生的儿子。②这些信息在《库尔曼别克》和作为这部史诗续篇的其他史诗中并没有讲述,只是散吉拉们的一种说法。他们认为

---

① 国家民委全国少数民族古籍整理研究室.中国少数民族古籍总目提要柯尔克孜族卷[M].北京:中国大百科全书出版社,2008:110.

② 托莱克·托热汗.柯尔克孜史话[M].阿图什:克孜勒苏柯尔克孜文出版社,1996:169-180.

思的克别克的祖宗都是英雄,当"别克"①"比"②是因为他们是英雄库尔曼别克的后代。"思的克别克如果不是库尔曼别克英雄的后代,他怎么可能爬喀什噶尔的城墙,消灭喀什噶尔的多台(汗)。"③学者艾山·艾莎为了搞清这些民间的说法,对所有的思的克别克的亲戚进行采访。伊犁州特克斯县阔克铁列克乡的卓若别克曾经说:"我18岁之前在阿克陶县生活,现在的旧政府旁边有我们的家,思的克别克的孩子们在那个家长大。思的克别克的儿子是卡孜别克,有4个儿子。我1969年18岁时到伊犁,有一个长者对我说:'如果你是思的克别克的儿子,那你是库尔曼别克的后代。'当时我也不太在意他的话,后来阔克铁列克乡的许多长者也这样说过我,我也没问,现他们都过世了,很遗憾。"④柯尔克孜民间认为思的克别克是西尔达克别克的儿子。思的克别克史诗有关的各种传说,跟《库尔曼别克》有关传说一样在民间流传得比较广泛。

笔者认为,虽然思的克别克是我国近代真实的历史人物,但他和《库尔曼别克》史诗中的主人公库尔曼别克有血缘关系的说法,没有足够的依据,只是民间的一种推测而已。从《库尔曼别克》史诗的产生年代来看,两个人物生活年代之间至少也有200多年,甚至多到500多年的距离。

思的克别克(1815—1866),新疆阿克陶县人,是阿克陶县历史上著名的柯尔克孜学者,是反对外敌侵略、维护祖国统一的爱国英雄。1857年,在清朝中央政府平定地方叛乱时,思的克主动请缨参与平乱,因平判有功而受到清朝中央政府重用,被任命为整个帕米尔地区柯尔克孜部的别克。随即,其在赏赐的1000余亩土地上修建城池,历史上称之为——思的克别克城。1865年,阿古柏入侵时,思的克率领当地各族群

---

① 别克:古代柯尔克孜族对官职的一种称呼。

② 比:古代柯尔克孜族的一种特定官职。

③ 艾山·艾莎.思的克别克的祖父库尔曼别克英雄.卡萨巴柯尔克孜微信公众号,2016-12-12.

④ 同上。

众奋起反抗，打响了新疆人民反击阿古柏入侵斗争的第一枪。长期受挫于内外夹击的阿古柏以求和为借口，诱骗思的克别克入城并于1866年将其陷害致死。1954年，思的克别克古城遗址被确定为新疆维吾尔自治区区级重点文物保护单位。2016年7月阿克陶县在原址重建"思的克别克古城"，并确定为县级"青少年爱国主义教育基地"。①

通过上述遗址和关于这些遗址相关的传说，我们可以看到《库尔曼别克》史诗在民间的影响。柯尔克孜民间认为库尔曼别克是一个真实的历史人物。人们把主人公库尔曼别克与近代的各种历史人物联系到一起。

对于在民间存在的有关库尔曼别克英雄的坟墓、城堡、马槽和其他相关遗址，得出一个确切的结论是极为艰难的事。在库尔曼别克英雄的坟墓和城堡方面虽然存在各种说法，但具体位置只靠上述的民间传说也很难确定。关于库尔曼别克英雄的城堡，史诗中有库尔曼别克从喀什噶尔返回的路上发现一个美丽的地方并在那里建立他的城堡。史诗这样描写：

jilkiqinin toosuna,	吉勒克奇的山岗，
qigip bardi Kurmanbek.	少年英雄登上山巅。
suusu kaxka tupptunuk,	清泉淙淙绿草如毯，
tvxtvk jagi kara too,	南面是雄峻的卡拉套山，
tvndvk jagi ala too,	上方是肃穆的阿拉套山，
batix jagi keg ozon,	中间翻滚着滚滚的波涛。
kiygaq qigix jaginda,	从斜对面的悬崖上，
agip jatat kumarik.	迷人的瀑布一泻千里，
altmix eki bulanip.	跌下悬崖水声如兽吼。
Er Kurmanbek baatiring,	库尔曼别克看到这里决定居住。
jeti jil jatkan jer uxul,	英雄库尔曼别克住了七年，

---

① 这一段文字是阿克陶县思的克别克古城遗址纪念馆门口的说明。

kirgiz mazar degen bar.① 在这里筑有"柯尔克孜陵墓"。

人们称这里为玉其吐鲁番②，将移居此地的人们称为"阔其曼"③。这也许是柯尔克孜人把库尔曼别克英雄的城堡说在乌什县的一个原因。从民间的有关传说内容来看，也跟史诗各变体的内容有关。人们也凭着史诗内容、史诗歌手的解释，出于崇拜史诗主人公的原因，坚信史诗主人公及坟墓确实存在。

关于库尔曼别克英雄的坟墓，在居素普·玛玛依的唱本中，库尔曼别克的妻子卡妮夏依得知库尔曼别克死亡后痛苦地殉情，阿克汗把卡妮夏依的尸体带到库尔曼别克坟墓里埋葬，后又担心被卡勒玛克人发现，又把英雄的尸体驮到骆驼上搬到别处埋葬。从此谁都不知道库尔曼别克的坟墓在哪里。这在史诗中描写为：

Akkan baxtap baardigi,	以阿克汗为首的人们，
okvrvp turat qur etip,	个个垂头默默地饮泣。
turpan menen kaxkardan,	他们从吐鲁番和喀什噶尔，
tvrdv usta taptirip,	请来著名的能工巧匠，
kvmbozvn korkom saldirdi,	把陵墓修建得典雅精致，
kiyanat ketken dosunun,	将英雄的光辉业绩，
kizmatin jazip bildirdi.	详尽地铭刻于墓碑。
kilqinin svrotvn,	把一把闪光的利剑，
kvmbozvno ildirdi.④	在陵墓上高高悬起。

阿克汗让卡妮夏依告知库尔曼别克的死讯时说：

---

① 居素普·玛玛依.库尔曼别克[M].阿图什：克孜勒苏柯尔克孜文出版社，1984：243.
② 玉其吐鲁番：乌什。
③ 阔其曼：意思是搬迁过来的人。
④ 居素普·玛玛依.库尔曼别克[M].阿图什：克孜勒苏柯尔克孜文出版社，1984：322.

kvn kiyadan batkan kez,	在太阳将要降落的时候，
kvn siyaktu Kurmanbek,	像太阳一样的库尔曼别克，
kvn tiybes jerge jatkan kez.	僵卧在不见太阳的地方。
ay tobodon batkan kez,	在月亮快要沉落的时候，
ay qirayluu Kurmanbek,	像月亮一样的库尔曼别克，
kara adirda jatkan kez.	在荒凉的戈壁滩上。
altin qiray Kurmanbek,	我已把库尔曼别克英雄埋葬，
ay tiybes jerge jatkan kez.①	躺倒在月亮照不到的地方。
…… ……	
Kanxaydi bek Akkan,	阿克汗让骆驼驮着卡妮夏依的遗体，
arnagan naarga jvktotvp,	来到库尔曼别克英雄墓地。
kalmaktar soogvn alat dep,	为防卡勒玛克人会来焚尸扬灰，
kvmbozvnon aqtirip,	阿克汗将英雄的遗体从墓穴取出。
andan kiyin kim billet,	这一对情人的安葬之处，
kayda alparip jaxirdi.②	世人再没有谁能够知悉！

从这一段内容中可以看出，库尔曼别克的坟墓在哪儿无人知晓。史诗演唱歌手和听众按史诗的这些内容或前人们的说法而猜测具体的位置，把那些与史诗内容毫不相关的地方也认定为英雄的城堡或坟墓并形成了有关的传说。当今柯尔克孜族民间也有些人认为库尔曼别克英雄的城堡和马槽在乌什县境内。这与《库尔曼别克》史诗的内容相符合。

对于英雄死亡、英雄坟墓的建造过程的描述是突厥语民族英雄史诗的一个主要特点。《玛纳斯》等英雄史诗也都有这方面的描述，而且这两部史诗中关于英雄陵墓的建造过程描述得基本相同，这在本书后面的章节另行探讨。在柯尔克孜族民间有《库尔曼别克》流传的地方就有关于库

---

① 居素普·玛玛依. 库尔曼别克[M]. 阿图什：克孜勒苏柯尔克孜文出版社，1984：330.

② 居素普·玛玛依. 库尔曼别克[M]. 阿图什：克孜勒苏柯尔克孜文出版社，1984：339.

尔曼别克及相关人物遗址的传说流传。史诗的各个异文中对库尔曼别克的城堡、坟墓等的位置的观点产生了一定的影响。民间关于这些库尔曼别克英雄遗址及相关的传说，是柯尔克孜族古老的祖先崇拜、英雄崇拜等观念的一种体现。

第四节 产生年代

史诗的产生年代是一个复杂的问题,目前为止没有一部史诗能知道其确切的产生年代,都只能靠某种推测。《库尔曼别克》的产生年代问题在国内外存在各种观点,是本书研究的重要问题之一。这部史诗除了在柯尔克孜族民间流传外,还有异文在卡拉卡勒帕克斯坦流传。《库尔曼别克》史诗的卡拉卡勒帕克文的主编卡布勒·玛克萨托夫指出:"《库尔曼别克》史诗产生于16世纪前,是卡拉卡勒帕克所处的诺盖联盟时代。"他认为柯尔克孜民间的克普恰克、特依特、西尔达克别克等人名和塔什干、乌什、喀什噶尔等地名与史诗中的地名有一定的一致性,迄今已有500年历史。并认为库尔曼别克为16世纪的历史人物。① 为此,吉尔吉斯斯坦为纪念库尔曼别克英雄,于1995年举行过《纪念库尔曼别克500年学术研讨会》,在吉尔吉斯斯坦民间也把贾拉拉巴德(Jalalabad)市称为"库尔曼别克城",在这个城市的入口处立有库尔曼别克的塑像。

我国学者阿地里·居玛吐尔地认为《库尔曼别克》史诗产生于17—18世纪,指出"在中亚各族人民历史上有一个"准噶尔贵族的入侵"的血

---

① 转引自阿比德勒达江·阿克玛塔列耶夫.库尔曼别克、赛依特别克[M].比什凯克:夏木出版社,1998:14.

泪史。这段历史正好发生在这个历史期间。《库尔曼别克》史诗以这段历史为背景，反映柯尔克孜族反抗准噶尔入侵者的斗争。

我国柯尔克孜族历史学家安瓦尔·巴依吐尔、玉赛音·阿吉等学者则认为《库尔曼别克》史诗大约形成于16世纪，他说："库尔曼别克是柯尔克孜历史上的真实历史人物，是克普恰克部落首领。"①

按上述国内外的各种观点，《库尔曼别克》史诗的产生年代可以归结为16—18世纪期间。但史诗的产生年代问题是一个很复杂的难题，虽然这些观点有一定的依据，但都不太合理，而且根本无法确切地考证产生在具体哪个年代。笔者认为从《库尔曼别克》的历史背景、内容来看，《库尔曼别克》史诗产生于13—18世纪间，因为柯尔克孜族与卡勒玛克人的斗争直到18世纪才平息。

史诗从形成到发展至今，已经历漫长的历史过程，内容会不断充实，也会有所增减，也会随着时代的变化而变化。从史诗的内容来看，我们也只能看出某个时代的背景和痕迹。所以，把《库尔曼别克》史诗的产生放在某个年代还不如放在某个时代来观察。因为它反映的不是某一个具体的年代，而是一个特定的时代的人们口头传统的产物。梅列金斯基说："史诗产生和反映的不是某一个年代而是某一个时代。"②这个观点在这部史诗产生年代问题研究上有一定的价值。

柯尔克孜民间把库尔曼别克生活的年代称为"卡勒玛克年代"，是指跟卡勒玛克人相邻而居和被入侵的那些时代的总称。柯尔克孜民间认为库尔曼别克是生活在卡勒玛克年代（时代）的英雄。在我国历史资料中也有这个概念，是"蒙古时期"，指13—15世纪之间的时间。③史诗歌手在演唱这部史诗时，尤其是以散文或韵散文形式演唱这部史诗时，常

---

① 阿地里·居玛吐尔地，托汗·依莎克. 当代荷马：《玛纳斯》演唱大师居素普·玛玛依评传［M］. 呼和浩特：内蒙古大学出版社，2002：200.

② E. M. 梅列金斯基. 英雄史诗的起源［M］. 王亚民，张淑明，刘玉琴，译. 北京：商务印书馆，2007：14.

③ 杨建新. 中国西北少数民族史［M］. 北京：民族出版社，2009：409.

以"在那个卡勒玛克年代有过名叫铁依特别克的汗王"为开头。但"卡勒玛克年代"在柯尔克孜民间的范围比这个更广泛些,可能延长到18世纪。《库尔曼别克》史诗中描述的,跟卡勒玛克人做斗争的是柯尔克孜族克普恰克部落。《库尔曼别克》史诗流传至今,经过几代史诗歌手的再创编,不停地加工,受到史诗演唱歌手的主观思想认识的影响,目前无法得出结论形成于哪个年代,只能说史诗的内容是对某个时代,某一事件抽象的、想象的描述。

从《库尔曼别克》史诗的内容和反映的背景来看,跟《玛纳斯》史诗的历史背景也十分相似。在《玛纳斯》史诗的形成方面有各种观点,如7—9世纪、9—10世纪、16—18世纪。学者郎樱认为《玛纳斯》史诗基本形成于13—15世纪①,也就是指历史资料中的"蒙古时代"。史诗中的事件也发生在天山一带,无论是史诗国内文本还是国外文本所提到的地名均是我国境内的天山一带的地名,如喀什噶尔、克孜勒苏、阿克苏、卡拉夏哈尔、卡米比力、吐鲁番等,所描述事件也发生在天山一带,从这个方面来看,《玛纳斯》和《库尔曼别克》史诗在形成年代上也比较接近。

国内外散吉拉奇们把库尔曼别克视为真实的历史人物。据吉尔吉斯斯坦散吉拉奇托郭罗克·莫勒多的观点,16世纪克普恰克部落的艾西木汗的后代库尔曼别克、赛依特别克、西尔达克别克等人物在安集延、阿尔卡等地区为反抗卡勒玛克人的入侵进行斗争。② 我国学者曼拜特·吐尔地指出:"根据传说,名叫艾西木罕的有名叫赛依特别克和铁依特别克的两个儿子。铁依特别克有一个儿子起名为库尔曼别克,赛依特别克也有一个儿子起名为西尔达克别克。吉尔吉斯斯坦学者阿比德勒达江·阿克玛塔列耶夫在他的《库尔曼别克、赛依特别克》一书的前言部分说:"库尔

---

① 郎樱.柯尔克孜族英雄史诗《玛纳斯》,樱之花博客,2012年6月7日.
② 阿比德勒达江·阿克玛塔列耶夫.库尔曼别克、赛依特别克[M].比什凯克:夏木出版社,1998:14.

曼别克是真实的历史人物，史诗反映的是真实的历史事件"并通过史诗中的人名、地名和有关历史的研究认为：过去的"卡勒玛克朵奥如"（卡勒马克时代）在这些民间文学中留下痕迹。《库尔曼别克》史诗是以16—18世纪的历史事件及库尔曼别克、阿克汗等历史人物的事迹为基础的一部英雄史诗。史诗中的地名是证明这个观点的重要因素之一，如喀什噶尔、卡拉夏哈尔、哈密、安集延、阿赖、加斯等。史诗中反映的有些事件在历史资料中也有记载。如，库尔曼别克是与哈萨克的艾西木汗生活在一个年代的人物，艾西木汗来塔什干，他俩在库尔曼别克的阿克卡拉宫廷里见面。艾西木汗是16—17世纪生活的历史人物，克普恰克部落人，民间关于他的各种传说比哈萨克多。托郭罗克·莫勒多根据这些传说创造了"叶尔艾西木"史诗。哈萨克学者巧坎·瓦勒哈诺夫也确定在那个时代柯尔克孜与哈萨克有友好的关系。确定库尔曼别克是真实历史人物还有一个证据是在历史文献中的柯尔克孜族与卡勒玛克人关系的相关记载。《库尔曼别克》史诗中主要描述了库尔曼别克与卡勒玛克人战斗的英勇事迹，关于库尔曼别克和阿克汗之间友谊的描述在史诗中处在重要的地位。根据史料，柯尔克孜族与维吾尔族也有友好来往关系。17世纪随着卡勒玛克人的不断强大，柯尔克孜人迁至阿克苏、吐鲁番、喀什噶尔等地生活。9世纪以后，我国柯尔克孜族的分布范围越来越大，由最初的天山山区逐步发展到帕米尔高原及其以西的兴都库什山一带与蒙古、维吾尔、哈萨克、塔吉克、乌兹别克等民族成为近邻或杂居。据史料记载，在塔里木盆地绿洲上的乌什、阿克苏、库车、轮台、和田、喀什噶尔等也都有柯尔克孜人。16世纪初，柯尔克孜部落迁到喀什噶尔、吐鲁番、阿克苏等地，这些地方也有柯尔克孜族居住。17世纪巴依博托卡里、索库尔比、阔硕依别克、克拍克别克、西尔达克别克等人在喀什噶尔中担任重要的职务。有的还担任阿依玛克（地区）的长官。史诗中阿克汗作为库尔曼别克的朋友的性质出现也有历史生活基础。再者，史诗中出现的地名，如安集延、加斯、喀什噶尔、阿赖、塔什干、凯别孜套、焉耆、哈密、吐鲁番、乌什等地名和相关事件的描述接近于历史。据有关历史资料，在近代有柯尔克孜族在上述这些地方生活并和周边民族进行经济来往。据《库尔曼别克》史诗，柯尔克孜克普恰克部落的首领铁依特别克汗居住在安集延，宫廷位于加斯（jaci）。①今新疆维吾尔自治区乌恰县境内也有名叫加斯的乡村。史诗中奥兹干地区的河、奥兹干和阿特巴什中间的大板、安集延和费尔干纳省中间的大沙漠、费尔干那省的亚孜瓦尼沙漠、安集延和浩罕等历史地名在史诗中都有描述。据相关历史资料，历史上这些地方是柯尔克孜依奇克力克部落的居住地之一。在当今亚孜瓦尼和邻居地区还有居住在依奇克力克、阿地格那、恰皮克力地克等部落的残留。史诗所提到的加斯以前是丝绸之路的一个分支。史诗描述库尔曼别克出生和成长在这里。史诗内容记载那时卡勒玛克人驻守在焉耆和哈密地区。在史诗的各种文本中，吉尔吉斯斯坦史诗歌手卡力克·阿克耶夫的变体中所提到的地理位置跟历史有很大的相符性。这个异文中库尔曼别克通过阿拉朱库（Alajuku）、阿拉依（Alay）、喀什噶尔来到哈密跟卡勒玛克人征战。战胜卡勒玛克人之后库尔曼别克跟得知自己的名气并在路上等他的阿克汗见面并结为盟友。这很符合民间流传的"卡勒玛克克尔沁"历史传说。库尔曼别克和阿克汗的关系不仅仅反映他们两人之间的友谊，还反映出这些地区之间的友好来往关系。②

以上这些观点虽然有一定的依据，但笔者认为民间文学作品、艺术创造有自己的规律和方法。史诗经历形成、发展的漫长过程，很多现实生活中的因素慢慢唱进史诗里面，艺术地反映柯尔克孜族人民当时的社会生活，满足人们对艺术的追求。的确，这部史诗反映的是库尔曼别克和卡勒玛克人的战争，但具体跟谁的战争这个很难说。所以确定这部史诗的历史真实性问题也是比较难的。

在史诗中描述的库尔曼别克的挚友阿克汗（Akkan）是谁的问题上，

---

① 居素普·玛玛依.库尔曼别克［M］.乌鲁木齐：新疆人民出版社，1984：116.
② 阿比德勒达江·阿克玛塔列列夫.库尔曼别克、赛依特别克［M］.比什凯克：夏木出版社，1998：7-10.

吉尔吉斯斯坦学者阿比德勒达江·阿克玛塔列耶夫说"库尔曼别克和阿克汗是同一时代生活过的人"。我国柯尔克孜族学者玉赛音·阿吉也把库尔曼别克和阿克汗作为历史人物进行阐述。他在《柯尔克孜史话》一书中写道:"这位英雄在乌什县境内修建了城墙,为自己的名马铁勒托茹专门修建了马槽。他还曾同阿克汗结为盟友。最后,在卡拉夏哈尔牺牲。库尔曼别克是一个历史人物是毋庸置疑的。"①

史诗中所描述的阿克汗是上述历史中的阿克汗,这只是一种推测,需要大量的历史资料来考证,仅靠史诗内容得出结论是不科学的。名叫阿克汗的人物不仅仅是在《库尔曼别克》史诗,还在维吾尔、乌兹别克、哈萨克等操突厥语民族的民间文学作品中经常出现。如维吾尔、乌兹别克族等广泛流传的爱情达斯坦《塔依尔与佐赫拉》中,阿克汗和卡拉汗是汗王,阿克汗是该故事主人公塔依尔的父亲。②在柯尔克孜族、哈萨克族等民族中流传的《阿勒帕米西》史诗中,阿克汗是冬天的象征。阿克汗这名字也有可能是各民族史诗中的人物名字的互相挪用或彼此影响。史诗中的人物大都找不到其原型,如铁依特别克是那些历史比较久远、体裁与传说近似的史诗中的人物,卡拉汗和阿尔滕汗是广泛地使用在操突厥语民族的史诗中的人名,常常用作新娘父亲的名字,而并非什么可汗。③阿克汗这个名字也常出现在维吾尔、柯尔克孜等民族史诗、传说中。在柯尔克孜族《玛纳斯》等史诗中维吾尔人的住处常被描述为喀什噶尔、阿图什等地,只能说是民间文学作品里的某些程式的搬用。

与《库尔曼别克》史诗有密切关系的柯尔克孜族英雄史诗《赛依特别克》《西尔达克别克》等史诗也是分析这部史诗历史真实性的一个重要

---

① 阿地里·居玛吐尔地,托汗·依莎克.当代荷马:《玛纳斯》演唱大师居素普·玛玛依评传[M].呼和浩特:内蒙古大学出版社,2002:201.

② 阿布都外力·克热木,阿地里·居玛吐尔地,毕桪,等.中国突厥语民族民间达斯坦概论[M].北京:民族出版社,2017:210.

③ E.M.梅列金斯基.英雄史诗的起源[M].王亚民,张淑明,刘玉琴,译.北京:商务印书馆,2007:267.

因素。在民间，把这些史诗的主人公赛依特别克、西尔达克别克分别被认为是库尔曼别克英雄的儿子和孙子。从这些史诗的内容来看，这3部史诗虽然都是各自独立的英雄史诗，但跟《库尔曼别克》史诗并成一个系列。这些史诗的内容和产生年代跟《库尔曼别克》史诗和相关历史虽然有一定的关联性，都是近代形成的英雄史诗和英雄人物，但目前无法考证三者之间的血缘关系。只能说是民间歌手为让听众相信自己的演唱，模仿《玛纳斯》等史诗框架的一种结果。《库尔曼别克》史诗的内容演唱延续到第三代，描述为他们有血缘关系，但从这些史诗的内容来看并不是一个时代的产物，可以说都是史诗歌手创编的功劳。

上述几个方面虽然有一定民间传说基础，但仅仅靠这些资料不能完全下结论证明《库尔曼别克》史诗内容的真实性。史诗虽然包含着一些饮食、交通、服饰、婚礼等民俗社会关系，有现实社会生活场景的描述，但对一个民间流传，包含一定加工、即兴创作等因素的史诗来说，认为它反映的是事实，塑造的是真实历史人物是没有科学依据的。

史诗歌手的最大特点是，他希望自己演唱的内容真实可信，努力让人们信服自己所演唱的内容，被他的口才和演唱才能折服，否则这些史诗将会失去魅力。所以在演唱过程中，即兴创编时加进去自己生活的环境、地名、人名等是很普遍的，通过这些内容来增添真实性，在民间演唱中是极为常见的现象。查德威克兄弟（Chadvick, K. M. and Chadivick, M. K）讨论英雄史诗的起源问题时说，对于历史事件的淡忘会导致史诗内容出现失真或时间顺序的颠倒，人名、人物及历史事件互相混淆，张冠李戴等现象。鲍勒（C. M. Bowra）认为由于讲唱者对历史事件的淡忘将人物和时间自由组合，出现演不符实或一些风马牛不相及的历史事件联系在一起，为了丰富史诗的内容情节扩充史料。[①] 曾经与史诗共存的历史传说成为经典英雄史诗素材的重要来源，自然，历史传说所叙述的毕

---

① E. M. 梅列金斯基. 英雄史诗的起源 [M]. 王亚民，张淑明，刘玉琴，译. 北京：商务印书馆，2007：2-4.

竟不是真实的历史，而且它们在写进史诗时也经过了概括和加工。

从上述关于史诗的历史真实性的探讨中可以看出，英雄史诗虽然确实包含这个民族某个历史阶段的状况，但并不避免有不符合历史的因素。不可排除里面包含风马牛不相及的历史事实的增加；再说，史诗因经历漫长的传承过程，会保持原样的可能性很小。随着本书的研究，尤其这部史诗与其他英雄史诗的关系和史诗中的程式句法等的研究，我们会在这部史诗的历史真实性问题上得到进一步认识。

就像《玛纳斯》史诗所说的一样：

哎……哎……哎依！
如果英雄们的神灵扶持，
如果我唱得不假，
那么让我来唱唱玛纳斯英雄吧！
这些故事一半是假的，一半是真的，
因为我不是他们时代的人。
谁也未曾待在他们身边，
为了满足朋友们的心愿，
真假有何相干？
许多是假的，许多是真的，
我未曾目睹，
别人也没有亲眼看见，
为了满足众人的心愿，
增添了又有什么关系？
如果琅琅地唱起，
大家会感到欢畅满意！
这是我们祖先的故事，
我们怎能不唱呢？
我们继承下来的

是祖先珍贵的遗产,
如果不尽情演唱,
那将十分遗憾!
这是自古流传下来的故事,
不开始演唱怎能行?
如果唱起祖先的故事,
便会再现当年的情景。
……
在这些故事之中,
魔法家多,大力士多,
道不尽的习俗更多。
乡亲们,你们仔细地倾听吧!
言过其实的谎话也很多。①

我们从《玛纳斯》史诗的这些诗行一定程度上揭开了柯尔克孜族英雄史诗的本质。史诗虽然有一定的社会生活痕迹,但也包含着不真实的艺术因素。我们目前无法找到把史诗关联到这个历史的可靠的依据,因为这些资料都基本停留在传说、艺术层面。即使史诗所反映的历史印记比较鲜明,但它毕竟不是历史的实录,也不是那些历史事件的艺术化的反映。因此,在研究中我们绝对不能用史诗的内容硬生生地去套历史。②史诗的目的是艺术欣赏,创造出反映人们道德规范的理想世界,即对往事的回顾、信念、希望、抱负、理想等。所以仅从历史角度研究和诠释史诗,对揭示史诗本质并不一定十分有效。③英雄颂词虽然是我们英雄史

---

① 居素普·玛玛依.《玛纳斯》汉译本:第一卷[M].阿地里·居玛吐尔地,译.2009:1-6.
② 阿布都外力·克热木,阿地里·居玛吐尔地,毕桦,等.中国突厥语民族民间达斯坦概论[M].北京:民族出版社,2017:142.
③ 阿地里·居玛吐尔地.《玛纳斯》史诗歌手研究[M].北京:民族出版社,2006:261.

诗的源头之一，但并不能将所有英雄史诗的形式归结为颂词。因为这些史诗形式随着非诗体叙述的不断韵律化逐渐变成独立的史诗，而韵律化的出现则是采用相同的方法诵读"娱乐"和"颂歌"的结果。[①] 这在这部史诗的程式化特征表现得更明显。

从《库尔曼别克》史诗的内容框架看，它明显地在历史背景和部分内容上受到《玛纳斯》等英雄史诗的影响。我们对《库尔曼别克》史诗进行研究时必须先从这个方面入手才能了解它产生的原因和根源。在产生年代问题上不能只靠推测，而要深入分析和研究史诗的内外各种因素才能得出比较可信的结论。因为过去的社会经济条件、民族心理、语言等有多方面的共性，《玛纳斯》与《库尔曼别克》史诗有许多共同之处，这种共性同诗歌结构描写草原骑士的英雄史诗不仅是操突厥语的蒙古不同游牧民族的典籍，而且是柯尔克孜族民间文学遗产的重要的典籍。这些史诗都以游牧民族和草原生活相关的社会生活为背景，广泛采用修饰语和夸张、比喻等扬弃原本的意义的词汇作为歌颂英雄行为的手段。除了史诗中的人名、地名、族名和情节的安排等有区别外，从内容上很难找出所反映的不同时代的区别。那么能否就把这个史诗完全可以放在同一个时代背景上，以便更好地理解它们呢？关于这一点在第三章中将具体进行探讨。

---

① E. M. 梅列金斯基. 英雄史诗的起源 [M]. 王亚民，张淑明，刘玉琴，译. 北京：商务印书馆，2007：3.

第 二 章

《库尔曼别克》史诗的现代传承与文本分析

第二章 《库尔曼别克》史诗的现代传承与文本分析

"活形态"的英雄史诗传统是我国柯尔克孜族传统文化的重要组成部分。这些口头传统的创造者、传承者都是不同时代的玛纳斯奇们。要理解《库尔曼别克》史诗的口头特征，我们必须通过现场观察民间史诗歌手的传承与表演来寻找答案。在过去的草原生活中，口头表演已成为柯尔克孜族的主要休闲娱乐活动形式，也是发挥人们智慧和才能的主要场合。这种场合中，史诗歌手，也就是那些玛纳斯奇们为了在听众面前发挥自己的才能，在传统基础上进行即兴创作，基于传统的即兴创作越出色，越受听众的称赞和肯定，各种口头传统的作品就这样不断得到翻新。这些口头传统作品的创作、演唱、流传和传承几乎是同一时间进行的，听众中有语言才能，记忆力超群的人在场受熏陶后，再去演唱和表演。就这样，新的史诗歌手便会出现，伴随他们的演唱，史诗也一代又一代地流传。广大玛纳斯奇们是口头传统的最大、最具代表性的拥有者和传承者。

《库尔曼别克》史诗的传承方式也如其他史诗一样，大部分玛纳斯奇们演唱《玛纳斯》史诗的同时也会演唱《库尔曼别克》史诗。我们从《玛纳斯》史诗的演唱语境中就可以想象《库尔曼别克》史诗的演唱和表演过程，《库尔曼别克》史诗也是在相似的口头传统和语境下形成、流传和演唱的，与《玛纳斯》史诗具有共同的特点。

第一节　演唱形式和演唱人

19世纪之前，柯尔克孜族的大型史诗类作品的演唱者并没有形成特定的名称，一直被称为"额尔奇"①。直到20世纪30年代"交毛克奇"（Jomokqu）这个术语开始广泛使用，成为玛纳斯奇们认同的一种表达方式。"交毛克"代表的是一种文类的概念，分为"决交毛克"和"交毛克"两类，"决交毛克"通常指用散文体讲述的各类民间故事，而"交毛克"指用韵文演唱的长篇英雄叙事类作品。

一、玛纳斯奇和库尔曼别克奇

柯尔克孜民间的玛纳斯奇们是史诗的创作者和继承者，是柯尔克孜口头艺人当中的杰出的代表。"玛纳斯奇"是一个指涉性更强、意义更明确的概念。从20世纪中叶开始，随着《玛纳斯》史诗演唱人数的不断增加以及柯尔克孜民间口头艺人专业分类的细化，"玛纳斯奇"这个名称逐渐代替原先的那些"额尔奇""交毛克奇"等意义模糊的概念而成为《玛纳斯》等史诗演唱者的专用名。②

---

① 额尔奇：掌握语言艺术技巧的，能够创作和表演任何形式韵文作品的民间艺人。
② 阿地里·居玛吐尔地.《玛纳斯》史诗歌手研究［M］.北京：民族出版社，2006：32.

玛纳斯奇是指那些专门演唱《玛纳斯》史诗的民间艺人。在当今人们的口碑和记忆当中，很多大师级古代玛纳斯奇的名字后面都冠有"额尔奇"这个头衔。这主要是因为有些玛纳斯奇除了演唱《玛纳斯》外还即兴创编民歌等其他类型的口头文学作品和史诗，在创作方式上具有相似性。但这都不能从真正意义上准确地表达玛纳斯奇这个概念的全部内涵。

与玛纳斯奇一样，在民间演唱《库尔曼别克》史诗的歌手被称为"库尔曼别克奇"（Kurmanbekchi），含义跟"玛纳斯奇"的含义相同。在民间，玛纳斯奇们除了演唱《玛纳斯》史诗外还演唱《库尔曼别克》史诗等其他史诗，但演唱《库尔曼别克》的人不太可能会演唱《玛纳斯》史诗。

评价《库尔曼别克》演唱艺人的创作才能，主要看他对那些纷繁庞杂的传统材料的消化吸收，演唱和表演中自由调配灵活运用的程度。所

《库尔曼别克》史诗演唱艺人苏云都克·哈热（1981— ）

掌握的口头文化传统基因越多，演唱和表演让听众越佩服，才能算得上成功的史诗歌手。《库尔曼别克》史诗演唱歌手也是按这个定义，被称为"库尔曼别克奇"，但指的是专门演唱这部史诗的史诗歌手。在民间，会唱《玛纳斯》史诗外也会唱《库尔曼别克》等史诗的史诗歌手同样被称为"玛纳斯奇"。"玛纳斯奇"这个身份有双重意义，不仅仅指演唱《玛纳斯》的人，同时还指能演唱《库尔曼别克》等其他任何史诗的人。"库尔曼别克奇"这个称呼是模仿"玛纳斯奇"这个词而来，其社会影响力不大，只是我国柯尔克孜族民间的一种称呼。而且这个称呼只存在于我国柯尔克孜族民间，演唱《库尔曼别克》史诗的史诗歌手在国外一般都被概括称为"玛纳斯奇""额尔奇""交毛克奇""阿肯"等。玛纳斯奇群体在传承《库尔曼别克》史诗的过程中起到了很大的作用，可以说没有玛纳斯奇，《库尔曼别克》史诗是不可能流传至今的。玛纳斯奇们是柯尔克孜族庞大的口头传统的继承者和传承者。如果把柯尔克孜族宏大的史诗传统比喻成一棵大树，那么《玛纳斯》史诗是树根和主干，而其他史诗可以说是它的枝和叶，只要《玛纳斯》史诗在民间存在和演唱，其他史诗也会随之盛行、发展和流传。《玛纳斯》的演唱也为其他史诗的演唱创造了条件，它的搜集研究也影响和促进了《库尔曼别克》等其他小型史诗的发现、搜集、出版和研究。

玛纳斯奇与库尔曼别克奇的区别在于库尔曼别克奇们从来不会像玛纳斯奇们一样把自己学唱《库尔曼别克》史诗的原因指向神灵梦授，都说是跟实实在在的前辈歌手、师父学习或是自学的。库尔曼别克奇们也有即兴创造能力和超强的记忆力，绝大多数库尔曼别克奇都在家族内或熟人群体内进行学习、演唱和传承。在各种演唱活动中，史诗传承人不仅给新的歌手以启发，还引导他们走入史诗演唱的道路。很多玛纳斯奇把自己演唱《玛纳斯》的原因归结为跟梦授有关，但从来没有一个史诗歌手把自己的演唱《库尔曼别克》史诗的原因跟某种梦授联系在一起，都说是跟师父、熟人、家族中的演唱学习的。

二、传承方式与特点

《库尔曼别克》史诗在漫长的流传过程中形成了自己独特的传承方式和特点。而这种传承方式在《库尔曼别克》史诗的传承中起了十分关键的作用。传承人,也就是史诗歌手,他们的记忆力、即兴创作能力、传统知识储备、经历、身份、所处环境等直接关系到史诗的内容和传承方式。在柯尔克孜民间的玛纳斯奇、库尔曼别克奇等,按传承人的传承特点把《库尔曼别克》史诗的传承方式分为在参与演唱活动中的无意识的血缘传承和有意识的师徒传承,到后来的书面传承和通过现代媒体传承等几种传承方式。

1. 血缘传承

血缘传承方式是指史诗在有血缘关系的全体内部传承,也就是家族传承,如父子之间、兄弟之间、叔侄之间或其他家庭成员之间等。有血缘关系的群体及所处的环境、生活习惯等为史诗的传承提供了便利和条件。因为有血缘关系,平时的接触和来往比较多,传承机会也比较多。从这部史诗的传承方式来看,通过血缘关系、家族传承占一定的比例。如阿合奇县萨帕尔巴依乡的《库尔曼别克》演唱艺人玉山阿洪·布古瓦依(Asanakun Bugubay),是一个典型的、通过血缘传承学会《库尔曼别克》的史诗歌手。他从小跟着父亲学习演唱这部史诗。阿合奇县乌曲镇加朗奇村的《库尔曼别克》演唱艺人库尔曼别克·吾木尔(Kurmanbek Omur)、阿图什吐古买提乡的买买提·热扎克(Mamet Zakir)等史诗歌手都通过父亲学到这部史诗的演唱。除此之外,民间还有很多《库尔曼别克》演唱艺人,从小受到家人的演唱的熏陶,自然变成史诗歌手,得到听众的认可,最终成为著名的《库尔曼别克》史诗歌手。如著名史诗歌手居素普·玛玛依,是从哥哥巴勒瓦依(Baliway)记录的《库尔曼别克》的手抄本中学习的。哥哥巴勒瓦依给他的传承,在这部史诗的传承中起到很重要的作用,让这部史诗在我国得以保存和流传。据郎樱的有关论著，阿合奇县著名的史诗歌手穆塔里甫·库尔曼阿勒（Mutalip Kurmannale）从母亲那里以口头传承方式，学会演唱《库尔曼别克》等史诗，是一位很有才华的史诗歌手，是历经30多年的耳濡目染而学的。著名的《库尔曼别克》史诗歌手萨尔塔洪·卡迪尔的父亲、母亲、祖父、祖母都是民间即兴歌手。

2. 师徒传承

师徒传承指通过师徒关系传承，是年轻的史诗歌手拜民间有名望的史诗歌手为师，从这位老歌手那里学习演唱的传承方式，是《库尔曼别克》史诗的主要传承方式之一。在民间，有名望的史诗歌手受到人们的尊敬和爱戴，他们把自己的演唱技能传给爱好史诗演唱的年轻的歌手，他们的门下都有徒弟，他们把自己的才能传授给门下的徒弟或亲戚、朋友，有生之年培养出几名自己的接班人。比如，著名的《库尔曼别克》演唱艺人，玛纳斯奇居素普·玛玛依、萨尔塔洪·卡地尔等史诗歌手，在生前都培养了许多徒弟。如，民间多来提·卡热（Dolot Kari）、比尔那扎尔·吐尔逊（Birnazar Tursun）等几名史诗歌手，得到了"居素普·玛玛依徒弟"称号，跟他的演唱内容、风格和技巧学习，在民间演唱受到听众的好评。萨尔塔洪·卡地尔也培养了一些徒弟，他们成了当今在民间演唱《玛纳斯》《库尔曼别克》的史诗歌手。除此之外，阿克陶县的玛纳斯奇居素甫·坎杰（Jusup Kenje），12岁到16岁时曾跟随该县莫吉乡的著名的玛纳斯奇巴克塔坤·斯地克（Baketakun Sidik）学习《玛纳斯》《库尔曼别克》等史诗，从此在民间演唱和传承这些史诗。乌恰县博斯坦铁列克乡的阿瓦克尔·阿依提曼别特（Abakir Aytmanbet）以前曾跟随一位名叫米尔热克别克（Mirikbek）的老人，拜师在他的门下学习《库尔曼别克》史诗，后来在民间演唱，成了受欢迎的《库尔曼别克》演唱人。

3. 书面传承

书面传承方式是通过对印刷文本和手抄本的记忆背诵《库尔曼别克》

史诗文本的传承方式，这也是当今对这部史诗的主要传承方式。目前，我国著名的玛纳斯奇居素普·玛玛依的的书面文本已成为一部史诗传承的重要基础。居素普·玛玛依的《库尔曼别克》史诗是从哥哥巴勒瓦依留给他的手抄本中学习的。在当今，史诗的书面文本在一部史诗的保存、流传和研究中起着很重要的作用，通过书面方式传承成为当今这部史诗传承的重要方式。现在的很多史诗歌手基本都从居素普·玛玛依的书面文本中背诵和学习，演唱内容以这个文本内容为基础。

4. 通过音频或视频传承

通过音频或视频传承是近年来发展起来的一种新的传承方式。随着当今社会生活的加速改变，从前的人们有空时聚集在一起听故事的场景已被现代多形式的娱乐方式取代。《库尔曼别克》史诗在民间的演唱随之减少，在一定程度上对这部史诗的传统流传产生了负面影响。为适应这样的变化，诞生了在已出版的书面版本基础上的各种电子唱本，有的已舞台化、艺术化，更受听众的欢迎，传播速度较快，在一定程度上加速了这部史诗的传播和传承。在当今，这样的音频和视频越来越多样化，在这部史诗的流传和发展中起着一定的作用。怎样对待这些电子唱本是我们今后需要思考的问题。这些传承方式的特点是，流传速度快、更新快、传播方便，但在媒体、网络、微信平台等中一时兴起后，很快就过时，很难取代传统传承方式。

需要说明的是，史诗的演唱过程是史诗歌手和听众的互动过程。听众并不要求他们创作新的内容，而是要求遵守史诗演唱的传统，对长期以来反复演唱的史诗内容进行加工，按照自身特点、经历和技巧进行再创作，并且保留和继续传承史诗传统的内容。听众在史诗的发展和传承中起着很重要的作用。听众的鼓励、奖励和肯定对史诗歌手积极性的提高、演唱动力的增强有很大影响。听众的减少导致史诗的失传和遗忘。实现歌手和听众的互动在史诗的传承中起到重要的作用。而书面等现代传承方式在史诗的传承和发展中具有一定的局限性。

第二节　史诗流传现状

《库尔曼别克》史诗作为一部跨国、跨地域的英雄史诗，广泛流传于我国柯尔克孜族聚居地。除我国克孜勒苏柯尔克孜自治州的阿图什市、乌恰县、阿克陶县、阿合奇县，伊犁哈萨克自治州的特克斯县、昭苏县、塔什库尔干塔吉克自治县等地区及其他柯尔克孜族聚居区外，在吉尔吉斯斯坦、乌兹别克斯坦境内的卡拉卡勒帕克等地区也有流传。

《库尔曼别克》史诗在20世纪60年代开始引起国内学术界的关注，最初是德国学者卡尔·赖希尔等国外学者对这部史诗进行了搜集和记录。至今已有很多学者对国内《库尔曼别克》史诗进行搜集、记录、整理、出版和翻译。我国目前已出版的有居素普·玛玛依演唱本。民间虽然还有萨尔塔洪·卡地尔、托合托别克·克孜勒、加帕尔铁木尔、曼别塔勒·阿拉勒曼、阿瓦克尔等史诗歌手的演唱记录本、录音本等，但尚未正式出版。居素普·玛玛依演唱本在20世纪60年代由萨坎·奥迈尔所记录，首次在《克孜勒苏文学》（柯尔克孜文）1980年第1、2、3期刊布。后来被刘发俊等翻译成汉文收入《柯尔克孜民间长诗》（汉文）中，1986年由新疆人民出版社出版。从此，居素普·玛玛依的变体在我国成了唯一出版的《库尔曼别克》史诗文本，在这部史诗的研究、保护、传承中起着很重要的作用，已成为我国柯尔克孜族史诗演唱歌手学习《库尔曼别克》史诗的重要材料。

随着快速发展的现代媒体，为适应人们的需求，2016年1月，在居素普·玛玛依变体柯尔克孜文最初出版的版本（柯尔克孜文版，克孜勒苏柯尔克孜文出版社1984年1月出版）基础上，由歌手铁尔麦奇阿依萨里肯·居努斯在库姆孜琴的伴奏下演唱出版CD光盘。这种与时俱进、适合现代人们生活方式的工作方法受到人们的欢迎，发行量也比较多，某种程度上提高了这部史诗在民间的流传和传承。对此感兴趣的史诗歌手和年轻人从这些现代媒体、广播、微信中以最快的速度学习和听到这部史诗。目前，在柯尔克孜民间，除居素普·玛玛依唱本的电子版本通过这种新形式流传以外，吉尔吉斯斯坦演员和史诗歌手们演唱的史诗《库尔曼别克》的各种电子演唱本和视频等也通过网络、微信等现代媒体广泛流传在柯尔克孜族民间，并受到人们的欢迎。在当今社会，现代媒体已成了《库尔曼别克》史诗传播的一种主要途径，为听众创造便利。听众随时随地都有收听的机会，这在一定程度上提升了这部史诗在民间的知名度。

目前，在柯尔克孜民间流传的《库尔曼别克》电子视频和语音材料主要有：吉尔吉斯斯坦史诗歌手吐干巴依·阿比德耶夫演唱的《库尔曼别克》的完整版（电子视频版），通过柯尔克孜微信平台流传，点击率为1019人次，点赞66人次，吉尔吉斯斯坦歌唱家若扎·阿玛诺娃在库木孜的伴奏下演唱的《库尔曼别克》的片段电子视频版（库尔曼别克和阿克汗结为朋友与库尔曼别克的婚礼的片段），点击率为857人次，点赞78人次；吉尔吉斯斯坦演员古丽扎达·热斯库罗娃在现代乐器的伴奏下演唱的英雄《库尔曼别克》中的四十勇士片段的电子视频版，点击率为1937人次，点赞51人次；还有吉尔吉斯斯坦年轻演员达米热在现代乐器的伴奏下在舞台上演唱的四十勇士的片段，吉尔吉斯斯坦演员在库木孜的伴奏下演唱《库尔曼别克》史诗中"库尔曼别克的悲伤"的片段视频版等。史诗的数字化唱本跟我国居素普·玛玛依的电子文本一起在民间流传，已成为当代史诗流传中的一个焦点。虽然形成了看似史诗流传盛行的画面，但实际上这意味着史诗的传承已慢慢离开原有的生存环境，演唱从面对听众的现场演述慢慢转化为现代媒体传播。史诗演唱歌手已走向老龄化，2014年，著名的玛纳斯奇居素普·玛玛依、萨尔塔洪·卡地尔、曼别塔勒·阿拉勒曼等著名的《库尔曼别克》史诗歌手相继去世，原有的民间活形态传承进入了走向衰亡的转折期。这些歌手是在民间能够完整地演唱《库尔曼别克》史诗的著名歌手，他们曾经在这部史诗的流传和保存上起了很大的作用，正是他们的演唱使这部史诗不断流传，并培养了很多徒弟。他们的这些徒弟今天还在民间继续演唱，成为这部史诗的主要演唱歌手，使这部史诗流传至今。一些史诗歌手虽然也会演唱《库尔曼别克》史诗，但大部分只会演唱史诗的某个片段。比如，英雄库尔曼别克的出生、英雄的出征、英雄的婚礼、英雄库尔曼别克和阿克汗的友谊、英雄的死亡等。他们虽然演唱的仅仅是片段，但是对这部史诗的保留、传承也有一定的作用。

随着柯尔克孜族社会生活环境的变化，现在的年轻人都对这种原始的文化形式不太感兴趣，很难遇见像以前一样在婚礼、节日等喜庆日子里，晚上坐在毡房里围住史诗演唱歌手全心全意地听史诗的场景。以前听故事的休闲娱乐方式被现代网络媒体取代，这在这部史诗的口头流传和保存上起了消极作用，使这部史诗在民间面临失传的危机。早在1989年，德国学者卡尔·赖希尔在我国柯尔克孜族地区调查时从乌恰县的萨尔塔洪·卡地尔那里录下了《库尔曼别克》史诗，并说那是只有老人才感兴趣，老人才学唱这部史诗。① 从这个调查记录到现在已过了30多年，从上述描述中不难看出史诗现在的传承情况。我国学者阿地里·居玛吐尔地在《20世纪以来我国玛纳斯奇一览表》中指出120位玛纳斯奇，其中有4人，分别是居素普·玛玛依、萨尔塔洪·卡地尔、玉山阿洪·布古瓦依、库尔曼别克·吾木尔会演唱这部史诗，还有演唱其他小型史诗的4人，共有8个人演唱小型史诗。当今居素普·玛玛依、萨尔塔洪·卡地尔这两位

---

① 卡尔·赖希尔.突厥语民族口头史诗：传统、形式和诗歌结构[M].阿地里·居玛吐尔地，译.北京：中国社会科学出版社，2011：92.

著名史诗歌手已去世，但生前留下了完整的唱本。除了库尔曼别克·吾木尔目前还能完整地演唱《库尔曼别克》史诗外，玉山阿洪·布古瓦依因年岁已高记忆模糊已不能演唱。

笔者从2015年10月7日到20日在克孜勒苏柯尔克孜自治州阿合奇、乌恰、阿图什市等地对《库尔曼别克》史诗情况进行调研。通过询问当地人找到一些民间歌手并对他们开始记录和采访。调研过程中从史诗歌手那里了解到，与以前相比，现在很多年轻的玛纳斯奇们只关心学习和演唱《玛纳斯》史诗，不太乐意学习和演唱《库尔曼别克》等其他小型史诗，说起原因："有关部门很重视《玛纳斯》史诗的流传和研究工作，玛纳斯奇的社会地位比演唱《库尔曼别克》史诗歌手高许多，现在没人关心《库尔曼别克》史诗的演唱，学习和演唱《库尔曼别克》史诗没用，得不到重视，也没人听。"这是一位《库尔曼别克》演唱艺人的感想和心里话。从中不难看出，当前民间的史诗演唱活动趋向利益化。随着人们生活环境的变化，《玛纳斯》史诗的保护和传承工作的开展，民间的史诗歌手把自己的演唱内容也与时俱进地转移到《玛纳斯》史诗的演唱中。演唱《库尔曼别克》史诗并受邀演唱《库尔曼别克》史诗的人越来越少，其他小型史诗的演唱也越来越少。在柯尔克孜族民间，《玛纳斯》作为最受人欢迎的一部史诗，能演唱《玛纳斯》的歌手自然而然地比演唱其他小型史诗的歌手得到更多的尊敬和肯定。很多玛纳斯奇们在婚礼、节日等民俗活动里应听众要求首先唱《玛纳斯》，然后才会演唱《库尔曼别克》等小型史诗。很多史诗歌手为提高自己的知名度和影响力、得到人们的肯定和赞赏，往往把更多的时间和精力投入史诗《玛纳斯》上。

笔者在阿合奇县见到了75岁的《库尔曼别克》史诗歌手玉山阿洪·布古瓦依并进行了采访和记录。他给我们演唱了《库尔曼别克》史诗，但因年纪大，记忆衰退等原因，只唱了5分钟就唱不下去了，他表示因很长时间没演唱已经忘记了。他是小时候和父亲学的《库尔曼别克》等其他小型史诗，在聚会、节日和婚礼等活动中演唱，除了在年轻时唱过外，再没有唱过这部史诗。

笔者找到阿合奇县的克孜勒库木别孜乡的《库尔曼别克》史诗歌手库尔曼别克·吾木尔。他给我们演唱了《库尔曼别克》史诗，语速快、吐字清楚，从史诗的开头大概唱了半个小时后停下，唱不下去了。说由于年老、记忆衰退等原因现在无法完整地演唱，让我们给他几天时间，回忆一下史诗内容。约好3天后他到县里给我们演唱。他特地穿来了演唱史诗时穿的民族服装，戴上白毡帽，完整地给我们演唱了《库尔曼别克》史诗。这是我们在调研中记录到的最完整的《库尔曼别克》史诗演唱本。情节完整、语速快、吐字清楚、节奏感较强。也许他感觉这并不是他需要的真正的史诗演唱环境，所以演唱时有点麻木，没有任何手势和表情，闭着眼睛演唱，40分钟内唱完史诗的全部内容。虽然时间比较短，但我发现没有漏掉任何一个情节，只是在演唱时省略掉很多内容。比如缺乏对于史诗人物形象、衣着、性格、住处、环境等的细致描述，但史诗的基本情节、框架是完整的。他从小跟父亲学唱《库尔曼别克》史诗，也会演唱《玛纳斯》史诗的一些片段。因小时候开始学演唱，所以到现在还记着全部内容。近年来，除了一些学者和学生来请他演唱外，很长时间没有演唱，因喝酒比较多，年龄大、记忆不如以前，自己平时忙也没时间和机会演唱，所以对史诗内容逐渐淡忘。"演唱前就必须提前做准备，想好内容才行。"他现在一般在民间唱《玛纳斯》史诗。他说："这样的小型史诗现没多少人演唱，听众也一般不太要求演唱这些史诗。"

调研中笔者还采访到了乌恰县波斯坦铁列克乡的《库尔曼别克》史诗歌手阿瓦克尔·阿依特曼别特和居努斯·克热木。首先去了史诗歌手阿瓦克尔家。他因母亲去世才3天，所以不能演唱史诗，后来因听说我们远道而来，很不容易，还是给我们演唱。因为情绪和记忆等原因他只给我们唱了10分钟左右。也因长时间没演唱，已忘记大部分内容。他说他唱的内容基本上是居素普·玛玛依的唱本内容，是跟居素普·玛玛依的已出版的唱本学的。他以韵文形式演唱库尔曼别克的出生、婚礼、死亡等内容，具体情节不详细，具有概括性，10分钟内演唱完这些内容。韵文形式唱完后又以散文形式讲述了一遍史诗的全部内容。之后我们还采访到了

《库尔曼别克》史诗歌手居努斯·克热木。刚开始采访时他说全忘记了,后来在我们的再三要求下才进行演唱,唱了5分钟就唱不下来了,主要唱了库尔曼别克的出生。他7岁时从自己的外祖父,玛纳斯奇麦德提巴依口中学会这部史诗。他说因很长时间没唱过,所以已经忘了全部内容,今后就不再唱,自己也已经唱不了了。从他演唱的内容来看,他演唱的库尔曼别克的出生跟居素普·玛玛的唱本中的库尔曼别克的出生的内容一致。

除此之外,还采访到了乌恰县卡拉布拉克乡的《库尔曼别克》史诗歌手多来提·卡热。他曾经参加过各种《玛纳斯》演唱活动和比赛,获得过很多荣誉证书,获得过"居素普·玛玛依的徒弟"称号,是当地有名的《库尔曼别克》史诗歌手。她因到40岁还没有生育,在空闲时广播里听到《库尔曼别克》史诗后产生兴趣,小时候也跟着家人去聚会、婚礼等活动中听过《玛纳斯》《库尔曼别克》等史诗,并从此喜欢上了史诗。之后,她跟着广播演唱,从书中背诵。在一次偶然的机会,史诗演唱过程中,看到别人吞吞吐吐地唱得不是那么好,便忍不住地出来演唱,因声音洪亮、吐字清楚,受到在场听众的赞赏。从此以后,她便不停地被邀请演唱,从中得到鼓励,有了更好地学习这部史诗的念头,在放牧时听广播,从书中背诵,在没人的地方大声试唱,看自己能否演唱和背诵好刚学的内容,唱不了的地方不断地背诵。她因演唱这部史诗,已获得了很多荣誉的赞赏,她说为了不辜负听众和有关部门的支持,决定今后一定学会完整地演唱这部史诗。她目前虽然不能完整演唱,但在继续学习中,希望自己成为一名好的《库尔曼别克》演唱艺人。

她给我演唱了半个小时,中间因记忆原因停顿了两三次,主要唱了库尔曼别克的出生、婚姻等内容,因为背诵原因所演唱的内容跟居素普·玛玛依的唱本内容一致。演唱声音洪亮,在手势、坐式、服饰、音调等方面不难发现她模仿了国外《库尔曼别克》演员们的演唱风格。她是一位热心的《库尔曼别克》演唱艺人,是目前我国柯尔克孜族民间唯一的《库尔曼别克》史诗女歌手。以前在柯尔克孜民间,有女人不能演唱《玛纳斯》史诗的观点和禁忌,即使这样也出现过女玛纳斯奇。虽然《库尔曼别克》等其他小型史诗没有这种要求，但是女性史诗歌手还是很少见。以前也有过名叫夏哈尔·玛玛依的女性玛纳斯奇会唱《玛纳斯》《库尔曼别克》《加纳依和果桌依》等史诗。

这次调研，还采访到了阿图什市著名的柯尔克孜散吉拉奇、学者卡兰·阿山阿洪和克州文联的扎依尔·朱玛什、乌恰县非物质文化中心办的托合托努尔等本土学者。虽然也得到了其他一些《库尔曼别克》演唱艺人的消息，但因各种原因无法找到他们。

虽然调研的时间短，且因正好是夏天，大部分史诗歌手在山上，找到他们不容易，但还是有一定的收获，达到调研的预期目的。笔者搜集到了一本完整的《库尔曼别克》史诗文本，顺利地采访到了几位史诗演唱艺人和有关学者，对《库尔曼别克》史诗民间的情况有了一定的了解。这次调研是笔者学习以来第一次独立进行的田野调查，接触到了一些史诗歌手，体验和掌握到田野调查的方法和过程，积累了不少经验。

就《库尔曼别克》史诗目前的情况来看，流传情况不容乐观。能够完整地演唱这部史诗的史诗歌手不多，史诗歌手所处的环境也已发生很大变化，以前以唱史诗作为休闲的娱乐活动被现代娱乐方式取代。演唱艺人老龄化。近年来新疆维吾尔自治区政府在有关部门的支持和关心下，新疆维吾尔自治区文学艺术界联合会《玛纳斯》与柯尔克孜达斯坦研究室、克孜勒苏柯尔克孜自治州非物质文化遗产保护中心等相关部门大力重视《玛纳斯》史诗的搜集、纪录、整理、翻译、出版和研究工作，也相继出版了《库尔曼别克》等柯尔克孜族小型史诗，《库尔曼别克》史诗的有些唱本已得到出版和翻译，但对这些小型史诗及史诗歌手进行研究的较少。各级《玛纳斯》和非物质文化研究室里除有《玛纳斯》相关手抄本和相关资料以外，没有《库尔曼别克》手抄本和有关资料和其他小型史诗资料。在国家级、省级、县级《玛纳斯》传承人中虽然有一部分人会唱《库尔曼别克》史诗，但大部分以唱《玛纳斯》史诗为主（见表1）。

表1 我国《库尔曼别克》演唱艺人一览

序号	姓名	性别	生卒	家乡	演唱内容	备注
1	居素普·玛玛依	男	1918—2014	阿合奇县卡拉布拉克乡	《库尔曼别克》史诗的全部内容，《库尔曼别克》最完整唱本的创造者	《玛纳斯》的8部及40多部小型史诗，曾经的《玛纳斯》国家级传承人
2	萨尔塔洪·卡地尔	男	1942—2014	乌恰县林管站	《库尔曼别克》史诗的全部内容	会唱《玛纳斯》史诗，曾经的《玛纳斯》史诗国家级传承人
3	曼别塔力	男	1950—	阿图什市铁格尔麦提乡	《库尔曼别克》史诗片段	
4	阿瓦克尔·阿依提曼别特	男	1963—	乌恰县波斯坦铁热克乡	《库尔曼别克》史诗片段	会唱《玛纳斯》史诗片段
5	买买提·热扎克	男	1965—	乌恰县波斯坦铁热克乡	《库尔曼别克》史诗片段	
6	玉山阿洪·布古瓦依	男	1943—	阿合奇县萨帕尔巴依乡	《库尔曼别克》史诗片段	
7	居素甫·坎杰	男	1949—	阿克陶县莫朱乡	《库尔曼别克》史诗片段	会唱《玛纳斯》史诗片段
8	阿依力奇·阿米尔库力	男	1942—	塔什库尔干县阔克加尔乡	《库尔曼别克》史诗片段	会唱《玛纳斯》《叶尔吐西吐克》《加拉依尔加力格子》《萨日尼吉波阔依》《克孜吉别克》等史诗
9	加帕尔·铁木尔	男	1938—	阿克陶县布隆口乡	《库尔曼别克》史诗片段	会唱《玛纳斯》说史诗的《赛麦台依》片段

续表

序号	姓名	性别	生卒	家乡	演唱内容	备注
10	夏哈尔·玛玛依	女	不详	乌恰县	《库尔曼别克》史诗	演唱《玛纳斯》史诗
11	居努斯·克热木	男	1964—	乌恰县波斯坦铁列克乡	《库尔曼别克》史诗片段	
12	巴克塔坤·斯地克	男	不详	阿克陶县莫吉乡	《库尔曼别克》史诗	演唱《玛纳斯》史诗
13	穆塔里甫·库尔曼阿勒	男	不详	阿合奇县	《库尔曼别克》史诗	演唱《玛纳斯》史诗
14	多来提·卡热	女	1976—	乌恰乡卡拉布拉克乡	《库尔曼别克》史诗部分片段	
15	库尔曼别克·吾木尔	男	1965—	阿合奇县克孜勒库木别孜	《库尔曼别克》史诗全部内容	会唱《玛纳斯》史诗片段

近年来，在党和政府及有关部门的关心下，新疆文联民间文艺家协会《玛纳斯》研究室、新疆师范大学的新疆《玛纳斯》研究中心、克孜勒苏柯尔克孜族自治州文联和各县《玛纳斯》研究室等机构为传承和保护柯尔克孜族达斯坦举办各种培训班，国际、国内演唱比赛和研讨会等，为柯尔克孜史诗歌手们提供了互相交流的平台，在我国以史诗《玛纳斯》为首的柯尔克孜史诗的传承和保护上起了重要的作用，提高了史诗歌手

们的学习和演唱热情。来自新疆各地的柯尔克孜族民间歌手相互学习、相互交流，得到了政府和有关部门的奖励和鼓励。

最近，尤其是2016年以来，《库尔曼别克》史诗以各种形式在柯尔克孜民间得到广泛流传，引起社会的关注，传播规模越来越扩大，引起了广大新闻媒体的关注。我国网络、微信等媒体上先后出现"《库尔曼别克》史诗目前广泛流传于柯尔克孜民间""《库尔曼别克》史诗的电子（CD）版已问世"等新闻，并在民众中引起一定的反响。新疆人民广播电台柯尔克孜广播台、新疆电视台等媒体采访《库尔曼别克》史诗电子（CD）版工作的策划参与者，介绍《库尔曼别克》史诗的内容、有关的问题和意义等节目，通过柯尔克孜广播、微信平台播出，引起了社会的关注，这也是在当今史诗传承中出现的新现象。

近年来，随着我国改革开放速度的加快，国外《库尔曼别克》史诗异文已通过网络媒体、各种舞台化史诗电子文本广泛流传到我国，这种电子文本因流传快捷、方便，受到广大史诗歌手和年轻人的喜爱，在一定程度上加速了《库尔曼别克》史诗在民间的传播。通过现代媒体流传已成了当今《库尔曼别克》史诗流传的一种方式，我国有些年轻的史诗歌手开始模仿他们的演唱。目前在我国，《库尔曼别克》史诗传承以各种形式共存，共同流传和发展，现代网络媒体已成为这部史诗传播的重要方式。

就《库尔曼别克》史诗的当代流传情况来看，从已出版的书、录音、视频等工具上阅读和收听的年轻史诗歌手较多，一些史诗歌手从这些文本中机械地背诵和模仿，被听众说"唱错了，不像了"等，认为这些歌手演唱得不好。可以看出，在当今，史诗的即兴创作空间越来越小或基本不进行即兴创作，从那些已经被固化了的书面文本中学习和按这个内容演唱。

固定文本概念流行是口头社会过渡到书面社会的一个方面。当一种传统被印刷的歌本侵入时，会出现两种情况：那就是将印出来的文本读给别人，便等于这位诗人聆听了另一位史诗歌手的演唱。当其他史诗歌手都以为史诗应该按照歌本的方式呈现给听众时，便会出现书面文本腐蚀传统，也就是口头传统的情况。而易变性是口头传统诗歌的生命。这种易变性存在的条件是在歌手和传统之间没有固定文本的干预；一旦一次演唱成为特定的文本，多元的传统文化源泉会被切断。当书面文字进入口头传统之后，按程式、主题、故事类型来进行创作的传统演唱方式也将会失去存在的理由。在这种情况下，史诗歌手的创作即专注于某一个单一的模式，常常是付诸记忆的模式，多种多样的传统成分会衰败，接受了固定文本观念的那些史诗歌手，脱离口头传统的过程，变成史诗演唱的复制者，而非创作者。人们可以从书本中学唱这些歌。

如上所述，当今很多歌手从书本或相关视频、录音中学习，不仅仅在内容上模仿，音调、手势、表情，甚至坐式、服饰等也模仿，已脱离了口头传统的过程。乌恰县卡拉布拉克乡的史诗歌手多来提·卡热（女）是一个最好的例子。她最初从广播上听学史诗歌手萨尔塔洪·卡地尔的演唱本，后来找到居素普·玛玛依的已出版的书面文本之后，开始从书中背诵学习演唱。她以这个书面文本为基础进行演唱，而且在内容上除忘记有些诗行以外内容基本保持一致。只是她在演唱音调上模仿了国外的史诗演唱视频中的演员的音调，具有不同于我国其他歌手的特色。从这个角度来看，她的演唱是活的，加进去了一些这个唱本原本没有的东西，但她不进行任何即兴创作。这种史诗歌手越来越多。

民间的多数的年轻史诗歌手都有这种情况，居素普·玛玛依变体是他们学习这部史诗的主要书面文本之一。随着时代的发展，史诗歌手们的学习途径越来越多，学习的文本不仅仅有书面文本还有录音文本、视频文本等。这些也对他们的演唱内容、音调等方面有所影响，出现了这部史诗传播中的多样性趋势。史诗的传统演唱方式有很大的变化，从以前的史诗歌手即兴创作演唱、现场发挥、听众在场等语境中演唱变为很多人或一个人也可以从书中听（读书给别人）或广播等媒体听取，这些方便的听取方式更受人们的欢迎。那些史诗歌手已经变成只有节日或某种活动时才被邀请在舞台上演唱的歌手，在民间很少有人邀请他们演唱。

口头传统开始从人们的视野中消失。当然也有一些老歌手在民间演唱，或者演唱一些有影响的、受人喜爱的片段，一定程度上延续着史诗的口头传统。很多史诗歌手表示因为很长时间没演唱，大部分内容被遗忘。这是《库尔曼别克》史诗所面临的突出问题。

史诗的书面文本侵蚀着口头传统。这不能怪罪于书面文本，这是时代发展的必然规律，也是史诗保存和传播的不可抵抗的必然趋势。在当今，史诗的书面文本和其他现代媒体方式传播比传统的流传方式更加多元和广泛，希望这种新趋势和热潮不会在一时流行后慢慢变淡。

第三节　史诗的主题

史诗的主题是史诗所表达的核心内容，是史诗研究的重要部分。对《库尔曼别克》史诗的主题进行分析，可以考察这部史诗的情节生长点，各个变体的主要内容和基本模式。《库尔曼别克》史诗虽然有各种变体，但其中的主题基本相同，基本都以这些主题为主要内容进行演唱。掌握史诗的主题为史诗歌手的演唱和自由发挥提供了空间。

一、出世

英雄的出世是英雄史诗最基本的主题之一。史诗所描述的英雄一般都有非凡、神奇的出生经历。《库尔曼别克》史诗也不例外。在《库尔曼别克》史诗的各文本中，因地理环境、社会生活、信仰等差异，不同的文本也有一定的区别，但都围绕着这个主题展开，把英雄的出生描述得神奇和非凡，是人们崇拜和深信这些英雄的理由，也是史诗歌手们引起听众的好奇和崇拜的描述方式。在史诗的大部分变体中，库尔曼别克出生在年老无子的家庭中。他是在铁依特别克因老年无子万分着急，面临种种困难时，他的7个妻子中年近40岁的发妻苏莱卡所生。个别变体中，如，吉尔吉斯斯坦的某勒朵巴山的变体中，库尔曼别克是铁依特别克的妻子苏莱卡在外散步时看到一个鹿给一个婴儿哺乳之后把婴儿抱回来,并说是自己亲生的,铁依特别克听到消息举行庆典,给这个孩子取名为"库尔曼别克"。在这个变体中,英雄的出生与柯尔克孜族的一些民间信仰紧密联系在一起。从《库尔曼别克》史诗的各个变体的情况来看,无论史诗的哪个变体,都围绕这个主题而展开。而且都描述他非凡的、迅速的成长过程和童年时的磨难。

二、婚姻

英雄的婚姻和爱情的描述是英雄史诗另外一个重要主题。《库尔曼别克》史诗中,对他婚姻的描述占很重要的地位。他的婚姻是典型的英雄考验婚,也是在这部史诗中比较稳定的要素之一。在《库尔曼别克》史诗的所有变体中,听到有关卡妮夏依的消息的库尔曼别克不顾父亲的坚决反对跋涉迁徙出征远方,跟自己心爱的美女的父亲巴克布尔汗较量,最终战胜对手,克服各种困难后娶回其独生女卡妮夏依,后来生有一个儿子,起名为赛依特别克。史诗的所有的变体中虽然在人名、婚礼仪式的进行及具体过程上有些区别,但都围绕这个主题进行演唱。

三、结义

结义是英雄史诗的重要的主题之一。《库尔曼别克》史诗中,英雄结义的主题和友谊联系在一起,不仅反映各民族之间的来往和友谊,还反映人们对友谊、忠诚的重视和追求。史诗中对于库尔曼别克和阿克汗的友谊,生死关头的互相帮助,收养朋友的孤儿,为朋友建造陵墓等的描述成为这部史诗的主要组成部分。英雄结义的描述在这部史诗的各变体中有所不同,具有一定的变异性。但库尔曼别克和阿克汗的友谊,是所有的变体中必定描述的内容,无论是散文体或韵文体,都有相关的描述。在居素普·玛玛依的变体中结义这个主题被描述得丰富多彩,在他的变体中库尔曼别克不仅跟阿克汗结为朋友，还与塔尔兰、呙尔吾勒苏勒坦、阿合玛特别克等英雄结为盟友。英雄结义的主题及相关的描述贯穿史诗的全文，在这部史诗的内容的发展中起着很重要的作用。这个主题的描述跟英雄的事迹紧密联系在一起，有关描述跟着库尔曼别克命运的改变而改变。库尔曼别克和阿克汗的友谊在史诗《库尔曼别克》中处于很重要的位置，是一个十分感人的情节。史诗有些变体在友谊的情节上从头到尾渗透到史诗，有些变体中则稍微淡一些，但几乎所有的变体都不会缺少与此有关的内容。

四、征战

征战的描述是英雄史诗不可缺少的一个部分。史诗中英雄无论失败或胜利都留下感人的故事和影响。对征战的场景的描述是《库尔曼别克》史诗比较丰富的内容。与此相关的内容从库尔曼别克童年时的磨难开始，跟他的结义、婚姻、死亡紧密联系在一起发挥作用。征战主题的描述在史诗的各个变体中有所不同，具有一定的变异性。征战的描述对歌手来说是比较有难度、有挑战性的内容之一，越是著名的史诗歌手，对征战的描述越丰富和详细，越能成功地塑造出英雄形象。

五、死亡

对英雄死亡的描述，是英雄史诗的主要主题之一。柯尔克孜族英雄史诗一半通过讲述英雄的遇难、死亡来产生感人的、悲剧的气氛打动和影响听众。《库尔曼别克》史诗是一部典型的悲剧性的英雄史诗。在《库尔曼别克》史诗中关于库尔曼别克的受伤和死亡的描述非常感人，具有浓烈的悲剧色彩。在史诗的大部分的变体中，史诗都以英雄库尔曼别克的死亡来结尾。比如，我国居素普·玛玛依变体、吉尔吉斯斯坦卡力克·阿克耶夫变体等。但也有一些变体如萨日库南的变体以英雄的伤口愈合，回到家乡为结尾，某勒朵巴山的变体中以英雄的死而复生为结尾。这与史诗歌手的演唱技巧、个人经历、当时的演唱环境、气氛有关。有些史诗歌手，如萨日库南认为英雄的死亡是残忍的事，就迎合听众的愿望，英雄死而复生，回到家乡跟家人团聚为结尾，具有一定的变异性。

总之，《库尔曼别克》史诗的演唱和内容主要围绕上述这些主题展开。史诗歌手对主题的掌握程度，会对其演唱产生影响。

第四节　史诗中的母题

母题是史诗中反复出现的情节单元，是一个故事中能够继续留存于传统中的最小成分。《库尔曼别克》史诗中包含着许多古老的母题，与操突厥语民族民间文学的母题有一定的相似性。史诗中有祈子母题、考验母题、坏父亲母题、家乡被劫母题、英雄死而复生母题等，这些母题构成了这部史诗比较固定的模式和内容，表现出程式化的结构特征。这些母题不仅仅是口头史诗活态叙事中的简单叙事单元，还是在聆听的民族文化基础上产生的，具有丰富的文化内涵和象征意义。

史诗的母题研究作为史诗研究中的重要方法和途径之一，对史诗内容的分析和比较研究具有很重要的意义。按学者郎樱的观点，我国北方民族英雄史诗叙事模式有英雄特异诞生—苦难的童年—少年立功—娶妻—外出征战—死而复生—家乡遭劫—对手被杀—英雄牺牲（或凯旋）[①]等9个母题。学者阿地里·居玛吐尔地在此基础上把突厥语民族传统的英雄史诗情节，分成30个母题。其中：1.父亲是部落首领；2.无后嗣的苦恼；3.神奇受孕；4.降生；5.命名仪式；6.少年时代超人智慧和胆识；

---

① 郎樱.玛纳斯论[M].呼和浩特：内蒙古大学出版社，1999：20-21.

7. 听到敌人入侵的消息；8. 出征获胜；9. 结义；10. 得到美女的消息；11. 前去寻找心上人；12. 经过考验；13. 婚典；14. 父亲结怨；15. 牺牲，妻子殉情；16. 建造陵墓等①16个母题构成突厥语民族史诗最基本的母题系列。这16个母题也无一例外地出现在《库尔曼别克》史诗中。虽然一部史诗的各个变体所包含的母题有所不同，有些母题在个别变体中表现得不够明显，但这些母题在史诗的各变体中大同小异，由基本相同的母题构成。从《库尔曼别克》史诗的这些母题的特点来看，史诗艺人们在演唱《库尔曼别克》史诗时毫无疑问地借鉴和参考了其他操突厥语民族英雄史诗叙事模式。下面是《库尔曼别克》史诗中的母题的基本情况：

一、祈子母题

祈子母题在柯尔克孜族英雄史诗中是常出现的古老母题之一。《库尔曼别克》史诗中，主人公库尔曼别克的父亲铁依特别克因无子而苦恼，十分悲伤，部落遇到重重灾难时，年到40岁的妻子苏莱克终于生下库尔曼别克。我们从《库尔曼别克》史诗中可以看到，祈子、特异诞生、奇特的外表、迅速成长、少年立功等母题彼此相连，史诗的开头就暗示他将会成为无敌的英雄。这个母题不仅仅出现在《库尔曼别克》史诗中，而是所有突厥语民族英雄史诗中都不可缺少的内容。以下为《库尔曼别克》史诗中关于祈子母题的叙述：

toroboy alti katini,	铁依特别克娶了七房妻子，
ak etkenden tak etip.	没有一个生男育女，
bir balaga zar eken.	堂皇的宫殿像荒漠般凄凉。
bir kvnv Teyit oylonup.②	无子的苦闷使汗王终日唉声叹气。

---

① 阿地里·居玛吐尔地."操突厥语民族英雄史诗结构模式分析"[J].民族文学研究，2014（04）：81.

② 居素普·玛玛依.库尔曼别克[M].阿图什：克孜勒苏柯尔克孜文出版社，1984：1.

…… ……

uguxup katin ar kaydan,	他像长蛇般翻转着腰身难入梦乡。
xirin oygo batptir.	汗王沉思默想悄然无语，
buduxkak bolup ozvnqo,	欲从克普恰克少女中选娶新娘。
katinga jabdip kaliptir.	汗王向真主虔诚地祈祷，
bala tilep kaliptir.①	祈求爱妻生个儿郎。

据有关资料，操突厥语民族的求子类型分为：祖先陵墓求子类型、森林求子类型和祭祀神灵求子类型等，明显地保留着萨满教的自然崇拜观念及其祭祀仪式特点②。从这个意义来讲，《库尔曼别克》史诗属于祭祀神灵求子类型，不仅是居素普·玛玛依的变体，其他包含祈子母题的变体中都有向上天祈子，反映了柯尔克孜族古老的苍天崇拜观点。

史诗中的祈子、特异诞生、迅速成长母题密切联系在一起发挥作用。无论史诗的哪个变体，库尔曼别克都神奇地诞生、迅速成长、少年成为无敌的英雄。郎樱先生认为"从严格意义来说英雄特异诞生母题是一个母题系列。它由祈子、特异怀孕、英雄母亲孕期想吃兽肉、难产、出世后迅速成长等一系列母题组成。"③特异诞生母题在《库尔曼别克》史诗的各文本中都有一定的反映，只是突厥语民族英雄史诗里常出现的英雄母亲孕期欲吃猛兽肉、难产等母题被省略。特异诞生母题出现于不同民族的不同史诗中，无论内容或是叙事方式上，形成了一种固定的叙事模式。

二、英雄特异诞生母题

英雄特异诞生母题是在柯尔克孜族英雄史诗里常见的古老母题之一。

---

① 居素普·玛玛依.库尔曼别克[M].阿图什：克孜勒苏柯尔克孜文出版社，1984：2.
② 乌日古木勒.蒙古突厥史诗人生礼仪原型[M].北京：民族出版社，2007：74.
③ 郎樱.玛纳斯论[M].呼和浩特：内蒙古大学出版社，1999：385.

在柯尔克孜族英雄史诗中英雄的出生被描述为不寻常的。英雄库尔曼别克的出生在这部史诗的各个变体中虽有不同，但都是以特异诞生为主。居素普·玛玛依变体中，库尔曼别克父亲铁依特别克因6个妻子都不生育而痛苦，并准备再娶一个妻子的时候，发妻苏来哈神奇地怀孕并生下一个儿子。这个变体中，库尔曼别克是由老年的母亲所生，铁依特别克高兴地举行庆典，并给孩子起名库尔曼别克。吉尔吉斯斯坦的卡力克·阿克耶夫的变体中7个妻子都不能生育，年老的铁依特别克十分着急地说："再娶7个妻子吧，如果14个妻子都不生的话那就算上帝不赐给我吧！"在娶7个妻子时发妻神奇地生下一个儿子，铁依特别克高兴地举行庆典，并给孩子起名库尔曼别克。某勒朵巴散·木苏尼玛尼库力的变体中，玛达力汗因年老无子而痛苦时，她的妻子在外游玩时在从鹿的怀抱中找来一个婴儿并称是自己生的，起名为库尔曼别克，铁依特别克高兴地举行庆典，并给孩子起名为库尔曼别克，带有神秘色彩，区别于《库尔曼别克》史诗其他变体。无论是史诗的哪个变体，都基本围绕这两种——祈子和特异诞生母题为主，其中多出现的是老年得子为主的特异诞生母题，史诗是国内外各异文中最为常见的特异诞生母题。某勒朵巴散·木苏尼玛尼库力的变体一样带有神秘色彩的特异诞生母题的变体目前只有这一个。

史诗中英雄的出生以某种社会和历史为背景，包含一定的社会生活内容和文化含义，反映一定的民俗生活。如同时描述库尔曼别克是克普恰克首领的后裔，反映当时的社会制度，鹿在古代柯尔克孜族的观念中，是一种神圣的动物，是柯尔克孜族早期的图腾之一，上述文本中的关于库尔曼别克诞生的描述在一定程度上反映了古代柯尔克孜族的图腾崇拜和动物崇拜观念。除了萨尔塔洪·卡迪尔变体外，其他变体中库尔曼别克的父亲都是有几个妻子，反映当时的一夫多妻的社会现象，艰苦的生活条件和社会状况。

特异诞生母题在《库尔曼别克》史诗的各个变体中有所不同，有的变体，如在萨日库南的变体中没有任何描述或提及。这变体是韵散文相结合的形式，但散文形式占大多比例，除了特异诞生母题外，一些母题描述得比较简洁或被删减,所以史诗规模也较小。这跟史诗歌手的演唱才能,记忆等许多因素有关。

三、英雄神速成长母题

柯尔克孜族英雄史诗里,英雄特异出生后迅速成长并少年立功。英雄常常一出生就大口吃东西、说话、走路,出生不久就放羊、骑马、打猎、打仗,为民除害,具有不同于常人的特点。在《库尔曼别克》史诗中也一样,库尔曼别克特异诞生后迅速成长,长一天就像别人长一年。史诗中描述道:

erexen bala Kurmanbek,	库尔曼别克膂力超人
on eki jaxar kezinde,	当他长到十二岁的时候,
kvroxso kixi koybodu.	世上已无人能将他摔倒,
on eki jaxta qunakka,	这个曲纳克①长到十二岁
teng kelgen kixi bolbodu.②	世上已无人能与他匹敌。

英雄的迅速成长母题在这部史诗里有所反映,但具体反映在史诗各个变体中则有所不同。其中,居素普·玛玛依和卡力克·阿克耶夫的变体中的相关描述以韵文形式描述得比较详细,诗行及内容极为相似。这两个变体中库尔曼别克到12岁时已成为无人可匹敌的英雄,少年立功。少年库尔曼别克抢回被卡拉卡勒帕克的15个勇士抢走的500匹马,战胜卡拉卡勒帕克,从此名气四方飞扬。居素普·玛玛依的变体中20岁时集中四十勇士,而卡力克·阿克耶夫在16岁时集中四十勇士一起出征。某勒朵巴散·木苏尼玛尼库力的变体中对库尔曼别克1岁到13岁的过程及特

---

① 库尔曼别克的爱称,意为小耳朵。
② 居素普·玛玛依.库尔曼别克[M].阿图什:克孜勒苏柯尔克孜文出版社,1984:9.

征两个变体描述得更为详细。萨日库南的变体中则没有详细的交代，只是以"到了12岁时没有人战胜他"等简单的语句表示他的迅速成长。没有上述3个变体一样对少年库尔曼别克抢回被抢走的马匹的少年立功的描述。后两个变体作为韵散文相结合演唱，并且是散文部分占大比例的变体，一些母题及相关的描述，修饰形容词、程式等有所删减。

四、英雄求婚母题

求婚母题是《库尔曼别克》史诗的重要组成部分之一。史诗中库尔曼别克的求婚、娶妻过程描述得跟操突厥语民族史诗中的求婚母题有很大的相似性，是典型的考验婚。库尔曼别克的父亲铁依特别克要求库尔曼别克从柯尔克孜克普恰克中选妻，而库尔曼别克拒绝了父亲的要求，不顾父亲的反对和阻止，跋山涉水远离故乡，前去跟巴克布尔汗较量，通过他的层层考验，克服一切困难，最终娶回心爱的姑娘卡妮夏依。求婚、考验婚母题的描述占一定的比例。英雄求婚及婚礼的描述在塑造英雄的英勇形象中起很重要的作用。以下为史诗中的关于库尔曼别克求婚母题相关的描述：

Bakburkandin anti bar,	巴克布尔汗曾许下诺言：
meni sayip kim jiksa,	"谁若能将我战败，
Kanixaydi berem dep,	谁便将卡妮夏依迎娶为妻。
buyursa Bakburdun,	如若我真的有幸，
kizin alam men barip,	一定要迎娶巴克布尔的淑女，
kuru kelbeyim sandalip。①	宁愿浪迹天涯不返故里。"
…… ……	
vq vyvrgonvq dayradan,	敢与巴克布尔较量的少年英雄，

---

① 居素普·玛玛依：库尔曼别克[M].阿图什：克孜勒苏柯尔克孜文出版社，1984：185.

keqip alar otvptvr,	终于渡到了大河的彼岸。
Zayirbekti attantip,	少年英雄派扎依尔使臣，
elqilikke jiberdip.	去拜见年高德昭的巴克布尔英雄。
bala batir Kurmanbek,	"库尔曼别克是二十岁的少年，
elqilikke jiberdi.	派我前来向你女儿求婚。
kiz berixip kiz alip,	卡妮夏依出嫁有什么条件，
kudalikka kandaysig.①	请毫不隐瞒地直言。"

…… ……

padixa Bakbur baykagin,	"巴克布尔汗，您好吗？
alstan kelgen elqimin.	我是远道而来的使臣。
kiraan qikkan Teyitkan,	铁依特汗的儿子库尔曼别克，
ayittirgani uxul kep：	派我前来向你提亲：
ulugum Bakbur tura tur,	尊贵的巴克布尔汗啊，
kizi bar dep bizdin kan.	你有个娇柔美丽的姑娘。
arkak-erix jer alip,	愿经线和纬线交织在一起，
aradan neqen er alip,	少年英雄愿与你女儿匹配成双。
nasiybasi koxulsa,	库尔曼别克愿做您膝下之子。
Kurmanbek bolot uulunguz.②	请您答应这门亲事吧！"。

  史诗中，库尔曼别克亲自去较量和派扎依尔别克求婚，战胜巴克布尔汗后，巴克布尔汗按自己的誓言把独生女卡妮夏依嫁给他。卡列克·阿克耶夫、萨日库南的变体中的求婚母题内容跟这个变体中的描述大同小异。某勒朵巴散的变体中虽然也有求婚母题，但并不是考验婚，描述得类似于自由恋爱，相关地名、人名等很多相关因素跟其他变体有很大的区别。如：库尔曼别克20岁时看不上柯尔孜克普恰克美女，带四十勇士

---

① 居素普·玛玛依. 库尔曼别克［M］. 阿图什：克孜勒苏柯尔克孜文出版社，1984：200.
② 居素普·玛玛依. 库尔曼别克［M］. 阿图什：克孜勒苏柯尔克孜文出版社，1984：200.

在外打猎时遇到穿白天鹅羽衣的来自卡哈尔捏依木（kaharneyim）城的天使般的美女卡妮夏依并一见钟情。库尔曼别克抢走正在游泳的卡妮夏依的裙子，卡妮夏依恳求后才还给她。卡妮夏依说自己是梦见库尔曼别克才来找他。看到他们相亲相爱的样子的四十勇士高兴地呼喊和祝福，把他们带到某勒托尼亚城。某勒托尼亚城的人们和卡妮夏依的父亲玛达力汗都很高兴并为他们举行婚礼，库尔曼别克没有给女方任何彩礼，婚礼进行40天，四十勇士在婚礼上唱约隆歌。没有其他变体，父亲铁依特别克要求库尔曼别克从柯尔克孜克普恰克中选妻，为去远方娶妻而准备的过程，此期间的父子和扎依尔别克，卡妮夏依的父亲对话等内容，这个变体中库尔曼别克不是专门为娶妻而去，婚礼是他带着四十勇士外出打猎时完成的。这个变体中的求婚母题比较独特，是卡妮夏依去找库尔曼别克，有关描述一定程度上类似于《玛纳斯》史诗中的阿依曲莱克穿天鹅羽衣去找赛麦台依的相关描述，与其他变体有明显的区别。

五、英雄出征母题

任何一部英雄史诗都离不开英雄出征的描述。史诗中，史诗主人公在出征过程中塑造和补充自己的形象。英雄出征母题是《库尔曼别克》史诗的中心母题。史诗的其他内容都围绕这个母题而展开。英雄出征最为多见的目的是为征战和结婚。出征母题和史诗中的所有内容关联在一起。史诗中的出征母题因征战或英雄的婚礼而得到相应的意义。① 英雄的婚礼一般都是在英雄出征胜利后或出征中完成的。

英雄出征母题在《库尔曼别克》史诗各个变体中均有，是描述得比较详细的母题。但各变体中的描述有所不同，史诗通过描述库尔曼别克的出征以及征战等内容而塑造他的英雄形象。库尔曼别克在出征中娶妻，

---

① 米合尔班·尼亚孜."突厥语民族史诗中的英雄的出征和结婚母题"［M］.美拉斯，2016（01）：72.

在出征中死亡。史诗中，库尔曼别克先后五次出征，第一次为卡拉卡勒帕克的阿和玛特别克征战而出征，第二次为卡勒玛克的艾凯孜汗征战而出征，第三次为娶妻，第四次为救阿克汗，第五次独自一人为朵略尼汗而出征。可以看出，史诗的所有内容都围绕着英雄的出征而发展。

英雄出征作为英雄史诗中的中心母题，在《库尔曼别克》史诗的各个变体中都得到充分的发挥。史诗中，库尔曼别克的每次出征都遭到父亲的反对和阻止。出征并胜利后不顾父亲的反对又出征，英雄一般跋涉远程娶来妻子。英雄在出征中结盟，最后父子因发生矛盾失去铁勒托茹骏马，只好骑绵羊马而战败并在战场重伤死亡。英雄的出征母题虽然在这里是个变体，却都有描述，但描述得极为详细的为居素普·玛玛依、卡列克·阿克耶夫的变体，而某勒朵巴散·木苏尼玛尼库力、萨日库南的变体中则比较淡化和简洁，出征次数较少。尤其是某勒朵巴散的变体中很多出征母题表现得不是那么明显，反而爱情、友谊主题贯彻了这个变体的始终。

六、死而复生母题

死而复生的母题是操突厥语民族史诗中十分常见的一个母题。在柯尔克孜族英雄史诗中也有英雄死而复生的母题出现。某勒朵巴散·木苏尼玛尼库力和萨日库南·地依坎巴依的变体中，库尔曼别克英雄重伤，奄奄一息时被朋友阿克汗治疗并在伤口愈合后跟阿克汗一起回到家乡。在这两个变体中描述的英雄虽然不是死而复生，而是重伤时被治疗痊愈，但也可以归为死而复生母题系列，是歌手们后来加进去的内容。因史诗歌手和听众都不希望英雄死去，认为这是很残酷的事，演唱时为迎合听众的愿望或自己的意愿把死去的英雄复活。英雄的死而复生母题是决定这部史诗悲剧性的一个重要因素。居素普·玛玛依、卡列克·阿克耶夫的变体中没有这一母题。这些变体之所以悲剧地结尾，具有浓烈的悲剧色彩，是因为没有英雄的死而复生母题，英雄库尔曼别克死去，一系列悲剧随后发生。但某勒朵巴散和萨日库南的变体中的英雄则重伤后康复，库尔曼别克没有死去，没有悲剧性特征。从这个母题可以看出这部史诗的结尾有两种方式，一是死而复生，没有悲剧性，另一个是英雄死去，具有浓烈的悲剧色彩。两种结局直接影响到史诗的内容和情节的安排，这个母题为史诗内容的重要转折点。

七、骏马和英雄亲密无间的母题

马是马背上民族的翅膀。任何一位神勇无比的英雄如果离开了骏马，就会走向失败。英雄自从诞生到完成出征、娶妻、死亡等过程都离不开骏马，英雄的命运同坐骑紧密地联系在一起。①

对英雄的马的描述在史诗中占很重要的地位，充分体现在马对英雄的重要性。《库尔曼别克》史诗充分体现英雄的马的形象，反映作为游牧民族的柯尔克孜生活中马的重要地位。史诗中，英雄骑的马的好坏决定英雄的胜败和生死甚至部落命运。《库尔曼别克》史诗中出现的马不仅仅是库尔曼别克的铁勒托茹骏马（枣骝马）和绵羊马，还有阿合玛特别克、呙尔吾勒、朵罗尼汗等人物的骏马，对骏马进行较形象的描述。无论是史诗的哪个变体，都离不开骏马及骏马和英雄亲密关系的相关描述。《库尔曼别克》史诗的所有变体中英雄的马均称为"铁勒托茹"，离开这个马后骑的绵羊马，一匹是英雄喜爱的铁勒托茹骏马，另一匹是英雄离开铁勒托茹骏马后骑的阔依库若尼马（绵羊马）。只是某勒朵巴散·木苏尼玛尼库力的变体中最后骑的马名为阔克朵疟骏马。这个变体中的马名和库尔曼别克失去铁勒托茹骏马的原因和其他变体也有所不同。

《库尔曼别克》史诗描述了铁勒托茹骏马是库尔曼别克和父亲之间产生矛盾的一个重要因素，也是库尔曼别克死亡的重要原因，更是体现英雄英勇特征的另一个重要要素。库尔曼别克因有了自己心爱的铁勒托茹

---

① 阿地里·居玛吐尔地，托汗·依莎克. 居素普·玛玛依评传［M］. 呼和浩特：内蒙古大学出版社，2002：202.

骏马才战胜一切，最后因没有铁勒托茹马而战败，死于敌人手中。四十勇士的背叛，四十勇士被挺胸妻子处死，英雄妻子殉情，父亲也被阿克汗绑在铁勒托茹马的尾巴上拖死。可以说，这些悲剧的发生归根到底是因为一匹骏马。令人感到如果父亲愿意借给库尔曼别克铁勒托茹骏马，可能一切不会是这样。

史诗的各个异文中英雄的命运跟英雄的马密切联系在一起，对英雄的骏马进行生动形象的描述。

史诗中这样描述英雄的铁勒托茹骏马：

jol jvrso kaardi aqbagan,	无论走多长的路都不饿，
alti ay minse aribas,	骑六个月也不会累倒，
koldon qiksa kaqbagan,	放松缰绳不跑掉，
taxka salsa talibas,	走在石头上也不怕，
altmix asiy bolsoda,	即使到了七十岁，
karilikka tolsoda,	即使已经非常年老，
jangi asiyday dagi Jax,	还像少壮的年龄，
azuusun svykop karibas,	用力咬动着牙齿，
kulja koodon teke san.	胸部如野羊，
teltoru at bolso mingenim.①	我坐下是铁勒托茹骏马。

征战中多略尼汗发现库尔曼别克骑的不是铁勒托茹骏马而是另一匹劣马后，走到库尔曼别克眼前说：

"kosom eleng talibas,	你曾是我们的统帅，
korgum keldi qamangdi	我今天就要见识一下你的本领
kirgin salip kalmaka	冲上去斩杀敌人，
barbaysingbi Kurmanbek?	如今为何裹脚不前？

---

① 居素普·玛玛依.库尔曼别克［M］.阿图什：克孜勒苏柯尔克孜文出版社，1984：112.

…… ……

ajal olvm baxigdi,	你的末日已经到了，
torudubu Kurmanbek?	死神在你头上盘旋，库尔曼别克？
aldingdagi jaman at,	你坐下的岁马，
sooludubu Kurmanbek?	是否不能急奔快跑，库尔曼别克？
atang karik kixi ele,	你那吝啬的父亲，
berbedibi Kurmanbek?	或是不肯给你，库尔曼别克？
ajal aydap mangdaying	死神已经靠近，
terdedibi Kurmanbek?	你额头是否渗出汗水，库尔曼别克？
atasi bashka kirik jigitig	你那无亲无故的四十勇士
kelbedibi Kurmanbek?①	难道没有来吗库尔曼别克？

史诗中英雄库尔曼别克离开了自己的骏马后失去了生命，失去了一切，库尔曼别克死后不久，骏马拖死背叛库尔曼别克的父亲铁依特别克。但没有英雄去世后铁勒托茹骏马也死亡的描述。只是惩罚自己主人的父亲铁依特别克。史诗有些变体中，铁勒托茹骏马离开库尔曼别克后落泪，看到库尔曼别克后嘶鸣和高挑。这都是史诗中英雄和骏马亲密无间母题具体的表现。这一母题在《库尔曼别克》史诗的各个变体中都有或多或少的体现。

八、英雄梦兆母题

英雄的梦是《库尔曼别克》史诗的各个变体中都有出现的重要情节和母题，相关描述基本相同。史诗中，库尔曼别克的铁勒托茹骏马被父亲扣留，库尔曼别克要出征时向父亲借铁勒托茹骏马被拒绝，离开铁勒托茹马的英雄绝望和悲伤，无奈之下只能回去。当天晚上做噩梦并说给

---

① 居素普·玛玛依. 库尔曼别克 [M]. 阿图什：克孜勒苏柯尔克孜文出版社，1984：292－194.

妻子卡妮夏依。卡妮夏依给英雄解梦，并鼓励他，亲自送英雄出征。英雄的梦预兆英雄的命运，暗示他将要面临挑战。

古代柯尔克孜人的解梦习俗不仅在《玛纳斯》史诗中得到反映，而且在《库尔曼别克》史诗中也得到反映。史诗的不同文本中都有英雄跟父亲借马被拒绝当天晚上做梦，并把梦说给妻子卡妮夏依，卡妮夏依为他解梦的描述。不久英雄被刺下马重伤死亡。描述比较感人，在塑造库尔曼别克和妻子卡妮夏依的形象，表现库尔曼别克的内心和处境中起了很重要的作用。与其他变体相比，这一母题在居素普·玛玛依和卡力克·阿克耶夫的变体中描述得最为明显，比较详细，相关描述在史诗中占一定的比例。

《库尔曼别克》史诗成功地塑造了一个为民族和家乡不顾生命而奋斗的勇敢的英雄形象。他的形象反映柯尔克孜族古代特殊的历史文化背景。库尔曼别克是柯尔克孜族历史文化因素的痕迹，是古代柯尔克孜族世界观、价值观的一种体现。史诗中库尔曼别克神奇地出生，快速成长。他出生时就带有神奇的力量。史诗中，库尔曼别克格外勇敢，为保卫家乡的和平和幸福生活而奋斗，但遭到自己的父亲的敌视，四十勇士的背叛，离开比他的生命还重要的铁勒托茹骏马，死之前还为自己妻子、儿子及人民的命运而悲伤，忧愁万分。史诗用猛虎、雄狮、豹子、雄鹰等不同猛兽的特征来形容库尔曼别克的勇猛无畏、顽强、胸怀坦荡、战无不胜的性格，同时还表现出其软弱的一面，单纯、友善、常关心穷人并发放财产。父亲的敌视和关键时刻同甘共苦的四十勇士的背叛的无奈和悲伤，引起听众的惋惜和同情。史诗中把库尔曼别克描述为性子冲动，但是慷慨的人。战胜卡拉卡勒帕克时卡拉卡勒帕克的首领阿合玛特别克向他投降纳贡，说库尔曼别克可以任意挑选骆驼、马驹和金银。但库尔曼别克说："这些牲畜和金银都来自你的人民的辛勤劳动，只要你们安分守已，不再兴兵征伐四邻，我们绝不索取你们的牲畜和金银，老虎不走回头的路径，英雄不食自己的诺言。"史诗中英雄库尔曼别克对对手也很宽容、公正、正义，是一个和平的追求者。英雄形象的形成是直接影响这部史诗和歌手水平的一个标准。史诗在对库尔曼别克的外表等进行描述的同时还很注重对他内心的描述，这在英雄的出征、婚礼、结盟以及对他的梦的描述中得到充分的体现。

多谋善断的妇人卡妮夏依为库尔曼别克圆梦并劝慰他，牵铁勒托茹骏马亲自送走库尔曼别克，得知库尔曼别克死亡后处死四十勇士后殉情。对英雄妻子卡妮夏依的死亡的描述更加增添史诗的悲剧色彩。正为库尔曼别克的死亡而感到悲伤的听众随后为卡妮夏依的死亡更感到悲伤，忧愁英雄的儿子赛依特别克的命运。丈夫死后痛苦不堪的寡妇随后殉情。死亡是柯尔克孜族英雄史诗中常出现的一个母题。史诗通过梦兆母题和殉情死亡母题，成功地塑造了一个美丽、聪明和贞洁的柯尔克孜妇女形象。梦兆母题是史诗的一个重要转折点，预示着即将要发生的不顺。史诗的所有变体中，卡妮夏依的命运跟随着库尔曼别克英雄的命运而改变，库尔曼别克死去，卡妮夏依也死去，库尔曼别克复活或在重伤中康复，卡妮夏依也不会死亡，库尔曼别克和卡妮夏依团聚。如居素普·玛玛依变体和卡力克·阿克耶夫变体中，库尔曼别克死亡后妻子卡妮夏依殉情。而某勒朵巴散·木苏尼玛尼库勒、萨日库南的变体中库尔曼别克不会死亡，卡妮夏依也不会殉情，他们团聚并幸福地生活。

九、坏父亲母题

坏父亲母题是《库尔曼别克》史诗的中的主要母题之一。史诗中将库尔曼别克的父亲铁依特别克描述为胆怯、爱财如命的坏父亲。始终站在跟库尔曼别克对立的状态，库尔曼别克所做的事几乎都受到父亲的反对和阻止，他埋怨库尔曼别克把财产发放给穷人，把俘虏过来的黑走马不跟自己商量送给阿克汗，不从柯尔克孜克普恰克中娶妻，拒绝父亲要去远方娶巴克布尔汗的女儿，出征不跟自己商量等为理由心存怨气，宣布跟库尔曼别克断绝关系。库尔曼别克在乌曲吐鲁番（乌什）建城、生子、亲自去邀请父亲来看自己建的城和儿子，参加儿子的庆典，父亲却拒绝见他并强行牵走他的铁勒托茹骏马。库尔曼别克无奈回去,并要出征派四十勇士向父亲借铁勒托茹骏马,父亲不给马,诅咒库尔曼别克,让四十勇士滚出去。库尔曼别克因没有铁勒托茹骏马而骑了另一匹劣马,导致死亡。最后父亲铁依特别克也没有好下场,被为告知库尔曼别克的死讯而来的阿克汗绑在铁勒托茹骏马的尾巴上拖死。史诗无论是以英雄的死亡为结尾的变体还是以死而复生为结尾的变体,库尔曼别克父亲的结局是相同的。史诗通过坏父亲母题进一步反映库尔曼别克的英勇形象。他和父亲的形象形成明显对比。

《库尔曼别克》史诗的主要内容由上述的几个母题组成,是这些母题的展开。这些母题在史诗的各个变体中有不同的表现。所有母题不可能出现在同一个变体中。同一个母题在这个文本中有所描述,而在另一个文本中没有描述,或描述得较为简单,反映史诗的口头特征和流传过程中的变异性。下面是各母题在史诗各变体中的情况:

表2 《库尔曼别克》母题变体一览

母题	居素普·玛玛依	莫勒朵巴散·木苏尼玛尼库力	萨日库南·地依汗巴依唱本	卡力克·阿克耶夫唱本	萨尔塔洪·卡地尔	吾普尔·阿依瓦什	库尔曼别克·吾木尔
祈子	有	有	无	有	无	无	有
特异诞生	有	有	无	有	有	有	有
神速成长	有	有	有	有	有	有	无
求婚	有	无	有	有	有	有	有
出征	有	有	有	有	有	有	有
死而复生	无	有	有	无	无	无	无
英雄和骏马	有	有	有	有	有	有	有
英雄梦兆	有	有	有	有	有	无	无
英雄失去骏马遭暗算受伤	有	有	有	有	有	有	有
英雄妻子殉情	有	无	无	有	有	有	有
坏父亲	有	有	有	有	有	有	有
结义	有	有	有	有	有	有	有

从表 2 可以看出，各母题在各文本中的描述大同小异。这些母题的产生和出现不是偶然的。其中的一些母题同样存在于不同民族的英雄史诗中。可以看出，在长期的文化经济交流中，古代的突厥语民族中存在的各种母题通过文化交流传播到柯尔克孜族史诗中，产生了新的故事。从这部史诗内容和框架中，不难看出参考了突厥语民族英雄史诗的各种因素。这种特点广泛存在于柯尔克孜族以《玛纳斯》为首的很多英雄史诗中。另外，柯尔克孜族民间固有的丰富的史诗传统为这种独特的史诗母题、章节的产生提供了肥沃的土壤。各史诗歌手在史诗母题的安排上都有自己的特色。有些母题在这个文本中描述得比较详细，而在另一个文本中描述得较简洁，一个母题在这个文本中有详细的描述，而在另一个文本中则没有任何提及等。这与这些歌手各自的学艺过程、记忆、所处的社会及家庭环境、个人经历、传承方式、审美观点等密切联系在一起。从《库尔曼别克》史诗所包含的母题来看，虽然史诗有韵文、散文和韵散文结合的形式，流传于不同地域，但其中所包含的母题大同小异，具有基本统一的情节和故事框架。史诗保存有柯尔克孜族古老的祈子母题、特异诞生母题、求婚（考验婚）母题、结义母题、英雄梦兆母题、死而复生母题等古老的母题，其中特异诞生母题、求婚母题、结义母题等具有一定的稳定性，无论在史诗的哪个变体中，都可以看到。反映柯尔克孜族古代文化、思想、性格和审美观，对研究柯尔克孜族口头传统有一定的意义。

第五节　居素普·玛玛依唱本及结构特征

居素普·玛玛依唱本是目前我国唯一已出版的、具有代表性的《库尔曼别克》史诗文本。居素普·玛玛依不仅给我们留下了宝贵的财富《玛纳斯》史诗，还给我们留下了以《库尔曼别克》为代表的许多小型史诗，其中影响最大、流传最广泛、最典型的是《库尔曼别克》史诗。《库尔曼别克》是柯尔克孜族集体智慧的结晶。与《玛纳斯》史诗一样，属于柯尔克孜人的传承的口头历史。

在前辈学者的研究中读到居素普·玛玛依的《库尔曼别克》史诗最初来自1950年初吉尔吉斯斯坦的一部书中，他把这个文本跟哥哥巴力瓦依记录下来留给他的《库尔曼别克》文本进行比较。后来他又阅读过温宿县的民间艺人巴亚洪·阿力木别克演唱，由吾木尔记录的《库尔曼别克》的手抄本。1964年他把这个三个变体根据自己的经验和积累相结合，给当时的《玛纳斯》工作组人员演唱了这部史诗。[1] 所以，不难看出居素普·玛玛依现在已出版的唱本可能是上述三个唱本相结合的产物。从史诗歌手的成长和学艺过程看，每一位史诗歌手都会从不同的渠道获得

---

[1] 国家社科基金重大招标项目. 柯尔克孜族百科全书《玛纳斯》综合研究史诗歌手研讨会论文总汇. 2014: 437.

有关史诗的各种滋养并将其融入自己的唱本中。居素普·玛玛依的《库尔曼别克》唱本具有独特的演唱形式和风格，结构完整，内容丰富，情节非常感人，因浓烈的悲剧色彩，在听众心中留下很深刻的印象。在民族和部落遭受侵略时，英雄库尔曼别克因父子矛盾，没有战马可骑，而且被四十勇士背叛而走向死亡。这不仅仅是库尔曼别克的悲剧，也是人民共同的悲剧，是当时社会问题与人民愿望的现实矛盾和社会生活的真实反映。史诗中因为父子矛盾，库尔曼别克英雄和妻子卡妮夏依最终双双死亡。库尔曼别克父亲也被愤怒的阿克汗绑在铁勒托茹马的尾巴上拖死。库尔曼别克年仅6岁的儿子变成了孤儿。听着歌手对于这种悲剧的生动演绎，听众情不自禁地为库尔曼别克的死亡发出哀鸣，对英雄狠心的爸爸铁依特别克和其手下四十勇士的无情背叛表示憎恨。史诗通过这样的故事号召人民团结一心、保家卫民，让后代认识到团结的重要性。

居素普·玛玛依的《库尔曼别克》唱本目前已列入我国柯尔克孜族学生小学和高中生的《语文》教学课程本土教材中。

一、居素普·玛玛依唱本的主要内容

在古代，名叫阔克阿尔特的地方柯尔克孜克普恰克部落过着幸福的生活。克普恰克部落的铁依特别克汗是一个保守胆怯的人。他有6个妻子，却从未得子，为此铁依特别克汗十分着急，想再娶一个妻子之时，名叫阔若尼的卡勒玛克汗突袭了柯尔克孜人民，抢劫妇女和畜群，让柯尔克孜族饱受灾难，血流成河。阔若尼汗并没就此停止，第二年又来侵略柯尔克孜人民。铁依特别克及其手下犹如受狼攻击的羊群，也没有做出任何的反抗。当时，铁依特别克汗与相伴的巴依托略尼和别尔地别克两个谋士商议后，决定为避免再受阔若尼汗的侵略，迁往塔什干。他们带领民众翻山越岭，艰辛地迁到了名叫凯别孜套的地方，跟维吾尔、克普恰克和塔吉克族人比邻而居。不久，又受到维吾尔和卡勒玛克人的侵略和欺辱。离开自己的家乡刚刚安顿下来的柯尔克孜人又遭遇了残酷的经历。柯尔克孜人无法继续居住在这里，又举步迁到了加斯，但过了一年阔若尼又来侵略，屠杀人民，抢走妇女，抢走了所有的畜群，柯尔克孜人又陷入了水深火热之中。就在这年，铁依特别克汗的大妃子苏莱卡生了一个男婴。铁依特别克高兴地进行了庆典并给男孩起名为"库尔曼别克"。库尔曼别克从小就很聪明、英勇无比，迅速成长，在他12岁时没有人比得上他。他从小在听着柯尔克孜克普恰克部落曾经受到的欺辱和侵略的气氛中长大，非常愤怒，因耿耿于怀克普恰克人民的命运而日夜难眠。他向父亲提出向卡勒玛克人复仇的念头，但他父亲不但没有同意反而反对此事。库尔曼别克不顾父亲的反对，把所有的克普恰克人聚集到了加斯，统一了克普恰克部落。从此以后柯尔克孜族克普恰克部落又聚集在一起并日渐富裕，过着幸福的生活。这时柯尔克孜克普恰克人跟卡拉卡勒帕克为邻。塔什干和附近的一些地区均属于卡拉卡勒帕克的首领阿合玛特别克的管辖范围。阿合玛特别克得知柯尔克孜克普恰克人迁住加斯的消息，并以"迁住几年还没到我面前致谢"为理由要求铁依特别克汗纳捐交税，铁依特别克无奈接受他的要求。但阿合玛特别克最后还是变本加厉地侵略柯尔克孜族，欺辱人民，抢走马群。库尔曼别克得知这个消息后奋力出击，追回马群。库尔曼别克回来后召集身边的四十勇士，跟阿合玛特别克展开斗争并最终战胜了阿合玛特别克。阿合玛特别克最后不得不向库尔曼别克交还马群，赠送金银等礼品祈求保命并求与库尔曼别克结盟，库尔曼别克同意阿合玛特别克的请求并和他结盟。但阿合玛特别克在背地里跟阔尔乌勒苏勒坦勾结，妄图联手打败库尔曼别克。库尔曼别克经过精心策划最后打败了阔尔乌勒坦和阿合玛特别克，并接受了阿合玛特别克提出的联合起来反对卡勒玛克的请求并跟阔尔乌勒苏勒坦结为盟友。库尔曼别克后来又跟哈萨克英雄塔尔兰结盟，不断扩大自己的队伍。库尔曼别克带领四十勇士向卡勒玛克复仇。而要求巴克普恰克人分三部分，一部分搬到凯别孜套，一部分搬到喀什噶尔库略徐尼的丛林，哈萨克塔尔兰，卡拉卡勒帕克阿合玛特别克都联盟也赶来帮助库尔曼别克。库尔曼别克带领四十勇士向卡勒玛克出征，向焉耆、哈密出发并最终战胜卡勒玛克。回来途中,库尔曼别克遇见喀什噶尔的汗阿克汗并与其建立友好的盟友关系。他得知库尔曼别克凯旋,有一个独生女,想娶其为妻,便想办法通过扎依尔别克转告父亲铁依特别克。父亲得知后强烈反对并要求库尔曼别克必须在柯尔克孜克普恰克中选妻。库尔曼别克不顾父亲的反对,执意去阿富汗跟阿富汗的汗王巴克布尔汗较量并战胜他,娶回他的女儿卡妮夏依为妻,柯尔克孜族人民过着幸福的生活。那是个明媚的夏天,库尔曼别克收到来自朋友阿克汗的一封求助信,信中请求库尔曼别克立即到喀什噶尔去拯救阿克汗,救出即将被处死的阿克汗。库尔曼别克毫不畏惧地前去,经过一番苦战,斩杀入侵喀什噶尔的青帕勒万,拯救了阿克汗及民众,并在回来的路上经过一个名叫塔西土热的(Taxitura)地方,那里水草丰茂,气候温和,适宜居住。为此,他突发奇想,想在这里建一座属于自己的城。他在朵略尼汗和阿克汗的帮助下最终在这里修建了一座城堡,并将这个城堡命名为阿勒腾托阔依(Altin tokoy),并把人民搬到这里,在这里居住了7年。库尔曼别克把搬来这里的人称"阔奇莫尼"。最初那里被称为塔什土然(Taxtura),后来被人们称为乌什(Uqturpan)。住在这里的库尔曼别克为看望父亲去了加斯,并对父亲说自己修建了美丽的城堡,妻子生了儿子,想以添丁庆典来庆祝,这次库尔曼别克特地邀请父亲前来参加庆典并见见他的城堡,如果喜欢就住在那里,不喜欢的话就回来住这里。但父亲铁依特别克还为库尔曼别克不听他的话娶巴克布尔汗的女儿之事而生气,认为库尔曼别克不与他商量自作主张,不把他放在眼里,以没经他同意反抗卡勒玛克人为理由,拒绝库尔曼别克的邀请并夺回库尔曼别克的骏马和战袍。库尔曼别克失去了骏马和战袍,但又不得不回去。因卡勒玛克人偷袭,库尔曼别克要出征,派四十勇士向父亲借回铁勒托茹战马,但铁依特别克不但不借马,反而诅咒库尔曼别克,驱逐四十勇士。库尔曼别克没有战马、战袍,四十勇士怕库尔曼别克没有铁勒托茹骏马在战场上失败,因此背叛了库尔曼别克。战争延续了若干天,快要打败卡勒玛克人时,因骑的马累得走不动,中了毒箭受了重伤,残酷地战败。

在库尔曼别克奄奄一息时，前来看望库尔曼别克祝贺他得子的阿克汗，恰好偶遇受了重伤的朋友库尔曼别克，并立刻对他进行了治疗，但库尔曼别克因伤重治疗无效而死亡。阿克汗为此痛苦万分，只好在极度悲伤中将朋友进行安葬，修建了墓碑。阿克汗化装成商人前去向库尔曼别克的妻子卡妮夏依告知库尔曼别克的死讯。卡妮夏依得知库尔曼别克死亡的噩耗后痛苦万分，把背叛库尔曼别克的四十勇士处死。然后，带着悲伤殉情，追随库尔曼别克而去。阿克汗则带着库尔曼别克之子赛依特别克，把卡妮夏依安葬在库尔曼别克身边并为他们重新修建了陵墓，最后他担心卡勒玛克人得知会烧毁库尔曼别克的坟墓，而把尸体驮在骆驼上到别处安葬。从此谁也不知道库尔曼别克的坟墓在哪里。阿克汗到加斯向库尔曼别克的父亲铁依特别克告知库尔曼别克的死讯。铁依特别克得知儿子的死讯后不但不忧伤，反而很高兴。阿克汗见状怒不可遏，气愤地把铁依特别克绑在铁勒托茹马的尾巴上把他拖死，为朋友库尔曼别克报了仇。①

二、居素普·玛玛依唱本叙事结构特点

居素普·玛玛依《库尔曼别克》唱本是在国内外已出版的所有唱本中唯一的全部韵文形式的变体，而且与其他变体相比内容比较全面，情节比较完整，内容比较感人。居素普·玛玛依变体中英雄库尔曼别克的出生到死亡的内容完全按照人生时序进行讲述，没有像其他变体一样采用倒叙、插叙等叙事手法。无论是人物还是时间，每一个情节和因素都描述得比较详细，与国内外其他变体相比在语言，重要情节的安排等方面受《玛纳斯》史诗的影响比较明显。

居素普·玛玛依《库尔曼别克》唱本的内容被整理者分为这样的传统章节：库尔曼别克召集被卡勒玛克人分散各地的柯尔克孜克普恰克人；

---

① 居素普·玛玛依.库尔曼别克[M].阿图什：克孜勒苏柯尔克孜文出版社，1984.

库尔曼别克反击阿克玛特别克抢夺克普恰克人的马匹；阿克玛特别克和阔尔之子苏勒坦袭击克普恰克人，库尔曼别克反击战胜他们；库尔曼别克和哈萨克塔尔兰结盟；库尔曼别克为了报仇去焉耆城，与多略尼汗、艾凯孜汗打仗，并战胜他们；库尔曼别克和阿克汗别克成为盟友；库尔曼别克返回家乡；库尔曼别克和哈尼夏依的婚礼；库尔曼别克从青帕勒万手中把阿克汗别克救出来并建城；库尔曼别克去见父亲铁依特别克，并恳求借用铁勒托茹骏马；库尔曼别克的梦；库尔曼别克受伤；阿克汗别克偶遇重伤的库尔曼别克并为他立墓碑安葬他；阿克汗别克将库尔曼别克逝世的噩耗告知卡妮夏依，并杀死铁依特别克等。虽然居素普·玛玛依演唱《库尔曼别克》史诗时可能没分章节，但后来这部史诗的记录和整理者为方便读者和听众，按史诗的内容先后顺序分章节，对读者理解史诗的内容和框架有一定的意义，也对从这个唱本中学习库尔曼别克史诗及片段的年轻的史诗歌手提供了很多便利。

居素普·玛玛依文本的情节丰富、结构完整、语言生动、具有很强的艺术感染力。史诗中的各个人物的性格和内心的描述及各人物之间的关系、征战、日常生活民俗等密切地联系在一起，形成一个完整的整体。

作为一个以人物为中心的英雄史诗，《库尔曼别克》史诗始终以描述库尔曼别克的英勇事迹为中心，把库尔曼别克的英雄事迹贯穿始终，给我们展示出近代英雄一生的波澜壮阔的画面。史诗中出现的每一个人物都给人留下很深的印象。比如，史诗中除英雄库尔曼别克以外，还有他的父亲铁依特别克、妻子卡妮夏依、挚友阿克汗、对手多略尼汗、英雄的四十勇士等。无论是充满情谊结义、爱情、友情的内容，还是背叛、陷害、出卖等令人发指的情节，都展现出生动有趣、充满现实主义色彩的特征。库尔曼别克出生到死亡的英雄事迹和人生轨迹构成这部史诗的主要内容。按英雄的人生顺序来叙述其一生的英勇事迹和经历，英雄身世的叙述和模式均与阿尔泰语系民族，尤其是操突厥语诸民族英雄史诗较为相似。如从英雄父母的妻子、英雄的诞生、童年开始进行叙述史诗内容并按人生自然时序叙述英雄的少年时代、结义、出征、婚礼、征战、死亡等的描述都具有操突厥语民族英雄史诗的基本特点。在文本中库尔曼别克是在柯尔克孜克普恰克部落遭受卡勒玛克的侵占和奴役，民族和部落面临重大危机的时候出生的。库尔曼别克出生前柯尔克孜克普恰克部落被迫离开家乡三次迁徙，但迁徙不久离开家乡的人们又遭受欺凌，分散到各地，情况危难不堪。就在这个时候年老无子的柯尔克孜克普恰克部落的首领铁依特别克的年过40岁的妻子生下一个男孩。铁依特别克举办庆典活动并给孩子起名为库尔曼别克。库尔曼别克迅速成长，到12岁时就已成为一名无敌勇士，召集、率领四十勇士与强敌浴血奋战。这个唱本中有英雄的诞生母题程式化特征。从这一文本的整体内容和结构来看，始终运用程式化的叙事结构模式，参考操突厥语民族英雄史诗传统模式。如英雄是在部落遇到灾难和不幸时神奇地出生、迅速长大、拯救百姓、结盟、娶妻、征战、重伤、离开人世等，具有浓烈的口头特征。

这一文本带有浓厚的悲剧色彩，产生出强烈的艺术感染力，震撼听众心灵，使这部史诗笼罩在悲剧气氛中。史诗中英雄库尔曼别克因父子矛盾失去战马和武器，遭受四十勇士的背叛惨败死亡，得知英雄死亡的妻子卡妮夏依随后殉情而死，六岁的儿子赛依铁克变成孤儿，库尔曼别克父亲被为朋友报仇的阿克汗绑在战马的尾巴上拖死。史诗就以这样的悲剧结尾，在听众心中留在深刻的印象。叙事模式上充分利用自己熟悉的其他史诗内容和人物并将其有效地运用和渗透到《库尔曼别克》史诗内容当中去。比如，史诗中出现的阔尔吾勒苏勒坦和英雄塔尔兰等。库尔曼别克战胜卡拉卡勒帕克，随后又战胜前来帮卡拉卡勒帕克的土库曼汗阔尔乌勒苏勒坦并跟他结盟。后来又给哈萨克的塔尔兰写信，也争取跟他结盟，不断扩大自己的力量。《阔尔乌勒苏勒坦》是突厥语民族中广泛流传的一部英雄史诗，《叶尔塔尔兰》是哈萨克族的英雄史诗，也在柯尔克孜族中有流传。居素普·玛玛依不仅非常熟悉这些史诗，而且曾经在民间唱过这部史诗。居素普·玛玛依通过自己超人的才能把这些英雄史诗当中的人物带进《库尔曼别克》史诗当中，更加丰富了史诗的内容。这些内容在国内外各种变体中具有居素普·玛玛依变体和库尔曼别克·吾木尔的变体中所体现。这两个变体均为一个地区，阿合奇县流传的变体，可以说库尔曼别克·吾木尔变体受到居素普·玛玛依变体的影响。这些是在《库尔曼别克》的其他变体中所没有的。

居素普·玛玛依文本作为目前在国内外《库尔曼别克》演唱本中篇幅最大、纯韵文式的史诗文本，语言和韵律方面比较接近柯尔克孜民歌形式，表述方式贴近听众的生活和心理。成功地塑造了库尔曼别克等人物的形象，通过生动的语言让一个个活生生的人物出现在我们的眼前。不仅对史诗中的人物衣饰、坐骑、武器等进行详细的描述，还对人物的内心进行细致的描述。进一步充分地反映居素普·玛玛依的史诗演唱才能。在《库尔曼别克》的文本中对人物、地名、骏马、战争场面等的描述最为丰富和精彩。居素普·玛玛依在演唱过程中充分运用和发挥自己的史诗积累，同时始终保持着柯尔克孜族古老的英雄史诗的传统风貌和文化内涵，忠实地反映古代柯尔克孜族社会的生活本质。语言艺术的表达方面极为广泛地运用特性形容词，比喻、夸张、讽刺以及其他各种生动的语言修饰手法、谚语来形容人物面貌、塑造人物性格和事物，具有丰富的审美色彩和现实生活色彩。

三、居素普·玛玛依文本的的艺术特点

《库尔曼别克》史诗具有一定的艺术化特点。这种艺术化不仅表现在史诗的结构、语言、内容等方面，还表现在它的演唱特点，歌手演唱时的音调、手势、表情等各个方面。它的创作服从口头传统的史诗创作规律，史诗从头到尾以特定的音节为基础，具有严正的韵律、格律特色，每个诗行基本由七八个音节诗句组成，具有头韵、尾韵、腰韵、交叉韵、句首韵，丰富多样的韵式以及大量的半谐音体现出很强的节奏感、音乐感。史诗吸引听众的不仅仅是史诗的内容，还有它的节奏，音乐性。只有内容和这种节奏美妙地联系在一起才可以表现出史诗的真正力量。它的语言具有高度的艺术化特征，内容也通过艺术来传达，传达史诗的精

神、情感、真、善、美等丰富内涵。它可以让听众激动地呼喊，也可以让听众感动得流泪。史诗中的每一个人物都是艺术化的结果，都按照当时社会的审美情趣和艺术标准来塑造人物，满足当时人们对艺术和娱乐的需求，是口头艺术的完美成品，包含着丰富的文化艺术内涵。

史诗的起源也与各种原始的文学艺术有紧密的关系，史诗吸收在它之前存在的各种口头创作艺术成果，如神话、传说、民歌、谚语等，在流传过程中也不断地接受其他各种艺术的影响，使自己得以生存和发展，是人们艺术想象的再现。它是一个口头艺术作品，靠表演中的创作，代代口头传承，具有高度程式化的特点，这些都是艺术的表现。它的演唱都有特定的音调、音律。按史诗内容情节变化，演唱者会运用喜怒哀乐的表情和眼神，做出相应的手势和动作，不仅仅有叙述结构、格律等方面的特征，还具有音乐美、绘画美、悲剧美等审美特征，表现出比较突出的现实艺术魅力。虽然也有英雄史诗要有的庄严性，内外都是艺术，具有一定的艺术欣赏价值。

第六节　萨尔塔洪·卡地尔变体及其结构特点

萨尔塔洪·卡地尔（1941—2014），著名的《玛纳斯》史诗歌手，《玛纳斯》史诗国家级传承人。他演唱的《库尔曼别克》史诗文本算是除了我国居素普·玛玛依文本以外，另一部比较完整、较有影响的史诗变体。

萨尔塔洪·卡地尔1941年出生在乌恰县黑孜苇乡阿拉布拉克村奥依特斯坎乡。他的爷爷是一个有见识的玛纳斯奇，平时经常演唱史诗《赛麦台依》，特别是擅长唱史诗《库尔曼别克》。1947年给6岁的萨尔塔洪·卡地尔举办割礼时他爷爷给他唱《玛纳斯》，也让他学唱《玛纳斯》史诗。从此以后萨尔塔洪·卡地尔开始学唱《玛纳斯》史诗。他的另一个启蒙导师是他家乡的一个名叫卡萨依疯子的人。萨尔塔洪7岁时，往他的口里吐口水，带着萨尔塔洪放牛，额头上抹泥，手上拿树枝逼他给自己说唱《库尔曼别克》、唱《玛纳斯》。当时别人嘲笑他们俩为"疯子"。但那个名叫卡萨依的人说"你长大后会成为大玛纳斯奇，年到老时才从这个技能中得到一些利益和收获"。萨尔塔洪牢记他的这句话。从此以后他在民间不停地演唱史诗并逐渐出名。1949年到1956年在各种婚礼、节日中演唱《玛纳斯》和《库尔曼别克》史诗。1956年小学结束。1956年到1959年在乌恰县初中读书，1959年之后辍学在乡里当会计、库房管理员。卡尔·赖希尔博士特地来找他并记录带回《库尔曼别克》史诗。卡尔·赖希尔博士又在1989年到克孜勒苏柯尔克孜自治州采访时，从萨尔塔洪·卡德尔口中记录下了史诗《库尔曼别克》的主要章节。1992年，在阿合奇县召开的新疆首届《玛纳斯》演唱会上，《玛纳斯》研究室的工作人员也录下了《库尔曼别克》史诗的全部内容。① 萨尔塔洪·卡地尔2009年被评为非物质文化遗产传承人，已培养54个徒弟，是柯尔克孜族著名的史诗歌手之一。他除了演唱《玛纳斯》以外还善于唱《库尔曼别克》史诗，在民间深受柯尔克孜人民的喜爱和尊重。他非常熟悉《库尔曼别克》的内容，被德国学者卡尔·赖希尔所记录时在录音过程中受到干扰中断之后，依然毫不犹豫地从先前停止的地方重新开始演唱。他能够在自己演唱篇目的任何一部史诗的任何一个地方开始持续演唱。萨尔塔洪提及自己的学生学习史诗《库尔曼别克》是借用手抄本或者是录音本。② 萨尔塔洪·卡地尔被人们称玛纳斯奇以外还称为库尔曼别克奇。经常被人邀请在婚礼上演唱《库尔曼别克》史诗。

萨尔塔洪·卡地尔在演唱《库尔曼别克》史诗时不仅具有高亢雄厚的声音，丰富的身体语言和眼神变化等表达也可谓是淋漓尽致，使听众如身临其境。演唱到激烈的场景时，身体也会情不自禁地左右摇晃，全然不受控制一般，无不使听众感到震撼。他是一个牧民，他的所有收入都来源于自己的劳动，并无固定收入。由于擅长唱《玛纳斯》和《库尔曼别克》史诗，加之自身具有一定的巫医神授技能，一直以来凭着这两点才能挣一点劳务补偿。③

中国社会科学院民族文学研究所的巴合多来提·木那孜力女士前后

---

① 阿地里·居玛吐尔地，托汗·依莎克.当代荷马《玛纳斯》演唱大师——居素普·玛玛依评传[M].呼和浩特：内蒙古大学出版社，2002：201.

② [德]卡尔·赖希尔，突厥语民族口头史诗：传统、形式和诗歌结构[M].阿地里·居玛吐尔地，译.北京：中国社会科学出版社，2011：298.

③ 巴合多来提·木那孜力.浅谈史诗演唱艺人萨尔塔洪·卡地尔的艺术人生[J].甘肃民族研究，2014（03）：79.

3次采访萨尔塔洪·卡地尔，记录了他演唱的长达3个小时的史诗演唱内容。根据巴和多来提的描述，他第一次演唱正好是他大女儿生重病的时候，刚唱起一小段就开始咳嗽，没有继续下去，说自己唱不动。当然这不是真话，事实上是因女儿的病情而悲哀，情绪不在状态。第二次演唱共拍摄到长达40分钟的《库尔曼别克》。萨尔塔洪·卡地尔说过"年轻时演唱一天也不觉得累，当时我唱群众也愿意听，如今我唱不动了，除了一些研究人员和政府人员反反复复地来找我演唱以外，几乎没有人特地邀请我听我的史诗"①。

萨尔塔洪·卡地尔作为一个著名《库尔曼别克》演唱艺人影响了很多年轻的《库尔曼别克》演唱艺人，在柯尔克孜民间很多演唱《库尔曼别克》的人深受他的影响，在演唱内容，音律方面模仿他的演唱。比如，在乌恰县卡拉布拉克乡的《库尔曼别克》演唱歌手多莱提·卡热说："最早从广播里听萨尔塔洪的演唱学习，后来在民间的各种聚会、节日里听他的演唱学习，后来找到居素普·玛玛依已出版的文本后从这本书中学习"。

从萨尔塔洪·卡地尔变体和居素普·玛玛依变体的内容来看，两个变体内容上区别不大。根据对萨尔塔洪·卡地尔及居素普·玛玛依唱本的比较，我们发现这两部唱本在中心内容上基本一致，只是歌手各自的即兴能力进行了或多或少的润色和加工。②

萨尔塔洪·卡地尔唱本的叙事结构及特征

萨尔塔洪·卡地尔文本是韵散文结合形式演唱的一个唱本。主要特点是在史诗的每一个情节的转折点首先用散文形式讲述，其他内容主要以

---

① 巴合多来提·木那孜力.浅谈史诗演唱艺人沙尔塔洪·卡地尔的艺术人生［J］.甘肃民族研究，2014（03）：82.

② 阿地里·居玛吐尔地，托汗·依莎克.当代荷马《玛纳斯》演唱大师——居素普·玛玛依评传［M］.呼和浩特：内蒙古大学出版社，2002：201-202.

韵文形式演唱，其韵文形式的内容较多。

萨尔塔洪·卡地尔文本中，库尔曼别克的父亲铁依特别克汗是住在特斯凯套（TeskeyToo）柯尔克孜人的汗王，他的妻子苏莱卡到40岁时才生下一个儿子，起名为库尔曼别克。库尔曼别克从小英勇无比，到12岁时没有人能与他匹敌。他听说柯尔克孜人遭卡勒玛克的多略尼汗，艾凯孜汗的三次侵战，为保卫家乡反抗卡勒玛克人而展开斗争等内容。这是这个文本的开头内容，这些以散文式简单讲述完后，从库尔曼别克带领四十勇士出征的内容才开始以韵文形式演唱。库尔曼别克给四十勇士说自己有跟喀什噶尔的汗阿克汗结盟的想法，但又担心阿克汗误以为是向他求助而来，所以决定返回时再去见阿克汗。库尔曼别克带领四十勇士到卡拉夏哈尔、卡拉套并给卡勒玛克的多略尼汗转告消息。多略尼汗让艾凯孜汗前去，年纪已老的艾凯孜汗拒绝不了汗的命令，虽然预感到自己可能会死去，但还是硬着头皮去名叫波孜塔拉的地方跟库尔曼别克交战。几个回合之后，艾凯孜汗被库尔曼别克刺下马。库尔曼别克打败多略尼汗，多略尼汗派出一名叫艾力别克的使者给艾克孜汗说为了保命可以给库尔曼别克说每3年纳贡一次，60峰红色单峰驼驮外加金银珠宝。库尔曼别克要求多略尼汗自己7天内必须亲自前来交纳贡，立字据签字画押。7天后多略尼汗赶着60峰红单峰驼和驮珠宝交给库尔曼别克，并以3年一次给柯尔克孜族交纳贡为内容立字据交给库尔曼别克。库尔曼别克到加斯见父亲铁依特别克，不愿见库尔曼别克的铁依特别克听到钱财的消息才派扎依尔别克向库尔曼别克转告说让他来选儿媳。但库尔曼别克拒绝了父亲的要求，坚决不愿在柯尔克孜中选娶老婆，并通过扎依尔别克向父亲转告自己想娶巴克布尔汗的女儿卡妮夏依的的想法。铁依特别克坚决反对并阻扰库尔曼别克前去定亲。这次，库尔曼别克威胁扎依尔别克要求跟他一起去远方定亲。在路上，库尔曼别克跟四十勇士淌过乌尔干尼奇河到达巴克布尔汗的城里。扎依尔别克前去巴克布尔汗的宫廷向巴克布尔汗告知自己来的目的。最终定亲事宜破裂，24岁的库尔曼别克跟90岁的巴克布尔汗出征较量，最后库尔曼别克战胜巴克布尔汗。巴克布尔汗同意把独生女嫁给库尔曼别克。卡妮夏依得知父亲把她嫁给外乡人后找嫂子巴提玛，并按嫂子的主意一起去暗中考察库尔曼别克并看中了他。库尔曼别克和卡妮夏依结婚。库尔曼别克结婚后到吐鲁番并在那里建宫廷，宫廷3年才建完。期间库尔曼别克育有一个儿子并起名为赛依特别克。把自己的铁勒托茹骏马给爸爸帮他饲养。3年后多略尼汗想起与库尔曼别克说来的时间已超过3年，怀疑库尔曼别克的处境，决定前去征战。库尔曼别克夜里做噩梦，卡妮夏依给库尔曼别克解梦。库尔曼别克出宫廷便发现卡勒玛克人已包围宫廷6圈。库尔曼别克走进宫廷叫醒四十勇士说了敌人的到来，但四十勇士拒绝一起出征。卡妮夏依开宫廷门亲自送别库尔曼别克。库尔曼别克骑马跟卡勒玛克人交战，刚开始时卡勒玛克人以为库尔曼别克骑的是赫赫有名的铁勒托茹骏马不敢接近库尔曼别克。艾凯孜汗用望远镜看到库尔曼别克骑的并不是铁勒托茹骏马而是绵羊马，便围攻前来把他刺下马。阿克汗路过见伤痕累累、奄奄一息的库尔曼别克，他按库尔曼别克的要求拔出刺在库尔曼别克心中的矛。库尔曼别克不久便死去。阿克汗为库尔曼别克修建陵墓，把库尔曼别克的宝剑的画像画在陵墓上。将库尔曼别克的死讯告知他的妻子，卡妮夏依得知库尔曼别克死亡的消息立刻拔剑殉情。这时库尔曼别克之子赛依特别克向阿克汗请求收养他，将他带回喀什噶尔。阿克汗带赛依特别克向库尔曼别克的父亲转告他的死讯，铁依特别克听到库尔曼别克的死讯之后却说"是我的诅咒终于打中他了"，并怀疑阿克汗是为杀死他而来，挥舞战刀砍掉阿克汗的黑骏马的头。阿克汗去看铁勒托茹骏马，却看到铁依特别克汗把库尔曼别克的铁勒托茹骏马关在地牢里并在其背上放一大袋沙土。骏马的泪水已结成冰挂在眼珠上。看到此情景，阿克汗把铁依特别克绑在铁勒托茹骏马尾巴上拖死。把赛依特别克带回喀什噶尔收养而结尾。

从萨尔塔洪·卡地尔的演唱本的内容可以看出，这个变体因以韵散文结合形式演唱，前面的祈子母题被删减，后来的英雄的特异诞生，迅速成长等母题也描述得十分简单，以散文形式简单地讲述。迁徙、库尔曼别克跟阔尔吾勒、叶尔塔尔兰、卡勒帕克的阿合玛特别克结盟等内容也不会出现，卡妮夏依处死四十勇士等情节都被省略掉，库尔曼别克的铁勒托茹骏马不是父亲被强行牵走，而是库尔曼别克自愿把骏马给父亲让其帮他饲养，库尔曼别克出征前对四十勇士说的话，给四十勇士介绍阿克汗的情况、娶妻、跟艾凯孜汗交战的过程，阿克汗遇见库尔曼别克，卡妮夏依和铁依特别克的死亡等内容及部分地名等有微小的区别。居素普·玛玛依的文本中库尔曼别克父亲铁依特别克的宫廷位于加斯，萨尔塔洪的文本中父亲铁依特别克汗的宫廷则位于特斯凯套。居素普·玛玛依的变体中扎依尔别克自愿跟库尔曼别克一起去远方定亲。库尔曼别克的铁勒托茹骏马是被父亲强行带走的。萨尔塔洪的变体中不是扎依尔别克自愿去定亲，而是库尔曼别克威胁后才愿意一起去，这个方面跟居素普·玛玛依变体有所区别。居素普·玛玛依变体中库尔曼别克受伤遇到阿克汗时嘱咐阿克汗收养儿子。库尔曼别克死亡，阿克汗想把库尔曼别克的儿子赛依特别克带回喀什噶尔收养时，赛依特别克不愿意被阿克汗收养。这个文本中，库尔曼别克儿子恳求阿克汗把自己收养带回喀什噶尔。阿克汗把赛依特别克带回喀什噶尔。萨尔塔洪变体中阿克汗去向库尔曼别克父亲转告库尔曼别克的死亡的消息时，铁依特汗正在无忧无虑地玩羊髀石的情景及把铁勒托茹骏马关在地下背上驮沙土的描述。而这些内容是在居素普·玛玛依及其他变体中所没有的。这些内容很明显是这一歌手演唱中按自己的爱好加进去的。这个变体的内容虽然比居素普·玛玛依变体规模小，内容简洁，悲剧色彩没有那么浓烈，但这些并不影响史诗的完整性，也有自己独特的艺术魅力。

萨尔塔洪·卡迪尔变体的结构：

库尔曼别克特异诞生
库尔曼别克跟四十勇士的对话
去卡拉夏哈尔与卡勒玛克的多略尼汗交战
战胜回来去加斯见父亲
去远方跟巴克布尔汗较量娶回卡妮夏依

在吐鲁番建城，生儿子

库尔曼别克受伤

阿克汗路上遇见库尔曼别克，库尔曼别克死亡

阿克汗为库尔曼别克修建陵墓，并向卡妮夏依告知库尔曼别克的死亡

卡妮夏依殉情，阿克汗向库尔曼别克父亲告知库尔曼别克的死讯

阿克汗处死铁依特别克，把库尔曼别克的儿子赛依特别克带回喀什噶尔

根据对萨尔塔洪·卡地尔及居素普·玛玛依唱本的内容和结构比较，我们发现这两个文本在中心内容上基本保持一致，只是歌手各自的即兴歌唱能力进行了或多或少的润色、加工和删减。[①]

总的来说，这两个变体的主题、母题、基本情节及先后顺序、人名、地名、马名等大同小异，其主要区别在于语言艺术及一些情节的安排及描述等方面。因受到不同的史诗歌手的自身爱好、自身经历等原因而在具体的描述中有些区别。

---

① 阿地里·居玛吐尔地，托汗·依莎克.当代荷马《玛纳斯》演唱大师——居素普·玛玛依评传[M].呼和浩特：内蒙古大学出版社，2002：201-202.

第七节　国内外其他变体内容及叙事结构特点

在我国除了居素普·玛玛依和萨尔塔洪·卡地尔文本以外，还有吾普尔·阿依瓦什（Gopur Aybashi）、库尔曼别克·吾木尔、多莱提·卡热、阿瓦克尔·阿依特曼别特、比尔那扎尔·吐尔逊等数十名史诗歌手会演唱这部史诗。对这些文本进行分析在这部史诗的流传规律及现状的研究上具有一定的参考和研究价值。

笔者搜集到的《库尔曼别克》史诗文本有乌恰县波斯坦铁列克乡乔尔戈村阔西莫莫队的史诗歌手阿瓦克尔·阿依特曼别特等几个史诗歌手的文本。录到阿瓦克尔·阿依特曼别特只有近半个小时的《库尔曼别克》史诗内容。主要内容为从居住在奥破力地区幸福生活的柯尔孜克普恰克部落遭受卡勒玛克阔若尼汗的侵略，被迫迁到塔什干跟萨尔特克普恰克和塔吉克作邻而居。不到6个月卡勒玛克人又来侵袭，人们落入艰难当中。柯尔克孜人又迁到加斯跟卡拉卡勒帕克做邻居，但遭受卡拉卡勒帕克的阿合玛特别克的欺凌。铁依特别克带领人民迁到加斯。巴依托略尼（Bay tolon）迁到名叫库略徐尼（Kvloxvn）的地方。但又过1年，卡勒玛克的阔若尼又来侵略他们，杀死巴依托略尼。就在这个时候，铁依特别克6个妻子中的年到40岁的发妻苏莱卡生下一个儿子。铁依特别克兴奋异常，为其举行命名仪式，起名为库尔曼别克。为人们造福，让人们过上幸福的生活。柯尔克孜人开始幸福地生活。当时铁依特别克跟卡拉卡勒帕克的阿合玛特别克比邻而居。铁依特别克交纳贡。这时铁依特别克不得不给他们钱财。但不到3个月又派人提出要交羔税。库尔曼别克挺身而出拒绝阿合玛特别克的无理要求，并击退盗走柯尔克孜马群的阿合玛特别克，并跟塔尔兰结盟。

这个变体的叙事结构为：

家乡受到侵略
搬迁
库尔曼别克特异诞生
少年立功
库尔曼别克跟阿和玛特别克、塔尔兰结盟

这一变体以韵散文相结合的形式演唱，因记忆等原因，讲述的内容不太全面，祈子、快速成长、坏父亲、出征、求婚，英雄妻子殉情死亡等母题及跟阿克汗结盟，英雄失去骏马后重伤死亡，父亲被阿克汗绑在铁勒托茹骏马尾巴上拖死等内容被遗忘。虽然这样，从内容、情节的安排中不难看出，这个变体接近居素普·玛玛依文本内容，尤其是和迁徙有关内容的描述，拒绝阿合玛特别克的无理要求和跟他结盟等内容极为相似。可以说是受到居素普·玛玛依的影响，但也有微小的区别，如：库尔曼别克不是7个妻子中的发妻苏莱克所生，而是6个妻子中的发妻苏莱卡所生。7个变成6个，搬迁一年后又受到欺凌被迫迁徙变为6个月。可以看出史诗流传中的变异情况。

阿瓦克尔·阿依特曼别特除了演唱《库尔曼别克》史诗还会演唱《玛纳斯》史诗的一些片段。他说，1970年他7岁时从名叫买代提巴依的玛纳斯奇学《库尔曼别克》史诗。从后在民间演唱，但后来有人认为这是"毒"，禁忌演唱。因长时间没演唱，慢慢忘记了许多内容。他说："只有聚会和婚礼上知道我会演唱这部史诗的亲戚朋友要求我才给他们演唱。

尤其是去阿克陶县时那里的人们多次要求过我给他们演唱这部史诗。这几年因为年龄增大，记忆减退，忘记了许多内容，不能像以前一样全部内容以韵文形式演唱，但我今后还会继续学习，努力能够完整地演唱这部史诗。"

乌恰县卡拉布拉克乡的女史诗歌手多莱提·卡热是在民间比较有影响的年轻《库尔曼别克》演唱艺人之一。她能够完整地以散文故事形式讲述史诗的全部内容，还会以韵文形式演唱这部史诗内容。据她说，她也是由居素普·玛玛依已出版的唱本中背诵的。后来，跟萨尔塔洪·卡地尔的变体进行了对比和结合。她演唱的内容基本上以居素普·玛玛依的唱本的内容为主。当今也偶尔受邀在各种婚礼、诺若孜节等庆典活动上演唱。演唱《玛纳斯》史诗的同时也会演唱《库尔曼别克》史诗，且善于模仿，通过网络媒体学唱国外《库尔曼别克》演唱艺人们的演唱风格。但内容还是以居素普·玛玛依唱本内容为主。演唱的故事情节、结构、母题等的先后顺序，内容都跟居素普·玛玛依唱本保持一致。作为年轻的史诗歌手，她通过网络媒体学到吉尔吉斯斯坦歌唱家若扎·阿玛诺娃演唱的《库尔曼别克》史诗，史诗主要内容之一的"四十勇士"部分。她一般是在放羊时看书或听电子版学习，她很喜欢演唱这部史诗。成为一个能够完整、精彩地演唱这部史诗的史诗歌手是她的最大愿望。她获得过"居素普·玛玛依徒弟"称号。演唱《玛纳斯》和《库尔曼别克》等史诗，先后获得过一等奖、优秀奖。她是很勤奋的一位年轻史诗歌手。她家里收藏着居素普·玛玛依的《库尔曼别克》的书面文本和吉尔吉斯斯坦演员们唱的《库尔曼别克》史诗的各种电子版本，有空就看光碟，看书学习和模仿演唱。她十分重视每一次的史诗演唱，声音洪亮，语音清晰，音调优美，受当地群众的欢迎。她唱的内容基本跟居素普·玛玛依的叙事结构保持一致，所以这里不再赘述。

阿合奇县克孜勒库木别孜乡的史诗歌手库尔曼别克·吾木尔是目前阿合奇县唯一能够完整地演唱《库尔曼别克》史诗的史诗歌手。他除了会演唱《库尔曼别克》史诗外，还会演唱《玛纳斯》《艾尔托西吐克》《加尼西巴依西》《赛依特别克》《西尔达克别克》等其他小型史诗。是目前我国唯一能演唱《库尔曼别克》和作为它后续的《赛依特别克》《西尔达克别克》等史诗的史诗歌手。他能把这三部史诗作为整体一起演唱，使整个史诗跟《玛纳斯》史诗一样成为一个系列的整体。把库尔曼别克英雄的后代的故事也作为《库尔曼别克》史诗的后续演唱。是我国唯一的以口头形式保留《赛依特别克》史诗的史诗歌手。他演唱的《库尔曼别克》《赛依特别克》等史诗在研究这些史诗时提供了很重要的资料。调研中，他给我们演唱了近两个小时的《库尔曼别克》史诗，然后又接着简单演唱《赛依特别克》史诗。他用很快的语速把这3部史诗的以散文形式唱给我们。他因不识现代柯尔克孜文，从来没有听或读过居素普·玛玛依唱本内容。小时候，从有名的史诗歌手们演唱聆听而学的。但我们从他演唱的内容和叙事结构上不难看出，他演唱的内容跟居素普·玛玛依变体具有相似性。

　　他以韵散文结合形式演唱《库尔曼别克》史诗，唱本中在这部史诗该有的重要情节都有，结构基本完整，内容比较简洁。他演唱的内容为住在加斯地区的铁依特别克汗有4个妻子，都不生子。当他又想娶一个妻子的时候发妻给他生一个儿子，起名为库尔曼别克。柯尔克孜族遭受卡勒玛克的的几次侵略，被迫迁到别的地方去。库尔曼别克快速成长，召集四十勇士战败阿合玛特别克。跟呙尔吾勒、哈萨克的塔尔兰和维吾尔的阿克汗结盟。不顾父亲的反对，去远方跟巴克布尔汗较量，最终娶回巴克布尔汗的女儿卡妮夏依。在乌什建立自己的城堡并为了看望父亲而回加斯故乡。父亲与他反目并扣留他的铁勒托茹骏马。失去铁勒托茹骏马的库尔曼别克做梦，卡妮夏依为他解梦。库尔曼别克遭受四十勇士背叛，惨败在卡勒玛克的多略尼汗的手中。正为祝贺库尔曼别克得子和建城的阿克汗恰巧在路上遇见身负重伤的库尔曼别克。最后库尔曼别克治疗无效死亡。阿克汗向卡妮夏依告知库尔曼别克的死亡，卡妮夏依殉情死亡。阿克汗带库尔曼别克6岁的儿子到孩子的爷爷铁依特别克的宫廷，杀死了铁依特别克。铁依特别克的大臣别尔旦别克收养赛依特别克。

赛依特别克长大后也成为像父亲一样的英雄。去卡拉夏哈尔杀朵略尼汗，为父亲报仇，回到家乡当柯尔克孜克普恰克部落的汗，为乡亲们创造幸福的生活。

库尔曼别克·吾木尔《库尔曼别克》唱本的结构为：

> 妻子 — 英雄出生 — 迅速长大 — 战败卡拉卡勒帕克 — 与呙尔吾勒，塔尔兰和阿克汗结为朋友 — 战败卡勒玛克人 — 娶妻 — 在乌什修建城堡 — 库尔曼别克的梦 — 重伤死亡 — 妻子殉情死亡，阿克汗处死铁依特别克 — 英雄儿子赛依特别克被别尔旦别克收养 — 赛依特别克长大 — 战胜朵略尼汗 — 当柯尔克孜克普恰克的汗为人们造福。

从上述内容来看，可以得出这样一个结论，这个变体作为一个地区的变体，受到居素普·玛玛依唱本的影响，或这两位史诗歌手的演唱内容来自同一个渊源。

玉山阿洪·布古瓦依，阿合奇县萨帕尔巴依乡的玉山阿洪·布古瓦依是曾经的《库尔曼别克》演唱史诗艺人之一。因记忆问题，只会演唱《库尔曼别克》史诗的部分片段。主要唱库尔曼别克的出生，婚礼等情节的部分内容。基本跟居素普·玛玛依唱本内容保持一致。

吾普尔·阿依瓦什，阿图什市铁盖尔麦提乡的《库尔曼别克》史诗歌手，不识字。小时候曾去农场里的名叫玛坎·居素甫的库木孜奇的民间艺人那里听学。据吾普尔·阿依瓦什讲："玛坎有一本吉尔吉斯斯坦的书，他反复读给我这书上的内容，从此，我就学会了这部史诗内容。"

他以韵散文形式演唱《库尔曼别克》史诗。他的唱本中，库尔曼别克由克普恰克部落首领铁依特别克的13个妻子中的发妻苏莱卡所生。库尔曼别克和四十勇士对话。战胜卡勒玛人，跟阿克汗结盟。不顾父亲的反对去远方娶回巴克布尔汗的女儿卡妮夏依。铁依特别克为此十分生气，扣留库尔曼别克的铁勒托茹骏马。库尔曼别克为此闷闷不乐，回到城堡发现卡勒玛克人已包围了自己的城堡。四十勇士不愿跟他出征。库尔曼别克独自跟卡勒玛克人征战，卡勒玛克人得知库尔曼别克骑的不是铁勒托茹骏马，趁绵羊马累得走不动时把库尔曼别克刺下马。阿克汗见到奄奄一息的库尔曼别克。库尔曼别克死亡。阿克汗为他修建陵墓。阿克汗到吐鲁番向卡妮夏依告知库尔曼别克的死亡。卡妮夏依殉情。阿克汗带着库尔曼别克6岁的儿子去铁依特别克的宫廷向他转告库尔曼别克死亡的噩耗，看到铁依特别克高兴的样子，气愤的阿克汗把铁依特别克绑在铁勒托茹马的尾巴上拖死。阿克汗把库尔曼别克的儿子赛依特别克带到喀什噶尔收养。

这一文本的叙事结构为：

祈子

英雄特异诞生

跟阿克汗结盟

娶妻

出征

死亡

妻子殉情死亡

阿克汗为他修建陵墓

阿克汗处死铁依特别克

这一文本与居素普·玛玛依文本具有一定的相似性，但很多内容被删减。

从上述文本的内容来看，除了居素普·玛玛依唱本外，其他变体都以韵散文结合的形式进行演述。大部分从书面文本中而学。除了有些内容在个别变体中被删减外，如铁依特别克汗妻子的数量，英雄梦兆，事件的先后顺序、地名、语言表达等方面稍微有区别外，内容上基本保持一致。特异诞生、坏父亲、娶妻、出征、结盟、英雄重伤后死亡、英雄妻子殉情等母题与这些文本基本相同，其中的人名、地名、马名、英雄及英雄父亲、英雄妻子、英雄儿子的最后结局的描述基本一致，主题思想和基本内容方面跟居素普·玛玛依变体具有一定的相似性。

从《库尔曼别克》史诗歌手的总体情况来看，男歌手和中老年歌手占较大比例。走向老龄化趋势，能够完整演唱的艺人较少，而且这些演唱艺人的年龄均在50—80岁之间，以书面文本学习为主，年轻的史诗歌手们的学习方法基本上以书中背诵为基础。

韵文形式演唱的文本，比散文式和韵散文结合形式演唱更为丰富和完整。散文式的唱本内容最为简洁，规模较小。与韵文形式演唱的文本有明显的区别。演唱形式在一定程度上成为验证史诗歌手演唱水平的一个重要标准。因为，韵文形式演唱比起散文或韵散文结合形式演唱有一定的难度和挑战性。只有对史诗内容比较熟悉，具有一定的即兴创作能力和演唱技巧的人才能够以韵文形式演唱这部史诗。

下面我们介绍吉尔吉斯斯坦几个主要的变体：

萨日库南·地依坎巴耶娃变体是国外已出版的史诗文本之一，是韵散文结合形式轮流演唱的唱本。这一变体中祈子、特异诞生、快速成长、少年立功、结盟、求婚、英雄死亡、英雄妻子的殉情等变体被删减。不同于其他变体，阿克汗遇见重伤的库尔曼别克时认不出库尔曼别克，库尔曼别克介绍自己后才认出他，并应库尔曼别克的要求从喀什噶尔叫来名为梅尔干（Mergen）和呆尔班（Derben）的两个特吾普（民间医师）治疗库尔曼别克的伤口。阿克汗宰杀白黄骆驼，让40个人不停地绕转库尔曼别克躺着的帐篷，祈求库尔曼别克的康复。库尔曼别克康复后阿克汗又宰杀白黄头山羊，为库尔曼别克进行萨达阿仪式。反映了古代柯尔克孜族的古老信仰。这一变体中库尔曼别克不会跟其他变体一样重伤后死去，妻子卡妮夏依也不会殉情，没有悲剧性的特点。库尔曼别克返回家乡当汗，通过他们的友谊，两个民族产生更好的团结性和经济来往，人们开始过幸福的生活。是这个变体拥有的国内外其他变体所没有的一个重要特点之一。

从《库尔曼别克》史诗各变体的内容来看，史诗有库尔曼别克的死亡和库尔曼别克从重伤中康复等两种结果。在我国以居素普·玛玛依为首的史诗变体基本以库尔曼别克的死亡而结束。英雄康复在国外的变体中也比较罕见。萨日库南·地依坎巴耶娃和某勒朵巴散·木苏尼玛尼库力的变体中没有库尔曼别克死亡的描述，以死而复生为结尾。

卡力克·阿克耶夫变体是在国外已出版的较有影响力的一个变体。也是一个韵散文相结合形式演唱的唱本。这个变体中祈子、特异诞生、迅速成长、少年立功、结盟、求婚、坏父亲、梦兆、出征、英雄死亡、英雄妻子殉情等母题应有尽有。其中，四十勇士对库尔曼别克说的话，库尔曼别克的婚礼，库尔曼别克的梦，库尔曼别克和阿克汗的结盟等内容及相关描述，诗行跟居素普·玛玛依变体极为相似。区别为，在这个变体中，没有跟居素普·玛玛依变体一样对库尔曼别克跟卡拉卡勒帕克的阿合玛特别克、呙尔吾勒苏勒坦结盟的情节，以及英雄娶妻、出征、建城等时间的先后顺序上有所区别外，其他内容基本保持一致。可以说，这两个文本来自于同一个源泉。据这两个文本的相似性可以大胆地判断居素普·玛玛依曾经得到的他的哥哥巴勒瓦依送给他的国外文本，可能是这个文本。揭开这两个文本的流传规律和来源，在这个史诗的研究中具有突破性的意义，值得进一步深入研究。

一、某勒朵巴散·木苏尼玛尼库力变体

某勒朵巴散·木苏尼玛尼库力变体是在国外已出版的，韵散文结合形式演唱的唱本。具有浓厚的宗教色彩，库尔曼别克跟卡勒玛克人征战的内容比较模糊，库尔曼别克在卡勒玛克地区建城堡，担任卡勒玛克的汗，违背库尔曼别克的形象。

这一变体内容上与萨日库南变体有一定的相似性。祈子、特异诞生、迅速成长、少年立功、坏父亲、梦兆、结义、死亡、英雄妻子殉情等母题被删减，以阿克汗和库尔曼别克当柯尔克孜族汗而结尾。因没有库尔曼别克的死亡，坏父亲等母题及相关内容，跟同样以库尔曼别克的死而

复生为结尾的萨日库南的变体具有一定的相似性。

从以上3个变体的内容来看，这3个变体与我国居素普·玛玛依的变体在内容上大同小异，主题思想、人物、敌人等是相同的，但故事的情节发展、前后顺序、地点、艺术水平、语言、地名、人名等有所不同，显得结构不太完整，这可能是史诗歌手的记忆、自身的特点和演唱技巧所导致。从这些国内外文本的内容、结构、语言不难看出这些文本都来自口头传统，具有同一个源泉。

以上3个变体和我国居素普·玛玛依的变体在内容上大同小异，在主题思想、人物、敌人等方面是相同的，在情节发展、人名、地名方面有微小的区别。

下面是《库尔曼别克》国内外变体的内容比较：

表3 《库尔曼别克》国内外变体

序号	变体	库尔曼别克父亲名字	地名	铁依特别克妻子之数	马名	库尔曼别克之妻名	库尔曼别克重伤，死亡情况	库尔曼别克之子赛依特别克去向
1	居素普·玛玛依	铁依特别克	安基延、加斯	6个妻子，最大妻子苏莱卡所生	铁勒托茹，最后出征骑的绵羊马	卡妮夏依	重伤死亡	被帖依特别克的大臣别尔旦别克收养
2	某勒朵巴散·木苏尼玛尼库力	玛达力汗	莫罗提亚	1个妻子，妻子从鹿的怀中抱来	铁勒托茹，最后出征骑的阔克多疟马	天使的女儿哈妮夏依	重伤，被阿克汗治疗康复	留在家乡
3	萨日库南·地依汗巴依娃	阔坎的汗铁依特别克	加斯	没有相关叙述	铁勒托茹，最后出征骑的绵羊马	哈妮夏依	重伤，通过治疗恢复健康	留在家乡

续表

序号	变体	库尔曼别克父亲名字	地名	铁依特别克妻子之数	马名	库尔曼别克之妻名	库尔曼别克重伤，死亡情况	库尔曼别克之子赛依特别克去向
4	卡力克克·阿克耶夫	铁依特别克	安基延、加斯	娶14个妻子，最大的妻子苏莱卡所生	铁勒托茹，最后出征骑的绵羊马	卡妮夏依	重伤死亡	阿克汗带回喀什噶尔
5	萨尔塔洪·卡地尔	特依特汗	特斯凯套	1个妻子	铁勒托茹，绵羊马	卡妮夏依	重伤死亡	阿克汗带回喀什噶尔收养
6	吾普尔·阿依瓦什	铁依特别克	奥破力	13个妻子	铁勒托茹，绵羊马	卡妮夏依	重伤死亡	阿克汗带回喀什噶尔收养
7	库尔曼别克·吾木尔	铁依特别克	加斯	4个妻子	铁勒托茹，绵羊马	卡妮夏依	重伤死亡	别尔旦别克收养

从国内外各文本的比较中可以看出，这些文本在内容上也有一些区别，但这些区别是微妙的，除了史诗主人公库尔曼别克的死亡，也就是史诗的结尾方式的不同外，基本不影响史诗的基本内容和框架。大部分文本以英雄的死亡为结尾。库尔曼别克跟卡妮夏依结婚，库尔曼别克和阿克汗的友谊，库尔曼别克得到盟友阿克汗的帮助，柯尔克孜克普恰克部落遭受卡勒玛克人的侵略，库尔曼别克离开骏马后遭到不幸等内容在《库尔曼别克》史诗所有版本中都有，是《库尔曼别克》史诗中的最为稳定的因素之一。

经过对众多国内外版本的考察发现，居素普·玛玛依、卡列克·阿克耶夫、萨尔塔洪·卡地尔、库尔曼别克·吾木尔等的文本无论在内容还是叙事结构方面基本相同，属于同一个系列的文本。而我国，当今在民间以口头形式流传的吾普尔·阿依瓦什、多莱提卡热等文本基本和居素普·玛玛依变体相同。某勒朵巴散·木苏尼玛尼库力和萨日库南的变体因英雄的最后结局不同于上述文本，但其他内容和叙事结构基本相同。这表明，它们在来源上有着密切的关联。从中可以看出，《库尔曼别克》史诗的形成与变异过程有一定的依据。史诗在漫长的流传过程中受到史诗歌手主观因素的影响而产生不同的变体，跨出地域，流传着各种文本，但基本保留着它原有的风格和性质。那些史诗积累丰富，具有一定的演唱技巧和记忆力的史诗歌手的唱本，比如说，居素普·玛玛依、卡力克·阿克耶夫、萨尔塔洪·卡地尔等玛纳斯奇们演唱的唱本，在民间广泛流传，成为这部史诗的范例。因各史诗歌手的经历、爱好、记忆、演唱技巧等原因，尽可能保持史诗的原框架的同时，各自进行了微小的加工，各演唱唱本都有自己的独特的风格和特点。他们对史诗的加工在一定的范围之内，基本保持史诗的主题和主题思想，在人名、地名、马名和重要事件的内容和先后顺序基本保持一致。近代史诗歌手的演唱内容多为以前的史诗歌手的演唱内容，从他们演唱和书面唱本中学习和继承他们的演唱内容和方法。从国内外文本中可以看出，国内外各史诗文本互相有关联，从某种程度上确定为来自于同一个源泉，流传中形成不同变体。著名的史诗歌手演唱的唱本或史诗歌手积极影响其他史诗歌手的学习和演唱，越著名的史诗歌手的唱本流传得越广泛，影响力越大。各地变体部件表现出移动的区域特点，不同区域之间的文本也有一定的相似性和一定的区别，如居素普·玛玛依和库尔曼别克·吾木尔的变体作为来源于同一个地方，也就是阿合奇县的史诗歌手，他们的演唱内容有些方面跟其他变体有所不同，内容上具有一定的相似性。居素普·玛玛依和卡力克·阿克耶夫虽然处于不同地区，但内容和情节安排，甚至很多诗行的语言、前后顺序，都一模一样，具有一定的相似性。

二、《库尔曼别克》史诗的艺术特色

我国柯尔克孜族民间除了《玛纳斯》史诗外还有近百部小型史诗以口头形式流传至今。《库尔曼别克》史诗是其中最具代表性的一部,虽然规模小,但内容、结构、语言等方面跟《玛纳斯》史诗有一定的相似性,被民间称为"小型《玛纳斯》",在长期的历史过程中,它跟《玛纳斯》史诗等柯尔克孜其他民间文学作品紧密联系在一起不断流传,在民间起到消遣娱乐和教育启发作用。

当今,这部史诗在民间有各种流传形式,适应当代史诗传播形式,除口头传播以外,更有走向舞台化的趋势,通过现代媒体广泛传播,变成了柯尔克孜族当代史诗传播的典型。这部史诗在民间深受人们喜爱,具有很大艺术审美价值和艺术震撼力,让人感受到悲剧之美,通过英雄成长、友谊、婚姻、战争等内容,歌颂英雄勇敢、忠诚,通过英雄的事迹来反映英雄的保卫家园敢于牺牲自己生命的感人的故事,给群众心里留下深刻的印象,通过演唱人的演唱艺术和故事内容感受美和对于生活的感悟。

这部史诗通过民间长期的积累,经过群众的口耳相传、丰富和发展,在草原游牧生活中不断被民间艺人们创作,演唱,从而使它得以传承,各种新的异文相继出现,变成人们闲暇中聆听和欣赏扮演的小型综合艺术。这部史诗作为一部跨国史诗,在国内外相互流传,国外的有关书籍、音频、视频流传到我国,我国的已出版的版本流传到国外,这部史诗除了在我国柯尔克孜族聚居区流传外,还在吉尔吉斯斯坦、卡拉卡勒帕克等地广泛流传,国内外有几十个版本已出版,目前有柯文、汉文、吉尔吉斯文等版本。国内外有一部分学者对其进行搜集、整理、翻译、出版和研究,具有一定的影响力。

这部史诗是通过描述英雄库尔曼别克一生的经历,从不同角度反映当时的社会生活,以及人们对美好生活愿望的一种民间文学作品。它在长期的历史过程中通过民间创造,经过几代民间史诗演唱艺人的演唱和加工，不断变异，产生了许多变体，其中，我国的居素普·玛玛依变体，是国内外无论在结构还是内容上最完整、影响最大，最具有代表性的一部。

在民间演唱《库尔曼别克》史诗的史诗歌手被民间称为"库尔曼别克奇"。《库尔曼别克》史诗以韵文和韵散文相结合的形式演唱，其韵文形式演唱得较多。而居素普·玛玛依演唱本从头到尾以韵文形式演唱，代表了史诗演唱的最高水平。纯韵文形式演唱比韵散文相结合形式演唱更有韵律美、语言美和格律美。《库尔曼别克》史诗的演唱与其他诸多史诗演唱一样，要求较高的艺术才能、口才和超强的记忆力。只有民间的那些头脑机灵，口才超群，记忆力较好的人才能够演唱，迅速记住别人的演唱内容和演唱技巧并在其他场合按现场的情况迅速进行即兴创作并演唱，这样的人才能成为真正的史诗歌手。因每位演唱者演唱时都对史诗内容进行即兴创作，所以每次的演唱内容有所区别。人们欣赏史诗的内容，史诗歌手的音调以及即兴创作能力、口才等。而居素普·玛玛依达到了这种水平，目前无人超越。他演唱的《库尔曼别克》史诗在民间最受欢迎，这部史诗在它的延续下才被记录和抢救、保护下来，已被翻译成汉文出版。

因史诗口头演唱的特殊性，不同的史诗歌手所表现的个性特色有所不同。而居素普·玛玛依所演唱的《库尔曼别克》史诗，代表了这部史诗演唱的最高水平，是比较完整的一部，对这部史诗的文本进行分析和研究，在认识和研究这部史诗上具有重要作用。

虽然史诗有虚构部分，但受演唱者生活环境、听众的影响，以这种口头形式表演的史诗表现出不同的特点。居素普·玛玛依变体作为这部史诗在国内外具有代表性的一个版本，无论是演唱形式，还是文本内容、结构都表现出浓烈的艺术特色，史诗演唱过程也带有艺术特色，演唱者表现出如痴如迷、如癫如狂的状态，听众也表现出跟故事内容相应的表情，有时深思、有时呼喊、有时微笑、有时愤怒和忧伤，演唱的整个过程就是一个艺术表现过程。而它的内容具有强烈的悲剧性，让人震撼，通过悲剧的力量引发听众反思和引以为戒，起到艺术欣赏、教育作用。

《库尔曼别克》史诗的居素普·玛玛依变体作为国内外最为完整的唱本，无论在语言还是其他方面都比别的变体表现出更高的艺术欣赏价值，具有更高的艺术美。虽然口头表演是一个复杂的过程，史诗的口头表演也在不断变化，我们无法想象离开表演语境的情况下如何总结这部史诗的本质特征。但我们可以通过对这部史诗的文本进行研究，我们从居素普·玛玛依变体的口头传统、口头语言的艺术的角度观察，将这部史诗的艺术特点，总结为以下几点。

1. 史诗结构、内容、情节安排、人物形象的塑造都表现出高度的程式化

程式是一组词或短语，如同艾伯特·洛德称为"大词"的那种由特定的词组和短语组成的一节诗。这类程式通常是在相同的步格条件下为表达一个相对稳定的意义而运用。但是，它的一个重要的先决条件是，这类程式或"大词"作为一个特定的单元，必须反复出现在口头文本当中，为史诗歌手的演唱和表演提供便利的条件。① 程式为这部史诗的演唱者、学习者提供了方便，各种程式在史诗的演唱中起着很重要的作用，史诗演唱者常常选择性地运用这些程式，比如，史诗叙事结构的安排和顺序、主人公的出生、成长、出征、婚礼、友谊、死亡等整个过程的描述和先后顺序，人名、马名、地名、物名等，无论在史诗的创作还是学习过程中这些程式都起到重要作用，演唱者记住这些稳定的主要程式之后根据程式化的框架，程式化的语言，描述方式等能很快地进行演唱，在此基础上进行即兴创作。每部史诗演唱的性质都是这样的。所以这部史诗出现了框架一样，但其他内容有所不同的情况。从史诗文本不难看出《库尔曼别克》史诗是表演中的创作，由一个个线程的程式所组成，程式弥漫着史诗演唱的全部过程，之所以这部史诗保持着它古老的状态，是因为这种程式数量众多。

---

① 阿地里·居玛吐尔地.口头传统与英雄史诗[M].北京：中央民族大学出版社，2009：118.

从这部史诗的叙事结构来看，其在结构上参考柯尔克孜族古老的英雄史诗叙事，具有《玛纳斯》等史诗的结构特点、框架，叙述主人公出生到死亡之间的事迹，在人物形象方面运用程式化的语言和方法，且运用民间的口头语言，在格律、韵律方面遵守一定的规律。结构上的程式化有一定的功能性，史诗歌手即兴创编史诗时，运用结构、构造方面的某个框架，在此基础上对内容进行铺展描述。根据罗德的观点，在口头传统中存在着诸多故事范型（模式），无论围绕着它们而建构的故事有多大程度的变化，它们作为具有重要功能并充满着巨大活力的组织要素，存在于口头故事文本的创作和传播之中。①《库尔曼别克》史诗的叙事结构、主题以及语言都具有高度的程式化趋势，结构的模式是大程式，而与内容相关的内部程式则为词语和句法上的程式。

史诗歌手们在史诗演唱过程中面对听众演唱，比如，这部史诗文本中反复使用和出现一些诗词，如"少年库尔曼别克""月亮般的库尔曼别克""太阳般的库尔曼别克""巴克布尔的女儿卡妮夏依""月亮般的卡妮夏依""口齿伶俐的扎依尔别克"等，这些其实都是柯尔克孜族民间的史诗中的人物的一种描述。在表演创作中演唱者都遵守一定的诗行、格律规律，围绕这个规律而运行，并为这个步格要求而思考内容、词语，考虑到一定的格律要求，如果脱离这个轨道，那就很难进行演唱。史诗演唱艺人一般运用脑袋里多年来储存的，十分熟悉的程式来进行演唱，并加以程式化的眼神、手势等身体语言和史诗格律，音调等让听众更加欣赏他们的演唱。这部史诗也表现出同样的特点，不仅仅是居素普·玛玛依变体，史诗的其他所有的变体都表现出这种特点。史诗的每一次表演都是一首特定的史诗，在场听的只是这一首特定的史诗，因为每一次的史诗演唱就是一个新的再创作，这就是史诗出现各种变体的一个原因。从一个古老的传统中而来，具有一个共同的源头，采取世世代代人的演唱，创作而基本固定下来的特定的模式、程式。不仅在结构上呈现出高度的

---

① 尹虎彬.古代经典与口头传统［M］.北京：中国社会科学出版社，2002：105.

程式化特征，史诗的音律、步格都呈现出高度的程式化特征，这种韵律进一步提高了史诗的音律美。史诗的外在靠音律、步格的规律，套用一定的程式化的音律、诗行，内容尽量控制在这些音律范围内，丰富地运用修饰词，夸张、比喻等，诗行基本都以七八个音节，人名、马名都以3个音节组成，这不是巧合而是为了迎合诗行的节奏规律而用的，哪怕是两个音节组成的人名，为了遵守步格要求，人名前后加别克（bek）等，都有强烈的节奏感、音乐感。

2.反映人们的生活，具有一定的现实生活色彩

习近平总书记在中国文联十大和中国作协九大开幕式讲话中指出："史诗是人民创造的，不论多么宏大的创作，多么高的立意追求，都必须从最现实的生活出发，从平凡中发现伟大，从质朴中发现崇高，从而深刻提炼生活，生动表达生活，全景表现生活。"

以歌咏史，诗史并茂，《库尔曼别克》史诗除具有浓烈的艺术色彩外，还有一定的现实生活基础，反映当时各民族之间的经济文化交流、地域特点、饮食、服饰文化、家庭、婚姻等民俗活动，在此基础上靠口头讲述技巧，加记忆和想象，塑造愿望里的英雄人物形象，加之其他民俗事项和爱情、友谊等人们所关心和向往的主题，运用最简单的口头语言，用夸张、比喻、修饰等润色，靠古老故事的模式、框架，遵守某种音律和格律而创造出来的。这部史诗的主人公因缺一匹马而惨死在戈壁，这也是当时柯尔克孜族真实生活、生产、生活方式的一种反映。史诗作为语言艺术，通过语言保留着过去和现在的语言、民俗和生活，所以它给人们很真实的感觉，这就是这部史诗的艺术魅力所在。

长期以来柯尔克孜族靠游牧生活生计，放牧和狩猎是最主要的生计方式。靠放羊、马、骆驼等维持生计，这也是他们的食物、衣服等的来源，把自己生产的动物皮和牲畜跟其他民族的茶叶、丝绸、珠宝等进行交换。柯尔克孜族和维吾尔族等其他民族在历史上就建立了密切的经济联系，早在柯尔克孜族过着游牧生活的时候，用牲畜交换粮食，从其他民族那里学会农耕、农业生产技术、借用农作物工具。其他民族也从柯

尔克孜族这里学会饲养和管理牲畜的各种方法。① 所以在史诗中出现长期杂居的维吾尔、卡勒玛克、卡拉卡勒帕克、塔吉克、哈萨克等民族和现实生活中的地名、山名、河名、湖名及相关描述是自然的，因为它也是社会生活环境的一部分，在史诗的形成上提供相关资料基础，也自然而然地出现在人们的口头文学作品上。

  史诗中描述因没有发达的手工艺，盖建坟墓等也都从别的地方找来匠人、材料，史诗中有详细的有关经济文化来往过程的描述。史诗没有相关农耕的描述，游牧生活为他们的搬迁创造了条件，这些因素也是史诗内容的素材之一，柯尔克孜族几次的搬迁，转场等都可以从史诗中看出一些痕迹。史诗中描写，茶叶、丝绸、骏马被视为最珍贵的物品是互相赠送的礼物之一。如：

> 我驮来了五光十色的衣物，
> 我驼队驮来了贵重的礼物，
> 亲爱的朋友库尔曼别克，
> 你能骑上我的枣骝马吗？
> 你能穿上我带来的红呢大衣吗？
> 你可能喝我带来的砖茶吗？②
> ……
> 他酿制四十锅美酒，
> 注入了盛奶酒皮袋，
> 准备了充足的馕和茶叶
> 将食品让骆驼驮载。③

---

① 新疆维吾尔自治区丛刊编辑部组《中国少数民族社会历史调查资料丛刊》修订编辑文员会编.柯尔克孜族社会历史调查[M].北京：民族出版社，2009：50.

② 居素普·玛玛依.柯尔克孜族民间叙事长诗选[M].刘发俊，帕自力，岩石，整理翻译.乌鲁木齐：新疆人民出版社，1985：128.

③ 居素普·玛玛依.柯尔克孜族民间叙事长诗选[M].刘发俊，帕自力，岩石，整理翻译.乌鲁木齐：新疆人民出版社，1985：80.

史诗中还有纵马、叼羊嬉戏、弹琴歌唱、跳舞、各种游戏、竞技活动、婚礼等民俗活动和周围一起杂居的民族之间的关系、贸易往来等因素也是史诗形成的素材之一，这些都加强了史诗的艺术感染力。

史诗是珍贵的文化遗产，也是古代人们的"百科全书"。史诗区别于其他艺术形式的一个特点是，它是人类特殊的知识总汇。它反映古代人们的生活、理想和愿望，保留人类和自然界的关系，汇聚着人们几千年来积累下来的智慧和经验，以丰美的艺术形象，壮阔宏伟的艺术结构显示了古代人们的英雄气魄和创造才能；其诗歌语言的哲理性与形象性的结合，表现出人类艺术思维的光华。重要的是它包含着大量的赛马、抢婚、服饰、饮食、丧葬等民俗事项的描写，从中我们还可以看到古代有关地理、天文、手工业、体育等宝贵的资料。

3. 从结构和内容上套用民间的其他史诗，反映出柯尔克孜民间文学中你中有我、我中有你的相互关系

不难看出这部史诗的叙事结构上深受《玛纳斯》史诗的影响。在柯尔克孜民间有句话"《库尔曼别克》史诗是小型化的《玛纳斯》"，这句话也证明了这两部史诗的关系，在这两部史诗的关系方面我们会进行具体的比较和研究。不仅如此，从史诗的结构和内容来看它与柯尔克孜族民间的《赛依特别克》《西尔达克别克》《呙尔吾勒》《叶尔塔尔兰》等其他英雄史诗有一定的关系。这些关系体现在史诗的各个方面，如《库尔曼别克》和《赛依特别克》《西尔达克别克》等史诗跟《玛纳斯》史诗一样是英雄和英雄的下一代的故事，以库尔曼别克等三代英雄的事迹为主要内容，不同的是《玛纳斯》下一代史诗虽然以英雄的名字命名但都是单独的英雄史诗，没有纳入《库尔曼别克》史诗范围内。《库尔曼别克》史诗在内容，结构等方面跟《玛纳斯》《呙尔吾勒》《叶尔塔尔兰》等柯尔克孜族其他英雄史诗有一定的关系。

我国著名的史诗歌手居素普·玛玛依自己在学习和演唱《艾尔托西吐克》史诗时说："其实，我听很多人讲过，《艾尔托什吐克》的故事也应该延续到八代。分别是《艾尔托什吐克》《交达尔别西木》《艾尔艾皮西》

《阔勇阿勒普》《铁依特别克》《库尔曼别克》《赛依特别克》《西尔达克别克》。"① 这些说法虽然从这些史诗的内容上来看有一定的依据，但从实际产生年代来说是不科学的，但史诗语言、结构、叙事方式大同小异，在叙事结构和内容上有连续性和相似性。如这些小型史诗（叙事诗）中的人名、马名、地名，人物性格及场景的描述等，存在在一个史诗中套着其他史诗的内容的普遍现象。在《玛纳斯》史诗中也套着《叶尔吐什图克》《克孜萨依卡丽》《托勒托依》《巴额什》《阿吉别克》《库尔曼别克》等小型史诗的部分内容和主人公的名称等，《库尔曼别克》《克孜萨依卡丽》等英雄史诗中出现《玛纳斯》史诗中的有些内容和人名、地名等，取材其他民间史诗而丰富自己的内容这样的现象，你中有我、我中有你，这也是柯尔克孜民间史诗的共同特点之一。

《库尔曼别克》具有高度的艺术性，多种艺术因素联合在一起，体现综合性的说唱艺术，是一个丰富多样的综合艺术体。

这部史诗跟《玛纳斯》史诗一样，是一个综合性的艺术表演过程，不仅仅是演唱者演唱，听众也积极参与互动，对史诗的演唱内容和气氛起到一定的作用。听众们在这样的互动过程中感到无穷的乐趣，这就是这部史诗的"表演中的创作"特征。《库尔曼别克》史诗的印刷文本只是它传统的活形态表演形式的一种不完整的替代品，只能展示出史诗的故事情节，但不能包含史诗故事背后的丰富多彩的因素，不能完全展示出史诗演唱过程中的语境。通过读印刷本只能够欣赏《库尔曼别克》史诗的诗句和故事内容，但不能欣赏演唱者在演唱史诗过程中的表演。而这部史诗更让听众欣赏的部分也是演唱中的表演，人们常常欣赏他们演唱中的音调，有趣的手势和眼神，他们按照在场的气氛和人物、事件进行即兴创造并加进史诗里面去。在听众面前演唱《库尔曼别克》是在特定的语境下重新创作这部史诗的过程。《库尔曼别克》史诗千百年来传递和

---

① 阿地里·居玛吐尔地，托汗·依莎克．居素普·玛玛依评传［M］．呼和浩特：内蒙古大学出版社，2002：188、1747．

继承着古老的口头传统，不断翻新和再创作，它的演唱不仅仅是简单的演唱，史诗的演唱者和听众都是史诗演唱的参与人，史诗演唱过程也是演唱者展示自己演唱和即兴创作才能的一个机会和过程，通过顺利的即兴创作和表演，在听众中不断扩大自己的影响，得到听众的肯定。

艺术化不仅表现在史诗的结构、语言、内容上，还表现在它的演唱特点，格律、音调、手势、表情等各个方面，集纳各种传说、祝词、歌谣、赞词、格言等，读后给人以美的享受。

它的创作服从口头传统的史诗创作规律，从头到尾以特定的音节为基础，具有严正的韵律、格律特色，每个诗行基本由七八个音节诗句组成，具有头韵、尾韵、腰韵、交叉韵、句首韵、丰富多样的韵式以及大量的半谐音等，体现出很强的节奏感、音乐感。它吸引听众的不仅仅是内容，还包括它的节奏。只有内容和这种节奏巧妙地联系在一起才可以表现出史诗真正的魅力。它的语言具有高度的艺术化特征，内容也通过艺术来传达，进而传达史诗的精神、情感、真、善、美等丰富内涵。① 用特殊的诗的语言叙述各种传说、故事，具有特殊的审美特点，流传过程漫长，形成、演唱、流传形式特殊，包含着许多神话、传说，民间故事形成、发展、传播，民歌、谚语、民俗等各种艺术因素，有很高的审美价值和研究价值。它不仅可以让听众激动地呼喊，也可以让听众感动得流泪，借以抒发演唱者的感情。史诗中的每一个人物都是艺术化的结果，都按照当时社会的审美情趣和艺术标准来塑造人物，满足当时人们对艺术的、娱乐的需求，是口头艺术的完美成品，包含着丰富的文化艺术内涵。它的起源也和各种原始的文学艺术有着紧密的关系，吸收在它之前存在的各种口头创作艺术成果，如神话、传说、民歌、谚语等，在流传过程中也不断地接受其他各种艺术的影响，使自己得以生存和发展，是人们艺术想象的再现。它的演唱都有特定的音调、音律。按史诗内容情节变化，演唱者会运用喜怒哀乐的表情和眼神，做出相应的手势和动作。

---

① 李惠芳.民间文学的艺术美[M].武汉：武汉大学出版社，1986：32.

不仅仅有叙述结构、格律等方面的特征，还具有音乐美、绘画美、悲剧美等审美特征，表现出比较突出的现实艺术魅力。史诗的内外表现都是艺术，具有一定的艺术感染力。

《库尔曼别克》史诗在长期的传承过程中形成了自己独特的结构、叙述、审美及语言，用大量的比喻、夸张等修辞因素，生动地描述其中的人物、骏马、事件和过程，让人感叹语言的美，语言具有的鲜明的地域和民族特点。如"苹果般的小孩""小手指头一样的库尔曼别克""公山羊般的骏马""猛虎般的四十勇士""豹子般的四十勇士""旋风般冲入敌群""像飞奔的鸟儿一样""骏马星流般疾驰上前""像蠢牛的铁依特别克""时乖运蹇的铁依特别克""朗声大笑其声如雷""暴烈固执的长老木尔扎别克""火一般的灾难""乳臭未干的少年""愤怒异常火烧肝肠""像猛虎扑进羊群""乌亮般的眼睛""恰似秀美熟透的黑莓""无精打采的光棍""饱食终日无所事事的饭桶""旷野上闲散游荡的闲人""不肯精心饲养牲畜的人""口若悬河大吹大擂的人""衣衫肮脏形容污垢的人""魂飞魄散冷汗直流""像跌进烈火中的魔鬼狂癫""毁灭宇宙的凶顽""难以翻越的高山""灭绝一切的巨人""铺天盖地的人""手舞足蹈难以自持""翻坟倒墓的洪水""拔树倒屋的狂风""四处飘零""狂喜如癫""贪心不足的小人""像杀鸡般砍到一边""犹如蛇一样扭动不安""胸襟纯洁犹如水金"等比喻，很有特色的夸张等，有很高的语言艺术美。史诗还包含着"胆怯会使人心儿狂跳，已经失去的不会复还""真金不会生锈，真话不会打弯""蓝天上的星星贴不到墙围上，降到头上的灾难瞒不过明天""孤单的人会被狼吃掉，离群的人会被风吹跑""没走过长途的人不知途中的艰辛，没离开过家乡的人不知故土的温暖"等大量的夸张的、发人深思的、号召团结和友善的格言和谚语，这是在民间文学的其他形式中比较少见的，更加体现语言的魅力，始终给人们艺术的享受。

我们从上述适当的比喻和夸张的描述中感受到一种语言的美丽和音乐美，这恰是史诗引起听众注意的、让人信服的一面。离开了这些语言艺术因素，史诗将会平淡无味。史诗歌手在演唱中发挥所有的才能，尽量用精致的语言。这些语言跟着史诗内容一起更让史诗成为一个内外搭配的艺术品。史诗的音律、格律、节奏感加史诗中的比喻、灵活运用的夸张、比兴手法、各种修饰词语等描述英勇的英雄、骏马、美丽的女人、美丽的风景、强悍的敌人，联系在一起构成各方面完整的结构，这就是史诗的魅力所在。如：

aranday oozu aqilip,	阿和玛特眼中喷出怒火，
kobvgvn qaqhp bulkungan,	嘴里喷出滚滚的烟雾，
minday neqen er saygan,	他毕竟是位杰出的英豪，
kaqan attan kiyxaygan.①	一声呼啸山崩地裂。

史诗用这种艺术化的语言，把人物、情景镜子般清晰地呈现在我们脑海中，具有很高的语言艺术价值。史诗描述的风景、人物以及人物的性格、动作十分生动，这是这部史诗的重要特点之一。

绘画美是柯尔克孜族史诗的重要特征之一。史诗中的人物、场景、美景、毡房的装饰、人物性格、表情等都表现出一种绘画美，让人有亲眼看到或经历的感觉，那些场景反复出现在听众的脑海里。《库尔曼别克》史诗有这种绘画美，以简单的语言塑造出淳朴的艺术形象，反映史诗歌手的艺术情怀和情感审美态度，十分动人，让人钦佩。如史诗中的诗行：

jilkiqinin toosuna,	少年英雄登上山巅，
qigip bardi Kurmanbek.	美丽的风光呈现在眼前。
suusu kaxka tuptunuk,	清泉淙淙绿草如毯，
ayak jagi munarik,	南面是雄峻的卡拉套山，

---

① 居素普·玛玛依.库尔曼别克［M］.阿图什：克孜勒苏柯尔克孜文出版社，1984：185.

tvndvk jagi alatoo,	上方是肃穆的阿拉套山,
batix jagi keg ozon,	两边的河谷宽广而平坦,
ortosunda aginsuu,	中间翻滚着滚滚的波涛。
oyrotto jok jer uxul.	从斜对面的悬崖上,
koz jetken jerdin baarisi,	迷人的瀑布一泻千里,
kopkok bolgon saz eken.	跌下悬崖水声如兽吼。
kiraan batir Kurmanbek,	库尔曼别克看到这景色,
jerdi korvp kubanip,	无比欣喜,赏心悦目:
karap korso Kurmanbek,	这里是世间罕见的宝地,
Jok eken jerde eq jazik.	这是一片肥美的沃土,
jagi xaar salam dep,	我要在这里建造城堡,
tux tuxka kixi qaptirdi.①	让人们来这里居住落户。

库尔曼别克的梦境的描述:

alti mingi kalamdi,	六千个卡勒玛克包围了城堡,
alti aylanho kaliptir.	围困了六个月的时间,
kop kalmaktar janimda,	他们狂喊:"杀死库尔曼别克!"
kiynap turat kamalap.	我奋不顾身地向前冲杀,
atim basbay aldirap,	我的马儿却踟蹰不前,
kara ter basip xaldirap,	我着急得汗水淋漓,
jer jaynagan kop kalmak,	我被卡勒玛克俘获,
jer tayanip kamalap.	我浑身颤抖听任他们摆布。
jvroktv nayza aralap,	矛枪将我的胸膛刺穿。
kop kuyuldu kara kan.	红的鲜血唰唰地流淌。

---

① 居素普·玛玛依. 库尔曼别克[M]. 阿图什:克孜勒苏柯尔克孜文出版社,1984:240-241.

korgon tvxvm kanixay,	相依为命的卡妮夏依啊!
bul emineng booluqu?	我做了这样的噩梦!
kongvldoxvm jooruqu!①	这是怎样的不祥之兆!
…… ……	
jerdin jvzvn qag kilip,	天空弥漫着滚滚尘埃,
tvz joldordu ag kilip.	大地被踏得隆隆震动。
koroz moyun Kurmanbek,	脖子像公鸡的绵羊棕马,
ok jilanday oktolup.	像蛇一样躲避着雨点似的毒箭。

史诗中库尔曼别克死亡时阿克汗呜呜咽咽地说:

ay kiyadan tamambi,	月亮就要降下了吗?
Kanixay ayax amanbi?	月亮般的卡妮夏依您平安吗?
kvn kiyadan tamambi?	太阳就要降下了吗?
kvn Kanixay amanbi?②	太阳般的卡妮夏依您可好吗?
…… ……	
Akkandan ugup xum gepti,	听到阿克汗带来的消息噩耗,
tomolonup bir ketti,	卡妮夏依跌倒在地,
kvn kararip bvktolvp,	月亮被乌云遮住了,
ay buluttu qvmkonvp,	天地登时昏黑一片,
alamdin baari bozdoptur。	天空的群星失去光亮,
asmandaki jildizga,	宇宙间万物黯淡无光,
alda emine kvq kelip.③	天穹好像就要崩碎一样。

---

① 居素普·玛玛依.库尔曼别克[M].阿图什:克孜勒苏柯尔克孜文出版社,1984:269-270.

② 居素普·玛玛依.库尔曼别克[M].阿图什:克孜勒苏柯尔克孜文出版社,1984:324.

③ 居素普·玛玛依.库尔曼别克[M].阿图什:克孜勒苏柯尔克孜文出版社,1984:332.

这样的情景和人物形象描述给人以真实的感觉，让听众确信这是一个真实存在过的人物和情景。史诗所描述的各种情景像电影一样呈现在听众脑海里。这种艺术感染力在《玛纳斯》史诗里也很常见。《库尔曼别克》史诗用墨如泼的叙事和浓烈的抒情与奇特的幻想，瑰丽的场面，神力的夸张、幻想和现实的巧妙结合，生动、真实的人世生活的描写，使史诗内容曲折多变，引人入胜。这在史诗的人物形象的塑造方面体现得尤为突出。史诗中每一个情景描述得都十分清晰，详细地描述，包括人的心理活动，感受等具有一定的绘画美。从上述诗行就可以看得出来，每当听众听到史诗歌手优美的歌声时心里便会产生愉悦感，史诗歌手唱优美的自然环境、美人的样子、纯朴的友谊、纯净的爱情时，听众心里会产生一种向往的情感，仿佛体现自己的愿望和理想，倾注着史诗歌手的爱美情感。使用简单的口头语言，大量的形容词、比喻、夸张、排比、拟人等修辞手法，使史诗具有浓厚的抒情色彩。史诗中的优美的意境，清新的语言，不仅仅是为了写景写人，而是为了通过这些描述抒发深厚的感情，发挥丰富的想象力，表现出群众对生活的热爱和对幸福生活的向往和渴求，情与景之交融，表现得极为充分，表现出很强的艺术感染力和浪漫主义色彩。从对人物性格的塑造和情景的描述中我们可以看到人们对真、善、美的追求。

三、具有浓烈的悲剧美

悲剧美是柯尔克孜族史诗的最突出的特点之一，也是这部史诗的主要美术特征。史诗悲剧地结束，给听众心中留下深刻的印象。史诗的影响离不开它的悲剧美。史诗的听众沉迷于史诗中，跟着史诗内容所表现出的内容时而沉默、时而呼喊、时而哭泣，主人公的死亡等多种悲剧在听众心里产生同情和心灵震撼，具有深刻的艺术感染力和教育人们提高道德情操、保护家园和爱国等作用。库尔曼别克是史诗中的主人公，是正面人物，他因父子矛盾，失去骏马和勇士们的背叛而悲惨地死亡，四十勇士被英雄的妻子处死,英雄的妻子殉情死亡,英雄6岁的儿子变成了孤儿,库尔曼别克的父亲被库尔曼别克的挚友处死等一系列悲剧随即发生,让听众产生巨大的震撼与共鸣。听众为此跟着史诗内容而流泪、感叹、悲伤和沉思。这就是这部史诗的最大的感染力和艺术魅力。史诗以这样的悲剧教育人们,提升人们的爱国精神,强调团结的重要性,警示那些爱财如命、心胸狭隘、不忠不义的小人,激发人们家庭团结,热爱祖国,热爱家乡的情怀。

史诗表现出高度的悲剧美,悲剧结尾,是因为史诗主人公是人们崇拜的英雄人物,但最终被毁灭。史诗歌手清楚悲剧对人心的感染力,这样才能在听众心里留下深刻的印记,得到听众的同情,让人深思,并得到教化与解脱。这就是艺术的最后目的,艺术作品的崇高风格。它一定程度上印证了受众对于人性中的真、善、美,社会上的苦难、背叛、伤痛等的共鸣与理解。作为美学范畴的悲剧,不是指社会生活中痛苦与不幸的事件,也不是指作为喜剧形式的悲剧,而是指一种美的特殊形态的悲剧美。史诗《库尔曼别克》史诗塑造了令人尊敬、同情的悲剧英雄,悲剧事件。悲剧美是史诗《库尔曼别克》的主要美学特征之一,《库尔曼别克》史诗中的悲剧美跟《玛纳斯》史诗非常相似。史诗《玛纳斯》也有比这部史诗更加深刻的悲剧色彩。《玛纳斯》史诗中有父杀子、夫杀妻、侄杀叔、妻杀夫、孙儿杀祖父等悲剧性的事件的描述,悲剧性色彩比《库尔曼别克》史诗更加鲜明。

柯尔克孜族《玛纳斯》《库尔曼别克》等英雄史诗都以让人心灵震撼的悲剧结束。这种风格是柯尔克孜族英雄史诗的一个主要特征。这些史诗的悲剧性结束也有一定的原因,是当时社会生活、生产方式、生存环境的一种表现。

第 三 章

《库尔曼别克》与其他史诗的关系

第三章 《库尔曼别克》与其他史诗的关系

从《库尔曼别克》史诗的内容和叙事结构中可以看出,这部史诗无论在结构还是内容上都受到柯尔克孜族《玛纳斯》等英雄史诗的影响,与柯尔克孜族民间的《玛纳斯》《赛依特别克》《西尔达克别克》《呙尔吾勒》《叶尔塔尔兰》等其他英雄史诗有一定的关系。本文主要以居素普·玛玛依文本为主,对《库尔曼别克》与柯尔克孜族其他史诗进行初步的探讨。

据柯尔克孜族民间的传说,《库尔曼别克》与柯尔克孜族民间的《赛依特别克》《叶尔土西吐克》《西尔达克别克》等史诗有一定的关系。学者曼拜特·吐尔地指出:"根据柯尔克孜散吉拉奇们的观点,克普恰克部落中先后出现过很多英雄。他们是:艾尔托什吐克—交达尔别西木—阔勇阿勒普—铁依特别克—库尔曼别克—赛依特别克—西尔达克别克—斯地克别克。"① 我国著名的史诗歌手居素普·玛玛依说:"其实,我听很多人讲过,《艾尔托什吐克》的故事也应该延续到第8代。分别是《艾尔托什吐克》《交达尔别西木》《艾尔艾皮西》《阔勇阿勒普》《铁依特别

---

① 曼拜特·吐尔地著,阿地里·居玛吐尔地,译.柯尔克孜族文学史[M].香港:天马出版社,2005(5月):24-25.

克》《库尔曼别克》《赛依特别克》《西尔达克别克》。"①这些说法虽然从这些史诗的内容上来看有一定的依据,但只是民间的一种说法,没有科学依据。

从《库尔曼别克》史诗的内容来看,库尔曼别克的儿子的名字为赛依特别克,库尔曼别克去世时6岁的儿子赛依特别克被别尔旦别克收养。赛依特别克长大后得知自己的过去,回到柯尔克孜族中,成为柯尔克孜族的汗。《赛依特别克》史诗中,赛依特别克生有一个男孩,起名为西尔达克别克。

《西尔达克别克》史诗在柯尔克孜族民间广泛流传的还有一部英雄史诗,广泛流传于民间并被文人记录下来。当今这部史诗在柯尔克孜民间被认为是《库尔曼别克》史诗的续篇。

柯尔克孜族中,一个史诗中套有其他史诗的内容、人物名称等是比较普遍的现象。《库尔曼别克》史诗虽然篇幅不长,但我们从内容中可以看到以《玛纳斯》为例的许多其他史诗中的因素。柯尔克孜族民间的《叶尔吐什图克》《克孜萨依卡丽》《托勒托依》《巴额什》《阿吉别克》《库尔曼别克》等诸多小型史诗中的人名、马名、地名等,都与《玛纳斯》史诗有一定的关系。

---

① 阿地里·居玛吐尔地,托汗·依莎克.当代荷马《玛纳斯》演唱大师——居素普·玛玛依评传[M].呼和浩特:内蒙古大学出版社,2002:188.

第一节　与《玛纳斯》史诗的关系

《玛纳斯》史诗描述玛纳斯等8代英雄的英勇事迹。每部都以该部的主人公名字命名。每一部都可以成为独立的史诗,但各部又在内容上有机地联系在一起,构成一部完整的史诗。从结构上看,《玛纳斯》史诗的第一部《玛纳斯》,内容包括:玛纳斯的诞生和成长;英雄玛纳斯登上汗位;英雄玛纳斯的婚礼;阔阔托依的祭奠;空吾尔巴依的阴谋;6位汗王与玛纳斯的矛盾;玛纳斯和阿勒曼别特的兄弟情缘;英雄玛纳斯再次出征;玛纳斯率部远征;玛纳斯大战空吾尔巴依;空吾尔巴依策划更大的阴谋;英雄玛纳斯之死等。

居素普·玛玛依演唱的《库尔曼别克》史诗,是由库尔曼别克召集被卡勒玛克人驱散到各地的柯尔克孜部落——克普恰克人;库尔曼别克反击阿克玛提别克掠夺克普恰克人的马匹;阿克玛提别克与阔尔之子苏力坦袭击克普恰克人;库尔曼别克反击并战胜阿克玛特别克;库尔曼别克与塔尔兰建立友谊;库尔曼别克去卡拉城;库尔曼别克与阿克汗建立友谊;库尔曼别克回故里;库尔曼别克与卡妮夏依成亲;库尔曼别克救出阿克汗并建城;库尔曼别克去见父亲铁依特别克并恳求借用灰骏马铁勒托茹;库尔曼别克的梦;库尔曼别克受伤;阿克汗别克偶遇库尔曼别克并为他立墓碑安葬他;阿克汗别克将库尔曼别克逝世的噩耗告知卡妮夏依，并杀死铁依特别克等14个章节组成。①而从这两部史诗的标题中也不难看出二者在结构方面有一定的相似性。

柯尔克孜族《玛纳斯》史诗之后也产生过诸多部英雄史诗，但像《库尔曼别克》与《玛纳斯》一样在叙事结构、叙事方式、语言、主要内容和情节等方面如此相同的史诗，较为罕见。两部史诗的演唱语境、语言、音调、格律都有一定的相似性。史诗歌手把所有的知识和陌生的客观世界同化到人类直接接触和熟悉的互动关系中，使每个语词的意义都被应用该语词的时间、地点、场景所控制。随着史诗的变化，歌手表现出喜怒哀乐和相应的动作，听众也与之互动。如玛纳斯奇和库尔曼别克奇的身份是相同的，都是柯尔克孜民间德高望重的史诗歌手，通常受人们的邀请在毡房里或草原上进行演唱，听众中有小有老，有男有女，那些歌手处的环境，听众的身份、动作、表情、语言等也都对史诗的演唱者的情绪，史诗的内容、音律产生影响。柯尔克孜族口头传统、语言特点、民族心理等因素对史诗文本的产生有一定的影响，所以要理解一个特定的文本，我们一定要对它产生和生存的语境进行分析。史诗的基本情节、人物之间的对话等诸多因素相关的程式化的表达方式，都在史诗的表演中，所处的环境中得到充分的发展。歌手们需要激励他们的外在力量，这样他们才能更好地发挥即兴创作能力。这种激励来自在场的听众认真倾听史诗演唱和与歌手互动，不断喝彩，使歌手处于很好的演唱状态，演唱中为引起听众的注意和喜爱更加发挥演唱才能。听众的构成也对史诗内容有所影响，歌手会尽量在演唱时加一些赞颂的表示友谊等相关情节和内容。如果在听众中有其他民族，在演唱中为了吸引他们的注意，会加一些与这些民族相关的情节和内容，从而促生了史诗的各种异文。《库尔曼别克》史诗跟《玛纳斯》是在同样的语境下诞生的，比如在《库尔曼别克》中也有各式不同的语境演变而来的各种异文。史诗中几乎所有的异文中都有维吾尔阿克汗的相关情节，因为柯尔克孜族历史

---

① 居素普·玛玛依.库尔曼别克［M］.阿图什：克孜勒苏柯尔克孜文出版社，1984.

上跟维吾尔等民族比邻而居，在史诗演唱场合也可能有维吾尔、乌兹别克、哈萨克等民族，所以会把与这些民族相关的内容加到史诗里去。

两部史诗最后都以悲剧结束，具有悲剧美，通过这样的悲剧给每一个听众心中留下深刻的印象，且起到教导作用，引起反思。这也是这部史诗世代传承的另一个原因。因为史诗中描述的有些细节，如无子焦虑，父子矛盾，关键时刻亲朋好友的背叛，英雄死亡前对自己妻子和儿子的担心和不舍，各种不可挽救的死亡，英雄妻子在英雄死亡后的痛苦，困难时得到朋友的帮助等，都好像在描述听众生活的某一个方面。库尔曼别克因坐骑被父亲扣留而没有骏马可骑，因此遭到敌人的斩杀和四十勇士的背叛而死亡。他妻子愤怒之下处死四十勇士后殉情死亡，库尔曼别克的父亲铁依特别克则被库尔曼别克的挚友绑在骏马尾巴上拖死，库尔曼别克的6岁儿子变成了孤儿。听到这样的结局，听众会情不自禁地对库尔曼别克的死亡感到哀痛，对狠心的爸爸铁依特别克和背叛库尔曼别克的四十勇士表示憎恨，使听众陷入深深的思考。两部史诗的悲剧，反映了古代柯尔克孜族的社会生活、民族心理和口头传统的特点。

《库尔曼别克》与《玛纳斯》史诗的产生年代比较接近，反映的历史文化背景也有一定的相似性。对于其内容上的关联，下面进行简单的比较。

一、叙事结构及母题

根据史诗专家郎樱的观点，从叙事框架与叙事结构来看，《库尔曼别克》与《玛纳斯》第一部的叙事模式如出一辙。英雄库尔曼别克与英雄玛纳斯一样，他们的母亲都有神奇的怀孕经历，两位英雄均出生于克普恰克部落的部族濒临灭亡之际。他们都在少年时立下显赫战功，都有四十勇士相伴，他们的妻子都是汗王之女。娶妻成家之后，立即出征。在战争中均是一对一的激烈、残酷的搏斗。他们都是能征善战、英勇无畏、充满英雄气概的英雄。他们的父亲都是贪生怕死、吝啬、阴险、办事无能、与儿子严重对立的坏父亲形象，他们的结局也一样，均被处死。甚至连英雄的四十勇士被杀的原因（拒绝出征），英雄和勇士们的对话也与《玛纳斯》基本相似。两位英雄都是为保卫部落（部族）民众而壮烈牺牲在战场，儿子都在异地成长，长大后返回家乡，继承父亲的事业，两部史诗都是以英雄牺牲的悲剧结束。

　　《玛纳斯》中对玛纳斯的四十勇士及他们的穿着、骏马等有一定的描述，四十勇士常陪在玛纳斯的后面或左右。在《库尔曼别克》史诗中库尔曼别克也有四十勇士，穿一色的衣服，骑一色的马，陪在英雄旁边。玛纳斯和库尔曼别克的力量都是从小到大，打败敌人或跟对手搏斗争取和平相处。只是在《玛纳斯》中人物及关系、事发地点及过程等的描述跟《库尔曼别克》史诗比起来较复杂，而《库尔曼别克》史诗中的人物全部只有几十个人，库尔曼别克只有一次婚礼，而玛纳斯的三次娶妻过程都有详细的描述，史诗中的玛纳斯的敌人、朋友、汗等都比较多，其他有关内容也比《库尔曼别克》史诗详细和丰富。

　　《玛纳斯》史诗中，巴勒塔给玛纳斯说让他住在伊犁（Kulja）的哈萨克阿依达尔汗之子阔克确身边，跟他结义做朋友。在《库尔曼别克》中，库尔曼别克派扎依尔别克给住在凯门的哈萨克的塔尔兰送信，表达想与之结为朋友的意愿。两部史诗中与哈萨克的阔克确，塔尔兰有关的情节，在史诗中占一定的比例。两部史诗中英雄的梦与梦的解释的情节也比较有相似性。玛纳斯远征，玛纳斯死亡前卡妮凯做噩梦，后来玛纳斯死亡。第二部《赛麦台》中卡妮凯做梦，梦中有凶兆，所以劝他不要去父亲坟墓，可赛麦台不顾劝说跟坎巧绕一起去，遭到坎巧绕的暗害死亡。玛纳斯的梦、卡妮凯的梦、阿依曲莱克的梦等都是史诗中发挥连接作用的重要情节。《库尔曼别克》中库尔曼别克遇到不幸前做噩梦，妻子给他解梦。不久库尔曼别克被刺伤死亡。两部史诗都反映柯尔克孜族当时对梦的重视，认为它是一个征兆。确信梦所带来的征兆的观点。《玛纳斯》史诗中的卡勒玛克的空吾尔巴依和《库尔曼别克》中的朵罗尼汗的形象比较相似。空吾尔巴依和朵罗尼汗都是强大的敌人，都居住在卡拉夏哈尔、卡米比力、卡拉套、阿勒泰等地，空吾尔巴依用毒斧暗害玛纳斯，朵罗尼汗用毒剑刺伤库尔曼别克，导致其死亡。

《库尔曼别克》史诗在创作和叙事结构上深受《玛纳斯》史诗的影响。《库尔曼别克》史诗从《玛纳斯》史诗中取材，结构上参考《玛纳斯》史诗的叙事模式。因为《库尔曼别克》史诗的篇幅不大，叙事结构、语言等方面比较类似于《玛纳斯》史诗，所以演唱《玛纳斯》史诗的人都会演唱《库尔曼别克》史诗。在民间，著名的《库尔曼别克》演唱艺人都是玛纳斯奇们，比如居素普·玛玛依、萨尔塔洪·卡地尔，这些著名的玛纳斯奇们都是民间有名的，能够完整地演唱《库尔曼别克》史诗的史诗歌手。他们演唱的《库尔曼别克》史诗不论在国内还是国外，都是最有代表性的唱本之一，尤其是居素普·玛玛依唱本，是目前国内外最完整，规模最大的《库尔曼别克》史诗唱本。

我国著名的史诗歌手居素普·玛玛依算是国内外最能完整地演唱《库尔曼别克》史诗的歌手。因为他不仅对这部史诗，还对《玛纳斯》史诗的程式了如指掌，对能完整地演唱《玛纳斯》史诗的玛纳斯奇们来说，演唱《库尔曼别克》史诗并不是特别难的事。因完全掌握到柯尔克孜口头传统的程式，自身有很多的程式积累，这也是他们能轻松地演唱《玛纳斯》和其他40多部小型史诗的原因之一。《玛纳斯》《库尔曼别克》都是以英雄的出生到死亡之间的英雄事迹顺序地描述为主要内容。两部史诗中都是英雄汗的后代 — 英雄的父亲年老时求子 — 英雄的母亲神奇地怀孕 — 英雄迅速地成长 — 少年立功英勇出名 — 跟父亲产生矛盾 — 英雄出征 — 跟自己喜爱的女人的父亲较量，通过考验娶回他的女儿 — 离开战马，受到四十勇士背叛重伤，死亡 — 英雄的后代继承父亲的事业，与英雄后代相关的内容以他们的名字构成独立的史诗和篇章，史诗的后续也被库尔曼别克子孙的名字命名成独立的史诗。《玛纳斯》史诗中玛纳斯的祖先是声名显赫的汗王；加克普与绮依尔迪老年无子十分痛苦；加克普按照古老的习俗将妻子送到森林中在一座破毡房里居住；绮依尔迪神奇受孕；卡勒玛克首领阿牢开从占卜师口中听说柯尔克孜族中要诞生玛纳斯，千方百计进行追查，甚至剖开所有孕妇的肚子，妄图将未来的英雄扼杀在母胎中；玛纳斯出生时一手握血，一手握油，还写有"玛纳斯"字样；英雄出生时英雄的坐骑阿克库拉也同时诞生；圣人阿克巴塔为孩子取名"冲金迪"；少年时代被送到牧人那里放牧；少年英雄9岁时斩杀朵杜尔阿勒普巨人为首的卡勒玛克人，慷慨大方却与父亲加克普发生矛盾；玛纳斯得到瘸腿匠人波略克拜制作的长矛、战斧、战袍、神鞭等武器装备；被拥戴为汗王；在路过布哈拉平原时遇见未来的妻子卡妮凯；前去迎娶卡妮凯公主；完成岳父提出的苛刻聘礼；举办婚礼；听到敌人入侵的消息；多次出征威震四方；遭到暗害；在坐骑和妻子卡妮凯的救治下死而复生；与阿勒曼别特结义；遭到宿敌空吾尔巴依的暗算，后颈被毒斧砍伤牺牲；卡妮凯为他建造宏伟的陵墓。[①]

《库尔曼别克》史诗里有关于《玛纳斯》史诗中的玛纳斯、赛麦台依、阿依曲莱克等人物形象和《玛纳斯》史诗中的有些马名和骏马的相关叙述，英雄死亡后的情景等都有一定的相似性。史诗对库尔曼别克的英雄事迹的叙述，继承了突厥-柯尔克孜口头史诗传统，与史诗《玛纳斯》一脉相承。《库尔曼别克》史诗中的英雄的骏马、英雄妻子、英雄父亲、四十勇士、英雄的朋友、英雄的出征、受伤、死亡、英雄父亲和儿子的结局等的描述都跟《玛纳斯》史诗有很大的相似性。《库尔曼别克》史诗创作和叙事上深受《玛纳斯》史诗的影响，保持了柯尔克孜族的叙事手法、叙事结构和模式。《玛纳斯》史诗中，玛纳斯由年老的父母所生，迅速成长、少年以勇敢出头、结婚、生有一个独生子、出征时死亡。《库尔曼别克》中，库尔曼别克也是由年老的父母所生、迅速成长、少年以勇敢出头、结婚、生有一个独生子、出征时死亡。库尔曼别克和玛纳斯都是12岁开始出征与入侵者作战。两部史诗中战争的场面以及敌对勇士们的对话和情节，召集四十勇士，并在出征前对四十勇士的号召等都

---

① 阿布都外力·克热木，阿地里·居玛吐尔地，毕桦. 中国突厥语诸民族民间达斯坦概论[M]. 北京：民族出版社，2016：161.

有详细的描述。从这两部史诗的母题中我们不难看出这两部史诗的相似之处，两部史诗都是按英雄人物的时序展开故事情节。虽然两部史诗反映两个不同时代的英雄人物，两部史诗目前在柯尔克孜族民间都以活态形式流传。

两部史诗的叙事结构基本相同，都按英雄的成长规律为叙事内容，描述英雄出生到死亡之间的英勇事迹。这种叙事方式或史诗的宏观结构在柯尔克孜族口头传统中不仅属于这两部史诗，在柯尔克孜族其他史诗中也有类似情况。

二、关于维吾尔人物的描述

史诗《玛纳斯》中，玛纳斯跟喀什噶尔的一位名叫托合提的维吾尔商人结为朋友，经常来往，互换动物皮、羊、马、茶叶、丝绸和珠宝等。《库尔曼别克》中库尔曼别克与维吾尔汗阿克汗结为朋友。库尔曼别克赠送阿克汗一匹黑走马。库尔曼别克从喀什噶尔买来来茶叶、丝绸、珠宝等。库尔曼别克建城，阿克汗从喀什噶尔、吐鲁番等地叫来匠人帮忙他建城，库尔曼别克去解救阿克汗。阿克汗听到库尔曼别克喜得儿子后，用90峰骆驼驮珠宝、茶叶、丝绸等去看库尔曼别克的儿子，但在路上遇到重伤的库尔曼别克，便从喀什噶尔请来民间医生（tewip）对库尔曼别克的伤情进行治疗，库尔曼别克死亡时他向卡妮夏依告知库尔曼别克的死亡，并从喀什找来匠人在吐鲁番为库尔曼别克建坟墓立碑，后来担心卡勒玛克人破坏陵墓，将其搬到别处和卡妮夏依一起埋葬，从此谁也不知道库尔曼别克的坟墓在哪里。阿克汗到库尔曼别克父亲的故乡，向他告知儿子库尔曼别克的死亡，看到他父亲丝毫不伤心反而高兴的样子，处死库尔曼别克的父亲铁依特别克，收养库尔曼别克的儿子。在《库尔曼别克》史诗的国外变体中，库尔曼别克死后，阿克汗把库尔曼别克的儿子赛依特别克带到喀什噶尔收养，像自己的亲儿子一样照顾他，让他上学，成家。赛依特别克跟从小一起长大的喀什噶尔维吾尔商人的女儿莫丽莫丽结婚，让她和自己一起到柯尔克孜族中生活，他从喀什噶尔等地方带来很多各种颜色的布料、丝绸、茶叶、珠宝、衣服、陶丝等，给柯尔克孜族和生活带来许多新的变化。《库尔曼别克》史诗用简单的史诗语言生动地描述库尔曼别克和维吾尔阿克汗之间的友谊。

《玛纳斯》史诗中，卡妮凯派人从名叫奥破勒①的地方拿来建坟墓所需要的资料为英雄玛纳斯建塔（坟墓）。她担心卡勒玛克人找到玛纳斯的陵墓所以隐藏到无人知晓之地。《库尔曼别克》史诗中，库尔曼别克的父亲铁依特汗住在奥破力。史诗《玛纳斯》中古里巧绕被坎巧绕切断肩胛骨时，阿依曲莱克去阿图什找托合找来托合托别克的维吾尔医生治疗古里巧绕的伤口，对维吾尔人的医术、玛纳斯与维吾尔商人托合托萨日提之间的友谊来往和商品交换有一定的描述，玛纳斯准备远征，赛麦台依出征时让托合托萨日提从喀什噶尔、萨玛尔汗等地搬运过来一些需要的商品。

三、对特定部落的描述

"阿拉什②人"是在史诗《玛纳斯》中常出现的部落联名名称。史诗《玛纳斯》中对卡拉卡勒帕克及柯尔克孜族的关系有一定的描述。玛纳斯是营救卡拉卡勒帕克的英雄。《库尔曼别克》中描述卡拉卡勒帕克与柯尔克孜族人有一定的关系。卡拉卡勒帕克与柯尔克孜最初敌对，后来库尔曼别克最终征服卡拉卡勒帕克的首领阿和玛特别克并跟他结为朋友。阿拉什这一名称在《玛纳斯》史诗中也多次出现，是反映当时的多民族杂居，一个部落中有不同的民族，多民族共同生活在一个区域的情景。

《玛纳斯》《库尔曼别克》史诗都对柯尔克孜克普恰克部落有一定的描述。而且有关描述也有一定的相似性。在《玛纳斯》史诗中也有关于

---

① 奥破勒：当今喀什地区的一个地名。
② 阿拉什：古代柯尔克孜族部落联盟名称。

克普恰克部落的一些描述。如：

> 克普恰克巴依之子阿布德勒达，
> 年龄与楚瓦克相仿，
> 他五岁时我曾见过，
> 他是一个肌肉强健的儿郎。①
> ……　……
> 克孜勒塔依也遭到驱逐，
> 生活在远离柯尔克孜的地方，
> 他手下的众多臣民，
> 没有一个人不背井离乡，
> 统统到冰山脚下，
> 与塔吉克杂居在一块土地上。
> 那里的柯尔克孜与塔吉克人，
> 由卡勒玛克人克普恰克管理，
> 克孜勒塔依和他的百姓，
> 从此有了"克普恰克"之名。
> 因为他们居住在南方的商人中间，
> 人们便称他们萨尔特克普恰克。②
> ……　……
> 在广阔的中亚地方，
> 奥波勒山峰耸入云端，
> 白雪皑皑的开别孜套上，
> 称作帕米尔套。

---

① 居素普·玛玛依唱.《玛纳斯》汉译本，第一部《玛纳斯》第一卷，阿地里·居玛吐尔地，译.乌鲁木齐：新疆人民出版社，2009：121.

② 萨尔特克普恰克：柯尔克孜语中"萨尔特"为商人，又含有黄色之意。柯尔克孜人以黄色指代南方，萨尔特克普恰克即南部商人，也称南部柯尔克孜人。

从那里向西绵延，
克普恰克人在那里生息繁衍。
他们驻守巴达克山区，
威武不屈从没有失去尊严，
统治这个部族的英雄秦阿恰十分勇敢。①

在《库尔曼别克》中也有类似的描述，如：

kop ayil menen Berdenbek,	别尔丹别克率领牧民，
kebez too koqvp bariptir,	来到了盖别孜套山谷，
sarit kipqak menen tajikke,	与萨尔特克普恰克和塔吉克，
kogxu bolup aliptir.②	结为和睦相亲的友邻。
…… ……	
oxol kezde kipqakka,	住在加斯的卡拉卡勒帕克，
kara kalpak kogxu eken,	是克普恰克的近邻。
kara kalpak elinin,	名叫阿克玛特的汗王，
kani Akmatbek bolqu eken.③	名叫阿克玛特的首领。

《玛纳斯》和《库尔曼别克》史诗中，都对柯尔克孜克普恰克部落的居住地、首领等有描述。奥波勒（奥破力）是《库尔曼别克》史诗中的柯尔克孜克普恰克的居住地。而两部史诗中的有关描述也有很相似之处：

《玛纳斯》史诗：

在广阔的中亚地方，

---

① 居素普·玛玛依唱,《玛纳斯》汉译本,第一部《玛纳斯》第一卷,阿地里·居玛吐尔地,译.乌鲁木齐：新疆人民出版社,2009：1747.
② 居素普·玛玛依.库尔曼别克[M].阿图什：克孜勒苏柯尔克孜文出版社,1984：7.
③ 居素普·玛玛依.库尔曼别克[M].阿图什：克孜勒苏柯尔克孜文出版社,1984：15.

奥波勒山峰耸入云端，
白雪皑皑的开别孜套上，
阿甫汗称作帕米尔套。
从那里向西绵延，
克普恰克人在那里生息繁衍。①

《库尔曼别克》史诗：

bayirki otkon zamanda,	在那遥远的年代里，
opoldun berki betinde,	在奥波勒的这边，
qog kok art degen jerinde,	在阔克阿尔特地方，
kirgiz kipqak elderi,	世世代代居住着，
kiyla jili jerdedi.②	柯尔克孜克普恰克部落。

从上述诗行中不难看出，两部史诗中对克普恰克部落的居住地的描述基本相同。史诗中克普恰克人搬到凯别孜套山跟塔吉克族和萨尔特克普恰克比邻而居。阿甫汗是《库尔曼别克》史诗中的库尔曼别克的岳父巴克布尔汗的居住地。《玛纳斯》史诗中60个部落的阿拉什人、90个部落的乌兹别克人，萨尔特克普恰克等部落多次出现，这些也是《库尔曼别克》史诗中进行描述的部落名之一。这两部史诗共同出现的部落名还有萨尔克普恰克、萨尔特卡勒玛克、柯尔克孜克普恰克、90个部落的乌兹别克、阿拉什、萨尔提克普恰克、萨热提卡勒玛克等，与这些部落和民族的关系等也都共同出现在这两部史诗中。

《库尔曼别克》中，库尔曼别克集中流散到各地的克普恰克部落人，统一了克普恰克部落。《玛纳斯》史诗中玛纳斯也集中流散到各地的柯尔

---

① 居素普·玛玛依唱.玛纳斯（汉译本），第一部《玛纳斯》第一卷，阿地里·居玛吐尔地，译.乌鲁木齐：新疆人民出版社，2009：122.

② 居素普·玛玛依.库尔曼别克 [M].阿图什：克孜勒苏柯尔克孜文出版社，1984：1.

克孜人，争取得到各部落首领的支持和尊重。《玛纳斯》史诗中玛纳斯最初住在柯尔克孜克普恰克部落中，占领有9个部落的巴壤。①

《库尔曼别克》史诗中所描述的部落和族名都包含在《玛纳斯》史诗的部落和族名中，不会超出《玛纳斯》史诗所提及的范围。《玛纳斯》史诗中除了有这些部落外，还有那依曼、凯赛克、诺盖等其他很多部落和民族及相关描述。

四、族名

《库尔曼别克》史诗中所出现的族名，其中柯尔克孜人卡拉卡勒帕克、卡勒玛克、哈萨克、维吾尔、塔吉克等民族都是比邻而居并有密切的关系。而这些族名在《玛纳斯》史诗中也经常出现。

土库曼汗冈尔吾勒是《库尔曼别克》史诗中的库尔曼别克的朋友之一，《玛纳斯》中玛纳斯把土库曼英雄克日格里（Kirgil）当作四十勇士的首领，在征战中将最大的权利给予阿勒曼别特，各民族团结，不分民族、部落，谁能干选用谁，反映了我国古代各民族团结交往、共同生活的状况。《库尔曼别克》中柯尔克孜、维吾尔、哈萨克、卡拉卡勒帕克、卡勒玛克等民族和部落为邻而居、友好来往和贸易交换，反映了古代人们的社会生活和经济贸易情况。无论在《玛纳斯》还是《库尔曼别克》史诗中，都有各民族友好来往的画面描述，给这些史诗添加了现实生活色彩。

五、英雄的受伤

居素普·玛玛依演唱的《玛纳斯》变体中，玛纳斯被空尔巴依暗害，被沾毒的斧头砍伤，伤情越来越重，治疗无效，数十天后死亡。《库尔曼

---

① 《玛纳斯》论文集，（二），（柯尔克孜文），乌鲁木齐：新疆人民出版社，1998：356.

别克》也是在最后出征时被朵罗尼汗的毒矛刺下马重伤，伤情越来越重，12天后治疗无效死亡。在《玛纳斯》和《库尔曼别克》两部史诗中，对于英雄死亡前后的情景，陵墓的修建情况等都有详细的描述。《库尔曼别克》史诗中，库尔曼别克和父亲产生矛盾，库尔曼别克离家出走，到名叫塔什吐然（也被叫乌曲吐鲁番）的地方建城，父亲强行接走铁勒托茹骏马，四十勇士背叛库尔曼别克。《玛纳斯》史诗中，玛纳斯少年时就跟父亲加克普产生矛盾，去吐鲁番耕地。玛纳斯死后，儿子赛麦台依也遭到同父异母兄弟坎巧绕的暗害。玛纳斯的父亲加克普给亲孙子赛麦台投毒没得逞，赛麦台依严厉惩罚了这些背叛的亲人，杀死祖父加克普和篡位的两个叔父。玛纳斯妻子背叛丈夫（如纳克莱，赛麦台妻子恰绮凯），英雄杀死背叛他的妻子，玛纳斯的勇士背叛玛纳斯。玛纳斯与库尔曼别克死去时都留下幼小的儿子，孩子都少年离开父亲、母亲和亲属，在朋友的照顾下长大，长大后回到家乡继承父亲的事业。《玛纳斯》史诗中，赛麦台的宫廷被卡勒玛克人包围，赛麦台和阿依曲莱克在宫廷屋顶上发现没有一个人在宫廷，赛麦台没有马骑，随便找一匹马骑。这些内容跟《库尔曼别克》史诗中库尔曼别克死前情况的描述比较相似。

玛纳斯与库尔曼别克死亡前的梦和有些征兆，暗示英雄死亡的来临。《玛纳斯》史诗中，已到别依京的玛纳斯和阿勒曼别特因准备的粮食等不够，决定冬天过后再重新开始，准备在那里耕地。但是因为塔孜巴依玛特做了一件愚蠢的事，于是阿勒曼别克特预感到将发生不顺。玛纳斯重伤后准备返回家乡，但不知那是毒斧，未及时治疗，伤情越来越重。《库尔曼别克》和《玛纳斯》史诗中英雄死亡来临时的情景和他们的心理描述也有一定的相似性，在史诗中占一定的比例。玛纳斯和库尔曼别克的死因归根到底是亲人的背叛和失去骏马。在这两部史诗中，玛纳斯、库尔曼别克都是汗的儿子，也都是汗，拥有英勇无比的气概、刚强性格的同时，也有轻信、脆弱的一面。他们对穷人发放财产，这是他们跟爱财如命的父亲发生矛盾的原因之一。

在两部史诗中，英雄的英勇事迹从简单到复杂，日益表现出勇敢无畏的精神。他们的异族朋友如亲人般关心英雄的生死,史诗对玛纳斯与朋友阿勒曼别特,库尔曼别克与朋友阿克汗友谊的描述十分动人,都歌颂了友谊和团结的重要性。两部史诗的内容都围绕着生死、爱情、友谊、忠诚、爱国等主题,主题思想是相同的。

六、英雄的妻子

两部史诗中的英雄妻子的形象也有一定的相似之处。她们都是异国汗王的女儿,都是绝世美人,都聪明和忠诚。在《库尔曼别克》和《玛纳斯》史诗中,英雄们被父亲、兄弟和四十勇士们敌视、背叛时,他们的妻子却不离不弃。《库尔曼别克》史诗中,得知库尔曼别克死亡的英雄妻子卡妮夏依殉情。《玛纳斯》史诗中英雄死后卡妮凯亲自为他修建坟墓,独自把赛买台依养大。卡妮凯、阿依曲莱克、卡妮夏依都是无比美丽、温柔、聪慧、忠诚的女人,但也有强悍的一面。如在《库尔曼别克》史诗中卡妮夏依得知库尔曼别克死后,不让任何人知道他的死讯,在处死背叛的四十勇士后殉情死亡。

两部史诗中都对英雄的婚礼有比较详细的描述。玛纳斯娶妻阿吉巴依向卡拉汗提亲,在《库尔曼别克》史诗中扎依尔别克向巴克布尔汗提亲。《玛纳斯》史诗中,卡妮凯得知玛纳斯出事后拿宝剑想结束自己生命时,克日戈里恰里劝住她。两部史诗成功地塑造了卡妮凯、阿依曲莱克、卡妮夏依等女人的形象,这是这两部史诗的特点之一。她们都有坎坷的经历,儿子幼小或还没出生就离开丈夫,殉情死亡,或者为了养育英雄的后代付出一切。拥有她们也是英雄英勇形象的一种体现。

七、英雄的坐骑

英雄的坐骑与英雄人物命运相连,骏马帮助英雄脱离危险,英雄离开自己的骏马之后被暗害。对于英雄骏马的描述在这两部史诗中占很重要的地位。《库尔曼别克》史诗中,库尔曼别克离开骏马后重伤、死亡。《玛纳斯》史诗中,玛纳斯离开骏马后不久也重伤、死亡。坎乔绕(与恰齐凯合谋,经过精心策划)故意把赛麦台依的塔依托茹骏马送给奥茹斯汗,实施阴谋,让赛麦台依离开塔依托茹骏马后暗害他。离开了塔依托茹骏马的赛麦台依最终遭到坎乔绕的暗害。《库尔曼别克》史诗中,库尔曼别克失去铁勒托茹马后只好骑阔依阔若恩(绵羊马)马出征。在《玛纳斯》中赛依铁克骑的马是也是阔依阔若尼骏马(绵羊马),而且也对阔依阔若尼做了很详细的描述。在萨亚克巴依·卡拉耶夫的变体中,玛纳斯的父亲从卡拉恰汗手中用麦换成阿克库拉马,居素普·玛玛依变体中,英雄玛纳斯的骏马阿克库拉马驹是父亲加克甫从卡勒玛克的秦格什汗那里要来的。居素普·玛玛依的变体中,玛纳斯和他的骏马阿克库拉同天出生。赛麦台依离开骏马后被暗害。可以看出,在这两部史诗中,英雄的马和英雄的命运都紧紧联系在一起。

八、地名

两部史诗中的地名及有关描述也都有一定的相似性。如:卡拉夏哈尔(焉耆)、卡米比力(哈密)、安集延、塔什干、浩罕、呼罗珊、阔克阿热特、乌鲁木齐、玛纳斯、喀什噶尔、布哈拉、乌尔干尼奇河、乌什、阿克陶、节提苏、开别孜套、加斯、吐鲁番、铁格尔买提、盖孜、卡拉俊、阿莱、阿克苏、库车、和田、特克斯、伊犁、莎车、叶城、奥破勒、恰米比力、开特曼托波、比力克勒达克、波孜朵波、楚河等。这些地名是《玛纳斯》史诗中所出现的地名的一部分。除此之外,两部史诗中地名的取名方式也有一定的相似性。《玛纳斯》史诗中卡勒玛克人的住处为:卡拉夏哈尔、卡米比力,《库尔曼别克》史诗中敌人住处为卡拉夏哈尔、卡米比力、卡拉套(黑山)。两部史诗中的地名一般都出现在柯尔克孜和其他邻居民族的住处、特点、性格、衣着、人物的来回的路线、搬迁方向等的描述上。

两部史诗中对英雄的出生地、出生前后的情况也有较详细的描述。《玛纳斯》史诗中，玛纳斯出生在布如勒托海，他父亲加克普来这里之前经历过几次迁徙。《库尔曼别克》中库尔曼别克出生前，铁依特汗跋涉山水走很多路，搬迁几次，在家人到加斯居住时库尔曼别克出生。《玛纳斯》史诗中玛纳斯的父亲加克普跟臣民商量后从阿勒泰迁到安集延。①《库尔曼别克》史诗中，安集延是库尔曼别克父亲铁依特汗的宫廷所在处。库尔曼别克出生前，柯尔克孜克普恰克部首领特依提汗迁徙时跟手下的大臣们商量并迁到塔什干、阔略雪尼（Kvloxvndvn tokoyu）、加斯等地。《玛纳斯》史诗中也有迁徙过程的描述，路线及相关描述比《库尔曼别克》史诗复杂得多。如：最初奥肉孜杜汗从叶妮塞搬迁到各地，加克普从阿勒泰搬迁到布茹勒托海，希尕依（Xigay）和加木格尔绮搬到萨玛尔汗，卡塔尕妮和卡特卡朗搬迁到阿特巴什，阿克巴勒塔搬迁到阿勒泰的阿热勒湖，卡斯耶特和卡勒卡等搬迁到塔什干，凯敏（Kemin）、铁克绮、克孜勒泰搬迁到塔吉克、克普恰克人的地方，阿地巴依的3个儿子卡拉汗、铁木尔汗、夏赫铁木尔搬迁到布哈拉。

《玛纳斯》史诗中，阿吉巴依带着玛纳斯的消息出发，路过阔奇阔尔、阿特巴什等地，走过库略雪尼的森林（Kvloxvndvn tokoyu）到阔坎（Kokon）给斯尼绮别克送达消息。经过伊塞克湖、克孜勒苏等地到凯门（Kemin）哈萨克汗吾尔布（Vurbv）身边。《玛纳斯》史诗描述的库略雪尼的森林、塔什干等地是《库尔曼别克》史诗中柯尔克孜人搬迁地之一，凯门是哈萨克汗塔尔兰的住处。库尔曼别克派扎依尔别克到凯门给哈萨克汗塔尔兰送信，扎依尔别克到达后，哈萨克塔尔兰热情接待扎依尔别克并送给库尔曼别克一匹马（绵羊马）。

两部史诗中都有对柯尔克孜族的搬迁过程的描述，其不同点在于《玛纳斯》中的搬迁路线比《库尔曼别克》复杂。

---

① 凯额西·克尔巴西耶夫，木合塔尔波尔布古勒.玛纳斯史诗的古老渊源［M］.阿图什：克孜勒苏柯尔克孜文出版社，2015：44.

《库尔曼别克》史诗中,库尔曼别克见到一个美丽的地方便决定生活在这里并开始建城。史诗这样描述道:

jilkiqinin toosuna,	少年英雄登上山巅,
qigip bardi Kurmanbek.	美丽的风光呈现在眼前。
suusu kaxka tupptunuk,	清泉淙淙绿草如毯,
tvxtvk jagi kara too,	南面是雄峻的卡拉套山,
tvndvk jagi alatoo,	上方是肃穆的阿拉套山,
batix jagi keg ozon,	两边的河谷宽广而平坦,
ortosunda agin suu,	中间翻滚着滚滚的波涛。
kiygaq qigix jaginda,	从斜对面的悬崖上,
agip jatat kumarik.	迷人的瀑布一泻千里,
altmix eki bulanip.	跌下悬崖水声如兽吼。
Er Kurmanbek baatirig,	库尔曼别克看到这适合居住,
jeti jil jatkan jer uxul,	英雄库尔曼别克住了七年,
kirgiz mazar gegen bar.	在这里筑有"柯尔克孜陵墓"。
uqturpan dep at kongon.	人们称这里为玉其吐鲁番,①
"koqmon" degen at algan.②	将移居此地的人们称为"阔其曼"。③

《玛纳斯》史诗中也有有关玛纳斯建城的描述。玛纳斯也在路过时看中此地,这地被称为"玛纳斯"城。这在《玛纳斯》史诗中描述道:

英雄玛纳斯闻讯地方的名字,
这地方名叫瑰多洛克,
玛纳斯英雄知道了,

---

① 玉其吐鲁番:乌什。
② 居素普·玛玛依.库尔曼别克[M].阿图什:克孜勒苏柯尔克孜文出版社,1984:243.
③ 阔其曼:意为新搬迁过来的人。

玛纳斯英雄哈哈大笑了，
"毁掉这个名字，
套鲁斯是这个地方的长官，
把他的名字起为地名吧！
就把这里起名叫套鲁斯吧！"
玛纳斯说了这些话，
老年的巴哈依讲话了，
圣人巴哈依说道：
"如果真的改的话，
改为塔拉斯吧，
这个塔拉斯的主人，
就是玛纳斯吧！"
"阿瓦木的话是对的！"
人们都一致赞同了。
中间是塔拉斯，上面是曲①，
直到最后的一个世纪，
塔拉斯传过玛纳斯的这件事，
在柯尔克孜人民中，
也会成为故事和诗歌。②

《库尔曼别克》史诗中描述，巴克布尔汗的宫廷位于阿富罕，库尔曼别克为了娶巴克布尔汗的女儿卡妮夏依，带四十勇士蹚过乌尔干尼绮河到阿富罕娶回卡妮夏依。《玛纳斯》史诗中，玛纳斯跟乌尔干尼绮河旁的阿富罕的阿昆汗结亲，赛麦台依从塔拉斯出发，蹚过乌尔干尼绮河到阿富罕才娶回阿依曲莱克。阔阔托依的儿子伯克木茹尼也娶阿富罕的吐里

---

① 曲：地名。现在吉尔吉斯斯坦境内。
② 居素普·玛玛依.玛纳斯[M].汉文，1961：354.

库（Tulkv）的女儿卡妮夏依为妻。从这两部史诗中的地名中可以看出，两部史诗中的地名和相关的情节、人名也有一定的相似性。

九、英雄传统的彼此相融合借鉴

史诗《库尔曼别克》与史诗《玛纳斯》的叙事结构基本相同。《库尔曼别克》史诗中也会出现《玛纳斯》史诗中的玛纳斯、赛麦台、阿依曲莱克、古里巧绕等部分人名和相关情节，如《库尔曼别克》史诗中库尔曼别克说：

menden murun vrkonvqtv,	在我们面前的这条滔滔急流，
er Semetey bir keqken.	只有勇士赛麦台依渡过一趟。
buga okxogon dayradan,	这乌尔果尼奇的河川，
biz ogdonvp kim keqken.①	再没有人能平安渡过去。
…… ……	
boz dobodon tuu jaygan,	在博孜杜别树旗的少年，
jaxtayinda er saygan.	自少搏杀在战场上。
margalagdin ar jagi,	在麻尔哈浪的那边，
anjiyandin berjagi,	在安集延的这一边，
kirgizdan otkon Manastin,	柯尔克孜曾经涌现出，
ugulup jvrgon ooragi.②	玛纳斯似的英雄好汉。
…… ……	

史诗中阿合玛特别克说：

---

① 居素普·玛玛依.库尔曼别克[M].阿图什：克孜勒苏柯尔克孜文出版社，1984：195.
② 居素普·玛玛依.库尔曼别克[M].阿图什：克孜勒苏柯尔克孜文出版社，1984：209.

kirgizdan Manas er tuulgan,	柯尔克孜曾诞生过玛纳斯，
kilimga salgan al quulgan.	他曾让整个宇宙全都震惊。
urugu kipqak bolgonsog,	这箭无虚发的少年英雄，
al Toxtvktvn tukumu,	他是托西吐克的后裔，
karaan kilip alsak beym,	我怎能与雄鹰比翼，
dostoxo ketip bizmunu.①	我要拜他为师。

不难看出，《玛纳斯》史诗对柯尔克孜族其他英雄史诗的产生、内容及流传上起到了很重要的作用。《库尔曼别克》史诗中除了有《玛纳斯》史诗中的人名和相关事件外，还有托西吐克、克孜萨依卡丽等柯尔克孜族其他史诗中的人名。而托西吐克、阿吉巴依、克孜萨依卡丽等英雄，都在柯尔克孜族民间的以这些人物的名字命名的英雄史诗中。从《库尔曼别克》史诗中不难看出口头传统对柯尔克孜族英雄史诗的影响和同一个口头传统下形成的英雄史诗的相互影响。这种情况不仅是这两部史诗的特点，在其他柯尔克孜族史诗里也有这一种现象。

十、英雄形象塑造的相似性

两部史诗中对库尔曼别克和玛纳斯这两个英雄性格的描述有一定的相似性。除此之外，这两部史诗中的人名一般都由两个或三个音节组成。也不能排除是为了史诗音律的需要的可能性。这些人名一般都出现在头韵、尾韵，部分有一定的韵式作用。玛纳斯和库尔曼别克都被形容为猛虎、青鬃狼、雄鹰、雄狮、猎豹等。史诗除了描述他们的外表外，还注重描述他们的内心。这些英雄虽然都是威猛无敌的英雄，但又很善良，关心贫苦人民，为他们发放财产，争取平安、幸福的生活，甚至不惜牺牲生命。两部史诗都通过描述英雄的出征、婚礼等过程塑造英雄的英勇

---

① 居素普·玛玛依. 库尔曼别克[M]. 阿图什：克孜勒苏柯尔克孜文出版社，1984：88.

形象，他们与坏父亲形成强烈的对比。两位英雄都在他乡被敌人暗害受重伤、死亡，这样的悲剧结局在听众心中留下深刻的印象。

十一、运用特性形容词来塑造英雄人物

《库尔曼别克》史诗中，口齿伶俐的扎依尔别克、少年英雄库尔曼别克、胆小如鼠的铁依特别克、喀什噶尔的阿克汗、卡拉卡勒帕克的阿和玛特别克、卡勒玛克的朵罗尼汗、浩罕的汗巴克布尔汗、吐库曼的呙尔吾勒、哈萨克的塔尔兰、名扬远处的塔尔兰、巴克布尔的女儿卡妮夏依等这样的特性形容词在史诗中反复出现。《玛纳斯》史诗中，以加克普的儿子玛纳斯、猛虎般的玛纳斯、卡勒玛克的空吾尔巴依、口齿伶俐的阿吉巴依、哈萨克的阔克确、聪明的卡妮凯、白天鹅般的阿依曲莱克、巨人巴勒塔、阿昆汗的女儿阿依曲莱克等特定词语来形容人物，并反复使用。

以下是《玛纳斯》与《库尔曼别克》史诗中的部分特性形容词的比较：

1. 关于英雄的特性形容词

《玛纳斯》史诗		《库尔曼别克》史诗	
arstan	雄狮	bala baatir	小英雄
kabulan	豹子	beren baatir	勇敢的英雄
kok jal	青鬃狼	estv baatir	聪明的英雄
xer	狮子	er	勇士
baatir	英雄	kablan	豹子
er	勇士	kiraan baatir	年轻的英雄
sultan	苏丹	arstan	雄狮
kan	汗	xer	狮子

toro	首领	baatir	英雄
Padixa	国王	er jolbors	老虎
aykol	月亮湖	paadixa	国王
beren	勇敢	kelbettv baatir	魁梧的英雄
ayday	月亮般的	ayday	月亮般的
kvndoy	太阳般的	kvndoy	太阳般的

《库尔曼别克》与《玛纳斯》史诗的还有一个共同特点是两部史诗中的语言程式，程式句法的相同性。

英雄玛纳斯	baatir Manas
出生高贵的	asil tuulgan
豹子的后代	kablandin tukomu
雄狮的后代	arstandin tukumu
花坛般的	gvldoy bolgon
加克普的	jakiptin uulu
人民的主人	kaliktin eesi
人民的依靠	kaliktin tiregi
强大的玛纳斯	kvqtv Manas
世上无敌的玛纳斯	tegdexijok Manas
雄狮玛纳斯	kablan manas

英雄库尔曼别克	baatir Kurmanbek
血气方刚的	kiraan baatir
大名鼎鼎的	dangiktuu baatir
毫无畏惧的	toojvrok
幼年的	bala baatir
玛纳斯般的	Manastay bolgon

心如火燎的	qoktoy bolgon
铁依特别克的	teyittin uulu
强大的库尔曼别克	kvqtv Kurmanbek
无敌的库尔曼别克	tegdexijok Kurmanbek
雄狮库尔曼别克	kablan kurmanbek

2. 关于骏马的特性形容词

两部史诗中的马名及相关描述也有一定的相似性。如在《玛纳斯》史诗中玛纳斯的骏马阿克库拉被形容为飞星般的，驰突如风的，利箭般的等特性形容词，阿克库拉走路踏出深坑冒出泉水。《库尔曼别克》史诗中库尔曼别克的骏马铁勒托茹被形容为公山羊般的，如射出的利箭、驰突如风的、流星般的等特性形容词。在《玛纳斯》史诗中，赛依特别克的骏马名为 taytoru（塔依托茹）、teltoru（铁勒托茹）、koykurog（绵羊马），在《库尔曼别克》史诗中，库尔曼别克的马名为 teltoru（铁勒托茹），失去铁勒托茹骏马后骑的马名为 koykvrog（阔依库若尼），《玛纳斯》史诗中赛依特的骏马名为 telkvrog（铁里库若尼），可以看出两部史诗的骏马名也有一定的相似性。

3. 敌人形象

两部史诗中对敌人的形象及征战、搏斗场面的描述也比较相似。卡勒玛克、卡拉卡勒帕克、契丹等是《玛纳斯》史诗中的玛纳斯的敌人或对手。史诗常形容卡勒玛克的空吾尔巴依、卡勒玛克的阿罗开为黑心肝的、凶狠的等。《库尔曼别克》史诗中是卡勒玛克、卡拉卡勒帕克。如卡勒玛克的朵罗尼汗、卡勒玛克的艾克孜汗、年迈力衰的艾凯孜汗、巨人般的阿合玛特别克等。常用乌鸦般的、恶狼般的、吸血鬼、贪得无厌的、凶狠的、黑心肝等形容词来形容他们。

4. 妻子形象

无论《玛纳斯》还是《库尔曼别克》，都成功地塑造了古代柯尔克孜族妇女形象。在《玛纳斯》史诗中，玛纳斯的妻子卡妮凯是卡拉汗的独生女儿，十分美丽、聪明，常被形容为太阳般的、月亮般的，生有一个儿子赛麦台依。儿子3岁时玛纳斯遭到暗害被毒斧砍伤，13天后死亡。妻子卡妮凯殉情时被阻挡。《库尔曼别克》中库尔曼别克妻子卡妮夏依是巴克布尔汗的独生女儿，十分美丽、聪慧、忠诚，被形容为月亮般的、太阳般的，生有一个儿子赛依特别克。在赛依特别克6岁时库尔曼别克被毒矛刺伤，12天后死亡，卡妮夏依殉情。萨日库南的变体中卡妮夏依殉情时被阻挡。《库尔曼别克》史诗中卡妮夏依的出现频率较少，没有《玛纳斯》史诗那样详细地描述有关卡妮凯的情节和事件，但上述方面有点相似，两部史诗中的女性形象值得我们进一步研究。

5. 英雄儿子形象

《玛纳斯》和《库尔曼别克》两部史诗中，对玛纳斯、库尔曼别克两位英雄的儿子及后来的情况也有一定的描述。两部史诗中的英雄儿子的名字及对其长大后的情况的描述也有一定的相似性。赛依特别克是《玛纳斯》史诗中的赛麦台的儿子。赛依特别克也是《库尔曼别克》史诗中的库尔曼别克的儿子。两部史诗中英雄的儿子都在年幼时离开父亲，长大后回到家乡继承父亲的事业。两部史诗的后续都以英雄儿子的名字命名，成为各自史诗的续篇。

6. 出征时的穿着

史诗中对玛纳斯和库尔曼别克的穿着、装备的描述等也有相似之处。玛纳斯出征时穿白战袍、铠甲，手持阿克勒台，头戴战盔，腰夹阿依巴勒塔。《库尔曼别克》史诗中，库尔曼别克也是穿白战袍、穿铠甲、手持长矛、头戴战盔、身挂盾牌。《玛纳斯》史诗中玛纳斯出征时他的四十勇士都跟在后面或左右，穿一色的衣服，骑一色的马。《库尔曼别克》史诗中，库尔曼别克出征时四十勇士也都穿一色的衣服，骑一色的马跟在他后面或左右。

十三、诗句构造，格律方面的相似性

《玛纳斯》与《库尔曼别克》史诗中的诗行都由 4、5、6、8、10、11 行组成，每一诗行以七八个音节组成，由丰富的句首韵、腰韵、尾韵和平行韵紧密地结合在一起发挥作用，都有强烈的节奏感和音乐感。两部史诗在这方面也有一定的相似性。

如《玛纳斯》与《库尔曼别克》史诗的音节：

《玛纳斯》

ak kobo tonun jaminip,	1+2+2+3=8
ak jolborstoy qaminip,	1+3+3=7
askarlu toodoy zalkayip	3+2+3=8
ak kelte jondo jalit etip.	1+2+2+1+1=7

《库尔曼别克》

al kezde kipqak elinde	1+2+2+3=8
teyitbek degen bar eken	3+2+1+2=8
kirgiz kipqak elinin,	2+2+3=7
kalik baxkargan kani eken.	1+3+2+2=8

两部史诗中的诗行都以 7 个和 8 个音节为基本单位，诗行中的丰富的头韵、腰韵、尾韵、平行韵联系在一起，各种押韵方式密切联系在一起，韵文形容词轮流出现发挥作用，所以这两部史诗的演唱音调，都有一定的节奏感。如：

akil berseng Teyitkan,

aytkanga iktagan,

joo sayixsa bir saygan,

tuu jayixsa bir jaygan

上面《库尔曼别克》史诗的诗行中尾韵 teyitkan、iktagan、saygan、jaygan，这些词语以 AAAA 形式排列，中韵 aytkanga，sayixsa，jayixsa 以 ABBB 形式排列，头韵 akil，aytkan，joo，Tuu 以 AABB 形式排列，有一定的节奏感。

《玛纳斯》史诗中：

ajidaarday svrv bar,

algir xerdin tvrv bar,

aqusu kelip akirsa,

altin erdin vnv bar。

上面的诗行中 ajidaarday、algir、aqusu、altin 等头韵以 AAAA 形式排列，xerdin、erdin 为 ABAB 形式，svrv、tvrv、vnv 等中韵以 AABA 形式排列，bar、bar、bar 等尾韵以 AABA 形式排列，有很强的节奏感。

两部史诗的韵式为 ABBB、ABAB、BABA、BAAA、AAAAAA、AAAABCA、ABBBBB、AABB、AABA、ABBCC、ABBABA、AABACA、ABBBCB、AABBCCDD 等各种排列方式和规律排列。常出现并多出现的头韵为"a""k""o""b"" t"等，遵循一定的排列规律，有一定的节奏感。

《库尔曼别克》与《玛纳斯》的演唱都是一个艺术化的表演过程。两部史诗中的人物形象、骏马的描述、母题、结构、语言、事件的起因、顺序、过程和结构、故乡的情景、幸福生活的描述等都具有一定的程式化特点。史诗歌手记住这些构成史诗的各种程式化的因素和特性形容词，通过富有节奏感的语言，顺序演唱，演唱时运用与史诗内容相应的眼神、手势等身体语言跟听众互动，创造完整的史诗演唱气氛，把史诗内容通过综合性的艺术传递给听众。

两部史诗都在同一个语境下，同一个民族口头传统下形成和演唱，史诗歌手的身份是相同的，因此他们在发展、保留和传承上，一定程度上彼此依靠，尤其是《玛纳斯》史诗，如果没有《玛纳斯》史诗的流传和演唱，《库尔曼别克》史诗流传至今是不可能的。玛纳斯奇们一般唱完《玛纳斯》又按听众的要求接着演唱《库尔曼别克》史诗，因为两部史诗的音调、格律和内容有些相似。所以，有些玛纳斯奇们演唱《玛纳斯》时不知不觉地唱到《库尔曼别克》史诗的内容，或演唱《库尔曼别克》时唱到《玛纳斯》史诗的内容的情况也常出现。

《玛纳斯》史诗是一部规模宏大的史诗，《库尔曼别克》史诗最长的也只有8970行，《玛纳斯》史诗的第一部的长度就是《库尔曼别克》史诗的几倍。这两部史诗虽然在结构、内容等方面有一定的相似性，但还有很多区别。本章只是将这两部史诗进行初步的比较，这两部史诗的关系还值得我们进一步去深入研究。

第二节　与《赛依特别克》史诗的关系

《赛依特别克》史诗是柯尔克孜族另一部英雄史诗。虽说这部史诗在我国也有流传，但目前为止还没搜集到完整的文本，也没有被记录下来的文本。只有少部分《库尔曼别克》史诗歌手在演唱《库尔曼别克》史诗时能简单地说明库尔曼别克的儿子赛依特别克的情况。按柯尔克孜民间的观点和《库尔曼别克》《赛依特别克》这两部史诗的内容，这两部史诗有密切的关系。《库尔曼别克》史诗是《赛依特别克》史诗产生的基础。《赛依特别克》史诗中，史诗中的主人公赛依特别克被描述为库尔曼别克的儿子。《库尔曼别克》史诗的任何文本都对英雄儿子赛依特别克有所描述。居素普·玛玛依的《库尔曼别克》唱本的后续唱到"英雄的儿子赛依特别克怎样长大，请众位以后再听消息！"而《库尔曼别克》结尾史诗的演唱如下：

Akkandi kvtvp alixti,	乡亲们满怀感激款待了阿克汗，
ayabay siylik mal berip,	慷慨地向他奉献牲畜馈赠礼品，
azireti Akkan dep,	称他是明智的先哲，
ardaktap jolgo salixti.	敬重辞送他启程。
Seyitbek kanday qogoyot,	英雄的儿子怎样长大，

ugunguz kiyin kabardi.① 请众位以后再听消息!

库尔曼别克的儿子赛依特别克的情况在《赛依特别克》史诗中有详细的描述,是以赛依特别克的英勇事迹为主,讲述他一生的经历。《库尔曼别克》史诗中的库尔曼别克英雄的儿子赛依特别克被谁收养对《赛依特别克》史诗的形成和内容影响很大。在吉尔吉斯斯坦的《库尔曼别克》变体中,库尔曼别克死亡后,他的儿子赛依特别克被他的朋友阿克汗收养。赛依特别克长大后回到家乡当柯尔克孜族的汗。

《赛依特别克》史诗的内容是从英雄儿子赛依特别克的出生,库尔曼别克的死亡为开头,讲述赛依特别克一生的英勇事迹。

《赛依特别克》史诗在吉尔吉斯斯坦有努尔地尼·阿地耶夫和奥肉孜巴依·乌尔曼别克等史诗歌手的变体,且已被出版。这是《赛依特别克》史诗的书面文本,对史诗研究具有一定的参考价值。吉尔吉斯斯坦努尔地尼·阿地耶夫演唱的《赛依特别克》史诗的主要内容为:

1. 赛依特别克的出生,库尔曼别克死亡
2. 阿克汗向铁依特别克要走赛依特别克
3. 阿克汗为库尔曼别克在吐鲁番修陵墓
4. 赛依特别克在喀什成长
5. 扎依尔别克看守库尔曼别克的坟墓和遇见瓦孜勒汗,扎依尔别克的喀什之行
6. 柯尔克孜族四分五裂(流浪)到喀什,赛依特别克的帮助
7. 赛依特别克跟莫丽莫丽一起回家乡,跟扎依尔别克的团聚
8. 赛依特别克的卡拉套(黑山)
9. 英雄们的战斗

---

① 居素普·玛玛依. 库尔曼别克[M]. 阿图什:克孜勒苏柯尔克孜文出版社,1984:345.

10. 朵略尼和赛依特别克的争夺，阿克汗的援助。①

奥肉孜巴依·乌尔曼别克演唱的《赛依特别克》变体不分目录，每一个情节开头都以散文形式演唱，其主要内容为：

库尔曼别克和卡妮夏依死亡，他们的 6 岁的孤儿赛依特别克被阿克汗收养。库尔曼别克的父亲铁依特别克得知库尔曼别克死讯后很高兴。见到如此情景，气愤的阿克汗处死了铁依特别克。阿克汗为朋友库尔曼别克和其妻子卡妮夏依修建陵墓，把赛依特别克带回喀什噶尔。这时长辈卡勒坎巴依（kalik kariyasi）说"铁依特别克是别克那扎尔的儿子，铁依西也是别克那扎尔的儿子，都是一个父亲的儿子，他虽然老了但我们把他当汗吧。"铁依西替铁依特别克当首领，并迁到阿克赛、阿日帕、阿提巴什等地。

背叛库尔曼别克的四十勇士担心乡亲们的惩罚无法回家乡，也无法在卡勒玛克人和阿克汗那里流浪。他们认为"铁依西汗不会将我们处死"，就来到了铁依西汗身边，结果铁依西汗要把这些勇士处死。其中名叫扎依尔别克的勇士逃到了吐鲁番，为洗罪，守护库尔曼别克的坟墓，过着狩猎生活。扎依尔别克是当时库尔曼别克最为重用和爱护的勇士，在库尔曼别克娶回卡妮夏依时跟其一起回到乌尔噶尼其，后来其他勇士背叛时，他也跟着他们一起背叛了库尔曼别克。扎依尔别克为自己的作为后悔不已，整整 12 年守护着库尔曼别克的陵墓。他留起长头发、长胡须、披着鹿皮过日子。他想等到赛依特别克长大后去找他，求他饶恕自己的罪恶。扎依尔别克为找赛依特别克去了喀什噶尔。他身穿破烂的衣服，手持拐杖，额头戴羽毛（vkv）、石头，装成乞丐，到阿克汗的城市喀什噶尔，打听到赛依特别克的音讯。但找不到跟他见面的方法。有一天，他在街上乞讨时见到骑着马的赛依特别克。阿克汗把赛依特别克像

---

① 阿比德勒达江·阿克玛塔列耶夫. 库尔曼别克、赛依特别克［M］. 比什凯克：夏木出版社，1998：335.

亲儿子一样看待，让他读书。赛依特别克因为追回被偷走的马群而被称为"少年英雄"。扎依尔别克认出赛依特别克。赛依特别克因从来没有见过这样的乞丐，惊讶地听乞丐的话，他的一些话却让他动心。他听说自己是"孤儿"的话心里很激动，况且这个乞丐让他感觉很亲切。赛依特别克下马，问乞丐的名字和家乡的情况，请他去他家做客见父亲阿克汗。扎依尔别克听了这个话后，有点惊恐，害怕去见阿克汗。他想对赛依特别克说出自己的身份，但是又很担心。扎依尔别克想，还不如让孩子知道自己的父母和家乡，并给他讲了他父亲的故事。赛依特别克听完后，把这个事说给父亲阿克汗。阿克汗得知情况后把扎依尔别克叫到宫廷，在了解情况后，原谅了他并同意他带赛依特别克一起回家乡。他们回到故乡后，得知赛依特别克回来消息的人们集中而来，把他选为柯尔克孜族的首领。赛依特别克战胜多略尼汗，阿克汗前来帮忙。赛依特别克当汗后，从喀什噶尔带来丝绸、茶叶、珠宝和各种生活用品，使人们穿上各种颜色的衣裳，教人们读书，给家乡带来变化和发展，得到人们的喜爱和尊重。赛依特别克去喀什噶尔娶回维吾尔商人的女儿莫勒莫勒，阿克汗亲自为他举办婚礼。赛依特别克回到家乡后，生有一个儿子，给他起名为西尔达克别克。①

从《赛依特别克》史诗的内容中不难看出，这部史诗无论在内容还是结构上，都跟《库尔曼别克》史诗有密切的关系。《赛依特别克》史诗的内容中有库尔曼别克、卡妮夏依、铁依特别克的死亡及死亡后的赛依特别克的情况的描述。《库尔曼别克》史诗所描述的阿克汗、扎依尔别克等人物在《赛依特别克》史诗中也是重要人物，对史诗情节的发展起着重要作用。这部史诗中库尔曼别克的朋友阿克汗亲自养大赛依特别克。从这部史诗的内容来看，这两部史诗在内容和有关事件的描述和先后顺序以及结构上有一定的一致性。《赛依特别克》史诗以英雄赛依特别克的

---

① 阿比德勒达江·阿克玛塔列耶夫. 库尔曼别克、赛依特别克[M]. 吉尔吉斯斯坦，比什凯克：夏木出版社，1998：463.

诞生开始，先后有序地描述了他童年时的灾难、成长过程和英勇事迹等主要内容。可以看出这部史诗也继承和参考了《库尔曼别克》等柯尔克孜族英雄史诗的模式和内容。

第三节 与《西尔达克别克》史诗的关系

《西尔达克别克》是国内外广泛流传的一部柯尔克孜族英雄史诗。不仅在《西尔达克别克》史诗中,在上述的《赛依特别克》史诗中也有描述,赛依特别克有一个儿子起名为西尔达克别克。柯尔克孜族民间认为《库尔曼别克》史诗和《西尔达克别克》有密切的关系。从《西尔达克别克》史诗的内容来看,《库尔曼别克》和这部史诗有一定的关系。

《西尔达克别克》史诗讲述了统治安集延地区的卡勒达玛在一场战斗中败给西尔达克别克,并在逃遁途中死于山体滑坡的事件。"身为浩瀚别克的西尔达克别克与卡勒玛克汗王进行了长达 12 个月的战争。这场战争是因一匹灰走马而引发。最后,由于西尔达克别克妻子的背叛,卡勒玛克人才占领浩瀚,并将西尔达克别克及亲属穆热特别克、楚鲁别克等一并绞死。然后把灰马奉送给西尔达克别克躺在床上的遗子,认为出卖自己的丈夫的女人不会对自己带来好处,而把西尔达克别克的叛妻苏鲁别克处死。"①

《西尔达克别克》不是简单的人物生平介绍,而是一部具有很强艺

---

① 张彦平. 柯尔克孜民间文学史论 [M]. 阿图什:克孜勒苏柯尔克孜文出版社,1973:530.

术魅力的文学作品。柯尔克孜族的诗歌创作在18—19世纪进入"史诗时期"的巅峰，叙事长诗的创作处在极为旺盛的时期。成熟的艺术思维与民族的苦难构成了史诗创作与发展的源泉。①

我国居素普·玛玛依、托略克·托略汗等人能够演唱这部史诗。著名的史诗歌手居素普·玛玛依去世后，目前只有托略克·托略汗能够完整地演唱这部史诗。在他演唱的《西尔达克别克》史诗中描述西尔达克别克是生活在阿克陶地区的人。他后来到安集延投靠舅舅，但最终由于不堪凌辱杀死比仁别克和希仁别克而登上王位，与一名叫克姆孜的姑娘结婚。后来又将一名名为阿斯勒汗的美女纳为妾。他的这一做法引起妻子克姆孜的嫉妒和不满，最后背叛西尔达克别克。有一天，她故意撒娇要西尔达克别克允许她乘骑灰走马遛一趟。西尔达克别克毫不迟疑地满足了她的请求。克姆孜骑上灰走马，把自己的恶念诉说一遍之后，挥鞭策马骑着灰马离去。西尔达克别克失去战马之后，无力赢得与卡勒玛克的战争，最后失败、死亡。背叛他而去的妻子最终没能得到好下场。卡勒玛克汗王认为背叛自己丈夫的女人做不出好事，于是用马把她拖死。

国内外有《西尔达克别克》史诗的不同变体。我国托略克·托略汗演唱的《西尔达克别克》在有些人名、地名上与其他变体有所不同。在吉尔吉斯共和国社会科学院保存的《西尔达克别克》史诗的档案资料中，女主人公的名字是苏鲁别克而非克姆孜。但是，西尔达克别克的出生、他的少年时代、到安基延、被女人背叛等主要情节在有关西尔达克别克的大量传说叙事诗的各种变体中始终是一致的。

《西尔达克别克》史诗叙事层次分明，情节曲折。西尔达克别克与卡勒玛克之间的矛盾冲突十分鲜明，主人公西尔达克别克热爱人民、英勇无畏的形象十分感人。《西尔达克别克》史诗的最显著的特点在于它以历史事件为中心，广泛地反映社会生活的各个方面。一位备受宠爱的娇妻

---

① 张彦平.柯尔克孜民间文学史论［M］.阿图什：克孜勒苏柯尔克孜文出版社.1973：571.

的背叛所造成的悲剧深深触动了广大百姓的心，给了他们一个遗憾的教训。这也使得善于表演具有普通教育意义题材的民间文艺家们将西尔达克别克的英雄行为放在次要地位，而着重渲染他因过分宠爱妻子而遭受不幸的缘故。①

《库尔曼别克》《赛依特别克》《西尔达克别克》这三部史诗是不同年代形成的各自独立的英雄史诗，是包含库尔曼别克在内的三代英雄的英勇事迹。

虽然在《西尔达克别克》史诗中没有提及库尔曼别克，但有描述他是赛依特别克父亲的内容。《库尔曼别克》史诗中库尔曼别克出生和生活的地点描述为在安基延的加斯，赛依特别克出生在加斯后，被阿克汗带到喀什噶尔收养。《赛依特别克》史诗中赛依特别克长大后回到自己的家乡加斯。

《库尔曼别克》和《西尔达克别克》史诗虽然是在不同年代形成的史诗，但在内容上也有一定的相似之处。两部史诗都描述他们最后被亲人背叛，离开骏马而牺牲在卡勒玛克人的手上。两位史诗中骏马的作用和相关描述都很突出，这两部史诗都以悲剧结尾。《库尔曼别克》和《西尔达克别克》这两部史诗在故事情节的安排上也较为相似，都以英雄的出生、迅速成长、出征、娶妻、死亡等情节叙述西尔达克别克一生的英勇事迹。这三部史诗都比较接近生活，叙述方面没有其他史诗那样过度的夸张、幻想等，在人物形象及各种艺术手法、语言方面都有一定的相似性。

关于《西尔达克别克》史诗以及西尔达克别克英雄方面的传说在民间也广泛流传。但这些传说都离不开《库尔曼别克》和《赛依特别克》史诗和传说。

---

① 曼拜特·吐尔地.柯尔克孜文学史[M].阿地里·居玛吐尔地，译.香港：天马出版社，2005：24-25.

第四节　与《呙尔吾勒》史诗的关系

《阔尔奥格里》（Gorogli）是在我国乌兹别克、维吾尔、哈萨克、柯尔克孜等民族中广泛流传的一部古老的英雄史诗。《阔尔奥格里》在柯尔克孜语中被称为《呙尔吾勒》（Goruulu）。这部史诗在这些民族民间以"达斯坦"①和"依卡耶"②形式流传，比较普遍，从巴尔干半岛到哈萨克、乌兹别克、维吾尔和中亚以及西伯利亚等地都有流传。《阔尔奥格里》史诗在柯尔克孜语中意为"瞎子的儿子"。在土库曼、乌兹别克和维吾尔语中意为"坟墓之子"。这是由于在这一史诗中主人公出生于坟墓，而对主人公如此命名。③2015 年该部英雄史诗已被列入联合国教科文组织世界非物质文化遗产保护名录。④

乌兹别克族的《阔尔奥格里》史诗讲述恰木比力的艾合麦德有个妹妹，名叫祖丽帕尔阿依姆。有一天，艾孜热特·艾里骑着他的千里马路

---

① 达斯坦：意为民间长诗，史诗。

② 依卡耶：意为故事。

③ ［德］卡尔·赖希尔．突厥语民族口头史诗：传统、形式和诗歌结构［M］．阿地里·居玛吐尔地，译．北京：中国社会科学出版社，2011：160．

④ 巴莫曲布嫫．遗产化进程中的活形态史诗传统：表述的张力［J］．民族文学研究，2017（06）．

过此地时看中了她。祖丽帕尔阿依姆怀孕，怕给她哥哥艾合麦德丢脸。所以她在坟墓里生子，人们给这个孩子起名叫阔尔奥格里（意为坟墓之子）。阔尔奥格里10岁时，单独讨伐加依珲，抢走加依珲国王的大力士达尼亚特的女儿。又抢来了伊斯法罕英雄哈利达尔汗的儿子艾山汗，娶了仙女阿葛·玉努斯、密斯卡丽、古丽娜儿和达亚特的女儿等9个老婆。后来他一个人去珲哈尔市，此后他率领士兵去讨伐加依珲王国，并打败了他们。他的舅舅趁他远征，夺取王位。阔尔奥格里回来后重登皇位，将艾合麦德一家赶出境外。在艾合麦德的怂恿下，黑人王国讨伐恰木比力，阔尔奥格里通过英雄哈瓦孜汗及其朋友的协助打败敌人。①

虽然这里所述的是《呙尔吾勒》史诗，而不是《库尔曼别克》史诗，但从阔尔奥格里史诗内容来看，这部史诗所述的住处、马名等跟《库尔曼别克》史诗中所描述的呙尔吾勒的情况有一定的相似性。《库尔曼别克》史诗中，和上述一样呙尔吾勒的住所在恰木比力，骏马名是千里马。这也在一定程度上反映这些民族口头传统的互相影响。《呙尔吾勒》史诗的阿塞拜疆变体中呙尔吾勒住在恰穆里别勒（Camlibel），② 在居素普·玛玛依的《库尔曼别克》唱本中住在恰木比勒，年龄有40岁，没有子女，收养俘获过来的儿子艾山。《阔尔奥格里》的其他变体，如拜赫提·玛依尔的变体中描述呙尔吾勒也住在恰穆里别勒，生有一个儿子。

居素普·玛玛依演唱的《库尔曼别克》史诗中，卡勒帕克的首领阿和玛特别克被库尔曼别克战败后，派节勒邓巴依去恰米比力（Qambil）叫来呙尔吾勒。节勒邓巴依到恰米比力时一直没得子，呙尔吾勒苏勒坦正在为收养俘获来的名叫艾山的儿子举行庆典。节勒邓巴依把情况告诉呙尔吾勒苏勒坦。呙尔吾勒听到消息后立即出发，到阿合玛特别克的宫廷做客，15天后，商量一起袭击库尔曼别克的事宜。听到这个消息的阿合

---

① 阿布都外力·克热木，阿地里·居玛吐尔地，毕桦.中国突厥语诸民族民间达斯坦概论[M].北京：民族出版社，2017：203.

② [德]卡尔·赖希尔.突厥语民族口头史诗：传统、形式和诗歌结构[M].阿地里·居玛吐尔地，译.北京：中国社会科学出版社，2011：159.

玛特别克的妻子库格切（Kuongueque）连夜去节勒邓巴依身边让他给库尔曼别克派送消息。节勒邓巴依让托合特别克骑上自己的托茹马，派他给库尔曼别克传达消息。托合特别克走了12天的路，到扎依尔别克（库尔曼别克四十勇士之一）的家，并把消息告诉扎依尔别克。第二天早晨扎依尔别克把消息转达给库尔曼别克并说"叧尔吾勒将近30岁，到现在都没有谁战胜过他"。库尔曼别克听消息后不慌不忙，给四十勇士指定战马并往西方出发，途中遇到阿和玛特别克和叧尔吾勒苏勒坦，他们进行决斗，进行了很长时间的较量但谁都战胜不了谁，最终库尔曼别克战胜了叧尔吾勒。叧尔吾勒钦佩库尔曼别克并提出跟他结盟的请求。他们切断青树枝发誓并结为盟友，互相赠送骏马和大衣。不过在史诗的最后，库尔曼别克建城、娶妻、跟喀什噶尔的阿克汗结盟、死亡等内容中没有再出现关于叧尔吾勒苏勒坦的消息。

除了居素普·玛玛依唱本外，在当今以口头形式流传的阿合奇县史诗歌手库尔曼别克·吾木尔的唱本中也有关于库尔曼别克和叧尔吾勒结盟的描述，但没有像居素普·玛玛依变体那样详细，只是简单提及他们的结盟。库尔曼别克·吾木尔的唱本中也出现了关于叧尔吾勒方面的内容，原因是这个歌手受到居素普·玛玛依唱本的影响，这一特点在他的唱本的结构和内容中也可以看出来。

叧尔吾勒相关的内容是居素普·玛玛依唱本的重要特点之一，这是国外其他变体中所没有的。这跟史诗歌手的演唱才能、知识经验积累有关。据说，居素普·玛玛依除了演唱《玛纳斯》史诗之外还会演唱《叧尔吾勒》等其他多部小型史诗。从他的唱本中可以看出这是歌手按自身的积累在即兴创作过程中加进去的内容之一。

在柯尔克孜、哈萨克等民族中，叧尔吾勒是一个世上无敌的英雄。从《库尔曼别克》史诗的内容可以看出，在这部史诗中描述叧尔吾勒苏勒坦与库尔曼别克搏斗，库尔曼别克战胜叧尔吾勒，叧尔吾勒和库尔曼别克结盟是为塑造库尔曼别克的英勇形象的一个重要原因之一。《库尔曼别克》史诗向古老的英雄史诗《叧尔吾勒》取材而丰富自己的内容。

《库尔曼别克》史诗中的关于呙尔吾勒的描述：

eloorvgon Kor uulu,	目中无人的呙尔吾勒，
kara buudan at minip,	跨上了黑色千里马，
kabattap temiz kiyinip,	身上披着铠甲战袍，
karuusuna nayza ilip.①	双手紧握着闪光长矛。

史诗中呙尔吾勒对库尔曼别克说：

kol koxturup Kor uulu,	"四十勇士的首领呙尔吾勒，
Kurmanbekke bargani,	来至库尔曼别克跟前，
jabirap gebin salgani.	毕恭毕敬地启禀：
kipqaktan qikkan kiraanim,	库尔曼别克！克普恰克的雄鹰，
bax iyip saga turamin.	我匍匐前来向你请罪。
kabilanday svrvg bar,	你有豹子的姿容，
kak jolborustay kvqvg bar.	英雄你有虎狮的威严。
ayip korboy berenim,	英雄你休忙搭言，
aytkanima kulak sal.	听我先把话说完。
kirik jaxka jakin men bardim,	我已年近四十
kiykirip dalay er saydim	一生把多少豪强刺翻，
orustar maga barbagan,	俄罗斯人惧我之威，
orolup kalba salbagan.	从未敢来这里骚乱。
oogandan kixi barbagan.	浩罕人闻风丧胆，
aybatiman jadagan.	他们不敢与我交锋。
aldanip aga kalgenmin,	今天我受骗上当贸然前来，
kiyindigig bilbedim.	冒犯了你英雄少年。

---

① 居素普·玛玛依.库尔曼别克［M］.阿图什：克孜勒苏柯尔克孜文出版社，1984：85.

qirpik kiyip anittaxip,　　让我们就来折枝衔弹盟誓，
koxuna bolup kalali,　　　让我们结为肝胆相照的睦邻，
dos boluxup kalali.①　　　永远相好，永不为敌。"
……　……

库尔曼别克说：

dostoxolu dep ayittig,　　　　你若衔弹发誓永结友好，
tanbasag ele bolgonu,　　　　真心诚意不再去触犯友邻，
Koonv kenen baatiedin,　　　克普恰克人绝不吝啬友谊。
meermge anin tolgonu.　　　少年英雄的广阔胸怀，
Kor uulu Sultan baatirig,　　　使呙尔吾勒感动不已，
Kurmanbekti tvxvrdv,　　　急忙上前扶库尔曼别克下马，
qambil belde jatkanda,　　　像招待远途而归的近亲，
jan joldoxko kvttvrdv.　　　盛情地把少年英雄款待，
tvxtvgvno koy soyup,　　　宰杀了羊羔和肥马，
Samabarga qay koyup,　　　斟上芳香的茶水和马奶。
kvroko tonun kiygizdi,　　　给库尔曼别克披上了新袍；
Kurmanbek bira atin aga mingizdi,　库尔曼别克向呙尔吾勒回赠了神驹。
Kurmanbek menen Kor uulu,　他们从此，
a dvnyolvk dostoxtu.②　　　结为友好的邻居。

居素普·玛玛依的《库尔曼别克》史诗中出现了对古老的英雄史诗的主人公呙尔吾勒及其事迹的描述。此外，在他演唱的《玛纳斯》唱本中，也可以看出歌手在演唱过程中套用柯尔克孜族其他小型史诗，丰富史诗

---

① 居素普·玛玛依. 库尔曼别克[M]. 阿图什：克孜勒苏柯尔克孜文出版社，1984：90.
② 居素普·玛玛依. 库尔曼别克[M]. 阿图什：克孜勒苏柯尔克孜文出版社，1984：93.

内容的痕迹。居素普·玛玛依曾经在民间唱《呙尔吾勒》史诗，所以在演唱《库尔曼别克》的过程中加进去关于呙尔吾勒方面的内容也是很正常的。

《呙尔吾勒》史诗在当今柯尔克孜民间仍有流传，有几位老龄史诗歌手也能够完整地演唱这部史诗，但目前为止笔者尚未搜集到这部史诗的文本，它值得我们进一步搜集和研究。

第五节　与《叶尔塔尔兰》史诗的关系

《叶尔塔尔兰》(Ertarlan)史诗是在柯尔克孜、哈萨克等民族中共同流传的一部英雄史诗。虽然在我国柯尔克孜族中有它流传的消息,居素普·玛玛依生前也演唱过这部史诗,但还没找到已被记录或出版的任何文本。《叶尔塔尔兰》这部史诗在哈萨克族中被称为《叶尔塔尔根》,是哈萨克族民间叙事诗中形成较晚、较具有代表性的一部英雄史诗。著名学者拉德洛夫曾经有也搜集、出版过这部史诗。

《库尔曼别克》史诗中,库尔曼别克听说哈萨克塔尔兰的消息,派扎依尔别克向住在凯敏(Kemin)的哈萨克塔尔兰(Tarlan)送消息。扎依尔别克骑马走了几天的路,过凯别孜套来到凯敏并向塔尔兰说明来的目的,敬献库尔曼别克馈赠他的礼物。塔尔兰听到库尔曼别克的要求后欣然地接受并给库尔曼别克馈赠绵羊、马,让扎依尔别克带给库尔曼别克。史诗结尾处库尔曼别克离开铁勒托茹骏马后骑塔尔兰送的幼小的绵羊马,被刺下马,重伤死亡。

《库尔曼别克》史诗中库尔曼别克跟扎依尔别克说:

keminde jatkan keng toxtvv,	居住在哈萨克的凯敏地方,
kelbettvv Talran dep ugam,	名声远扬的英雄塔尔兰,

Tarlan menen dostoshup	我们要与他结为朋友,
dos koboytsom dep turam.	广交朋友是我的想法
kepke qeqen Zayirbek,	口齿伶俐的扎依尔,
Keminge ozong barsang deyim	请你前往凯敏地方,
kabarin alip jansag deyim.①	去打探塔尔兰的情况。
…… ……	
keng kemin kozdoy jol taritti,	扎依尔别克向凯敏跨马登程,
koluna bergen katti alip,	他手持英雄的信件,
aylap-kvndop jol jvrvp,	马不停蹄日夜兼程,
at arita mol jvrbp,	不顾骏马的疲劳,
batish jakta korbogon	在东方不曾见过,
ar porumdu el korvp.	他饱赏了从未见过的奇景。
ak eleqek orongon,	跨过了终年积雪的峻岭,
arkaygan neqen bel korvp,	他见识了风情迥异的人民;
kok alamaydan jer korvp,	踏过了色彩斑斓的牧场,
keminge jete bargani.	来到了著名的凯敏。
baatirdin bergen belegin,	向哈萨克人的英雄塔尔兰,
Tarlanga sunup kalgani.②	敬献了少年英雄馈赠的礼品。

库尔曼别克跟哈萨克英雄塔尔兰结为盟友。塔尔兰听到年少的库尔曼别克去卡拉夏哈尔的消息,想前去找他,途中遇到凯旋的库尔曼别克。两位英雄下马拥抱,见面亲吻对方的手背并高兴地谈心,发誓做永远的朋友。③史诗中的关于哈萨克塔尔兰的描述到此结束,在后面的库尔曼别克的婚礼、重伤等内容中再没有出现相关的内容。

---

① 居素普·玛玛依.库尔曼别克[M].阿图什:克孜勒苏柯尔克孜文出版社,1984:95.
② 居素普·玛玛依.库尔曼别克[M].阿图什:克孜勒苏柯尔克孜文出版社,1984:96-97.
③ 居素普·玛玛依.库尔曼别克[M].阿图什:克孜勒苏柯尔克孜文出版社,1984:90-164.

《库尔曼别克》史诗中出现关于哈萨克族社会生活的描述。如史诗中塔尔兰给扎依尔别克说:

Tarlan baatir gep aytat,	塔尔兰英雄这样开言,
ugup tur Zayir dep aytat:	使臣扎依尔别克请你仔细静听:
adirdan arkar kulja atip,	穿梭丘陵猎杀盘羊黄羊,
adirda jvrqv kixi elem,	我们在山里狩猎为生,
eq kim nenen ixim jok,	从未对谁起过歹心。
oz uruumdu svyqv elem,	我们热爱自己的部落,
oz elimdi bilqv elem,	我们了解自己的人民。
bir kvnv vydo men jokto,	谁料想有一天我们外出打猎,
altaydan kalmak keliptir,	阿尔泰的卡勒玛克,
tepsoorvn kilip kazakti,	竟骚扰了我们哈萨克人,
qetinen malga tiyiptir.①	我们的牲畜被劫掠。

上述诗行或多或少反映了当时哈萨克和柯尔克孜的社会生活情况。塔尔兰是哈萨克族英雄史诗《英雄塔尔根》的主人公塔尔根的骏马的名字。而在《库尔曼别克》史诗中塔尔兰作为哈萨克英雄的名字。②

英雄塔尔根是哈萨克族民间的一部叙事诗。这部史诗分为前后两个部分,主要描述英雄塔尔根的英勇事迹。③

《库尔曼别克》史诗中,对英雄塔尔兰有一定的记录。但只提出塔尔兰的名字和住处,关于他与库尔曼别克结为朋友的过程,没有更多的描述。《库尔曼别克》史诗中描述关于哈萨克英雄塔尔兰的情节是居素普·玛玛依唱本不同于其他变体的一个特点。据说居素普·玛玛依去世前

---

① 居素普·玛玛依.库尔曼别克[M].阿图什:克孜勒苏柯尔克孜文出版社,1984:97.
② 黄中祥.哈萨克英雄史诗与草原文化[M].北京:中央编译出版社,2007:82.
③ 阿布都外力·克热木,阿地里·居玛吐尔地,毕桪.中国突厥语诸民族民间达斯坦概论[M].北京:民族出版社,2017:117.

会唱《叶尔塔尔兰》史诗,英雄塔尔兰是柯尔克孜族史诗"叶尔塔尔兰"中的主人公。这一主人公在史诗《库尔曼别克》中出现无疑是史诗歌手在史诗演唱过程中的添加,从而丰富史诗的内容,给史诗增添更多色彩的手法。《库尔曼别克》史诗塑造了哈萨克英雄塔尔兰的英勇形象,库尔曼别克和他结盟的相关内容也在史诗中占有一定的比例。史诗中库尔曼别克有与威名的塔尔兰成为盟友,把库尔曼别克的英勇形象更进一步提高,此外还反映了当时的柯尔克孜族和哈萨克族比邻而居、友好来往的关系。历史上哈萨克和柯尔克孜族长期邻居而住或杂居生活,民间文学方面互相影响是必然的。

《库尔曼别克》史诗除了跟上述史诗有关系并从中取材外,在叙事模式方面还跟其他柯尔克孜史诗有一定的关系。如在这部史诗中,卡勒玛克人劫掠柯尔克孜族畜群,部落首领胆小如鼠,几乎无策,其子塔布尔勇敢抗敌。在柯尔克孜史诗中,勇敢的英雄与胆小的父亲、大方的英雄与贪婪猥琐的父亲,父子的矛盾总是激烈而难以调和。①

《库尔曼别克》史诗反映了不同史诗的互相影响和借鉴,反映了柯尔克孜族英雄史诗的特征。同一个史诗在不同民族流传过程中不断产生异文,各种因素影响着史诗的产生和内容。不同语境、文化环境中生活的史诗歌手们在学习和演唱过程中为了迎合听众的喜好从别的史诗中取材,丰富史诗内容,提高史诗内容说服力,同时也反映了各民族团结和谐相处的向往。

总之,《库尔曼别克》史诗作为一个典型的英雄史诗,在结构、叙事和情节的安排上受到《玛纳斯》等史诗的影响。与《赛依特别克》《西尔达克别克》等史诗的续篇关系,对这些史诗也产生了一定影响。从《库尔曼别克》的内容来看,与《玛纳斯》《呙尔吾勒》《叶尔塔尔兰》《赛依特别克》《西尔达克别克》等史诗都有一定的关系。这种情况在柯尔克孜族其他英雄史诗里也可以遇见,值得进一步研究。柯尔克孜族有些史诗

---

① 郎樱.中国北方民族文学比较研究[M].北京:民族出版社,2011:271.

在主题思想方面也有相似性。如:《布达依克》和《考交加什》与《艾尔吐什吐克》史诗具有一定的共同点。《玛纳斯》史诗包含诸多其他柯尔克孜族小型史诗,如《托勒托依》《艾尔吐西吐克》《考少依》《阔交加什》《交老依汗》《克孜萨依卡丽》等史诗中的主人公的相关内容。可以看出,除了《玛纳斯》史诗从那些小型史诗中取材外,这些小型史诗也从《玛纳斯》史诗中取材,有些方面模仿和参考它的语言、叙事方式、结构和框架等。另外,这些民间史诗不是单一存在的,而是很多史诗同时存在和流传,同一个史诗歌手同时掌握很多史诗,演唱或即兴创作时充分地运用脑子里的各种素材,或从别的史诗里取材,唱到另外一个史诗里去,这也是上述情况出现的一种原因。

第四章

史诗中的程式

第四章 史诗中的程式

早在1988年美国民俗学家帕里和他的学生洛德通过对荷马史诗文本分析和对南斯拉夫等地区的口头传统进行的长期研究，总结出一种口头传统的研究方法。帕里-洛德口头程式理论，为柯尔克孜族史诗的研究提供了方法论和操作体系。阿地里·居玛吐尔地将这个理论成功地运用到《玛纳斯》史诗的研究上，对柯尔克孜族其他史诗的研究起到了开创性和借鉴性作用，证明了这一理论和方法对柯尔克孜族口头传统的可操作性。当今的《库尔曼别克》史诗歌手们的演唱活动与方式、特点与拉德洛夫所描述的情况基本相同。这不仅表现在故事范性、传统程式系统方面，还表现在史诗演唱过程中的歌手与听众的互动中。《库尔曼别克》史诗的语言在一定程度上由规范化的、程式化的词语组成，具有自己的独特风格，对人物、事件、场景、骏马、地名的描述都具有程式化的特点。

程式在史诗的内容中随处可见、形式多样。主要包括史诗中的英雄人物和骏马的外貌特征与性格、着装，各种战斗及英雄之间的一对一的搏斗、战场、对手的情况、地理位置等的相关描述。还包括与行为动作有关的行为程式及与各种特性形容词、隐喻、夸张、比喻等修辞手法有关的程式。这些因素在《库尔曼别克》史诗的各个文本当中都可以看见，与这些因素相关的诗行和描述也反复出现和使用。无论从《库尔曼别克》

史诗的结构、情节的安排还是各种人物、骏马、美女等的描述和格律、韵律、音节、步格等方面都可以看出这种特点。史诗歌手们在创作、演唱过程中套用传统的史诗结构与语言模式，凭着自己的演唱技能和即兴创作，把程式化的现成词汇运用到自己的演唱中，或者运用这些程式创编另一个变体。在传统的史诗演唱活动中听到的词汇，有关描述和方法为史诗歌手们的即兴创作创造了便利条件。史诗歌手们在这些词汇基础上再次进行稍微的改变，就可以用到这些史诗的演唱中。这些帮助他们很快地掌握和记住史诗的内容和关键的形容词汇，不论出现在哪个史诗口头唱本里，也无论是哪一位史诗歌手，都在一定程度上保持史诗的主要内容和情节的基础，利用那些现成的语言程式进行演唱和创编。这要求史诗歌手具备一定的记忆力和技巧，以及即兴创编的能力。有些歌手只听到一次就能够按照他掌握的程式演唱这部史诗，虽然不能保证一模一样，但基本框架是一样的。史诗歌手对程式掌握得越多、越熟悉，他所演唱史诗的内容越完整、丰富和动听。这种情况在《库尔曼别克》史诗的演唱中也有充分的体现。如我国著名玛纳斯奇，史诗歌手居素普·玛玛依能够完整地演唱《库尔曼别克》，他的唱本规模最大，内容比起其他文本更加丰富多彩。原因在于，他不仅十分熟悉规模宏大的《玛纳斯》史诗，还掌握其他诸多史诗，完全掌握了柯尔克孜口头传统的海量程式，自身有很多的程式积累，满脑子都是程式，所以他的唱本语言优美、节奏感强、结构完整。这都是程式在其中起到促进作用。从《库尔曼别克》史诗中可以看出，它在一定程度上受到《玛纳斯》史诗的影响。歌手在演唱这部史诗时参考其中的程式及程式系统并加以运用。在居素普·玛玛依的文本中有丰富多彩的程式，小到一个表情、动作、停顿、一个喊声、人名、地名、马名，大到一个完整的情节和结构、一个重大事件的表述等，程式都弥漫于文本之中。居素普·玛玛依文本作为这部史诗的韵文式演唱，是一个较为完整的文本，对这部史诗的程式分析具有很重要的参考价值。

口头程式理论对《库尔曼别克》史诗的研究和分析完全有操作性。

跟玛纳斯奇一样,《库尔曼别克》史诗歌手水平的高低并不仅仅体现在对史诗内容的了解和掌握方面,还表现在当众演唱史诗,是通过一个综合性的艺术方式展现给观众。这个过程,从很多《库尔曼别克》史诗歌手的演唱中都能够清楚地看到,这也是《库尔曼别克》史诗歌手的目的。在史诗的演唱过程中,从史诗歌手们演唱的语言、手势和表情,"看到"史诗中的人物的性格,行为和内心,从中得到一种艺术享受。

《库尔曼别克》史诗有语言程式和非语言程式两种。如果排除史诗中关于英雄诞生、迅速成长、婚姻和和平时期的幸福生活的描述,史诗的主题是描述英雄的征战行为和英勇业绩。史诗的内容主要由征战构成。关于征战和战场的描述十分精彩,有声有色。我们可以发现,史诗中的战争描述一般是一对一地搏斗,战况十分激烈,惊天动地。穿一色衣服、骑一色骏马的四十勇士总是跟随在库尔曼别克左右,谁也战胜不了库尔曼别克,只是最后库尔曼别克离开了心爱的骏马才在战场中战败被刺伤……史诗歌手演唱史诗时,随着史诗内容做出相应的手势动作、眼神和表情,跟着自己的演唱节奏晃动身体。可以看出,《库尔曼别克》史诗中程式无处不在。

程式反复出现在歌手的演唱文本当中,对史诗的内容和形式有所影响。歌手们凭借着对这些程式的略加改变和润饰就可以运用到另一个史诗故事之中。程式从《库尔曼别克》史诗的结构和内容中不难看出,它整体上参考了突厥语民族英雄史诗的结构特征。该史诗跟柯尔克孜族别的英雄史诗一样,从英雄父母的求子、英雄的出生开始,先后描述英雄迅速成长、出名、出征、娶妻、得子、建城、获得帮助、重伤,最后死亡等内容。《库尔曼别克》史诗中一开始描述克普恰克部落的首领铁依特别克汗年老无子的痛苦,万分着急时他的6个妻子中年近40岁的妻子神奇地怀孕生出一个儿子,英雄在部落最艰难的时候出生,英雄的名字由部落的长者起为库尔曼别克。库尔曼别克迅速地成长,少年出名成为英雄、出征凯旋、去远方通过考验娶回异国汗王的女儿、得子、在凯旋回来的路上发现美丽的地方就在那里建城、结义、从危险中救出朋友、敌

211

人反击、父子产生矛盾、失去骏马、四十勇士背叛、重伤、得到结义挚友的帮助、死亡、妻子殉情、父亲被处死等。史诗中英雄的父亲是汗、是个坏父亲、英雄小年立功、英雄娶汗的女儿、英雄离开骏马、获得朋友帮助、重伤、死亡、英雄父亲被处死等这些都是突厥语民族英雄史诗中常见的结构和母题。结构上也跟《玛纳斯》史诗的叙事结构有很大的相似性。这也在一定程度上证明《库尔曼别克》史诗的叙事结构上采用柯尔克孜族口头传统中的古老程式框架模式的特征。在《玛纳斯》史诗中，史诗开头首先对柯尔克孜族各部落的起源、当时的状况及人物的住处环境进行描述，结束时每一部都以"英雄儿子怎么长大，请后面再听听吧！"而结尾。而这是在《库尔曼别克》史诗的国内外文本中都有的情况，可以看出《库尔曼别克》史诗在结构和叙事方法方面套用了《玛纳斯》史诗的叙事结构。

史诗中的人名、地名、马名、英雄外表、英雄快速长大、英雄父亲性格、住地、英雄妻子、敌人的形象、英雄和敌人的对话、英雄跟父亲和勇士们的对话、英雄出征、战争场面、英雄婚礼、英雄的朋友、英雄的马、英雄的受伤、死亡、英雄死后妻子的情况、英雄儿子被收养，英雄父亲和四十勇士的结局等内容都存在大量的程式，每一个事件，每一个情节的描述和相关诗行，语言都存在套用某种模式和程式。这就是史诗的语言程式。

从史诗的国内外各种文本的内容来看，即使是跨地域或跨国界的文本，在内容、情节上也基本保持一致，一些诗行甚至一字不变地出现在不同地域的各种变体中。虽然内容和情节是相似的，但最后的结局和归属都有所不同，从中我们不难看出程式的作用，史诗歌手们巧妙地运用各种程式的同时也根据自己的意愿进行改动。

第一节 《库尔曼别克》史诗中的程式句法

对广大史诗听众来说,史诗是一个用听觉来欣赏的艺术。[①]歌手们掌握到这个特点,在史诗的创编和演唱过程中注重音调、格律等强烈的节奏感和韵律感。这一方面得到听众的喜爱,另一方面便于记忆,提高了史诗的音乐性,给史诗添加色彩。我们无论在史诗的演唱过程还是书面文本中都能感觉到这种特点。每一位歌手在演唱时都遵守这些韵律和节奏规律地演唱,而程式则正好在其中发挥作用,为歌手提供演唱的便利。当然,有时候会因史诗歌手的记忆、演唱时的情绪、演唱的节奏等影响完美的史诗诗节的构成,但无论史诗的韵文形式还是散文形式,都体现着韵律和节奏。

作为口头史诗,《库尔曼别克》流传至今,离不开音律、格律的作用。音律、格律等一方面是柯尔克孜族口头传统的最初的特点,非常接近日常的程式化口头语言,另一方面是史诗演唱中的常用格式。这是每一位新歌手在演唱前就掌握的基本程式之一。《库尔曼别克》史诗的韵律与多种多样的程式结合,具有独特性、复杂性、多样性、易变性等特点,随着史诗内容、情节的改变而改变。在一定范围内保持持续性、反复性。

---

① 阿地里·居玛吐尔地.《玛纳斯》史诗歌手研究[M].北京:民族出版社,2006:186.

这些音律常常跟史诗的内容紧密联系在一起，也是表达史诗内容的一种需要。离开这种程式，很难实现和展开史诗的演唱。它具有一定的韵律美，很强的节奏感。这也是听众评价演唱歌手的演唱技艺的一个重要方面。聪明的歌手在演唱中巧合地运用这些音律，实现史诗演唱节奏的快感，产生演唱中的节奏美，让听众不知不觉地陷入史诗的内容，更加入迷地欣赏史诗演唱。

《库尔曼别克》史诗中的韵律主要有头韵、尾韵、句首韵、中间韵，完整韵和不够完整韵，简单韵和复杂韵。根据尾韵排列方式分为多种押韵方式，如按照韵律分：

（AABB）

bayrki ötkön zamanda,	在那遥远的年代里，
ukmuxtan ukkan kabarda.	在古人的传说里，
opoldun berki betinde,	在奥普勒的这边，
qog kök art degen jerinde.	在琼阔克阿尔特地方，
kirgiz kipqak elderi,	柯尔克孜克普恰克部落，
kiyla jili jerdedi.	在那里居住了很长时间，
tag kvnv ulak tartixti,	日出，他们纵马叼羊嬉戏，
tamaxaga batixti……①	日落，他们缓拨琴弦歌唱。

（ABCD）

suusununa iqerge	干渴的时候，
kimzdan arak aqitti,	畅饮芳香的马奶酒浆，
mina mintip Kipqaktar	柯尔克孜克普恰克啊，
jirgaldi sonun körgönv.②	美满生活蜂蜜一样甜香。

---

① 居素普·玛玛依.库尔曼别克［M］.阿图什：克孜勒苏柯尔克孜文出版社，1984：1.
② 居素普·玛玛依.库尔曼别克［M］.阿图什：克孜勒苏柯尔克孜文出版社，1984：1.

（ABCD）
örvxkö batpay dvrkvröp, 牲畜装满了草原，
tört tvlvk mali töldödv. 四畜兴旺，
jay barakat jirgaxip, 过着无忧无虑的生活，
jamandikti körbödv.① 过着幸福的日子。

（ABBCB）
Kurmanbektin svrvnön, 库尔曼别克狰狞的外貌，
aylaketti, alketti, 让我们难以抵挡，
kaminbasak mal ketti, 我们会失去牲畜，
ayay turgan er emes, 他绝不会饶命，
ajalibiz qin jetti.② 我们的终日到了。

（ABCA）
kaxkardin kani bek Akkan, 喀什噶尔的别克阿克汗，
kabar alip tux-tuxtan, 四处打听，
Kurmanbek jayin uguqu, 库尔曼别克的消息，
ulamalap ukmuxtan.③ 听说过各种有关的消息。

（ABAB）
buradar Akkan soz bayka, 我亲爱的阿克汗，
kurdaxtik jayin aytayin, 我们是同龄的朋友，
kimdar el saga kimder kas, 谁是朋友谁是敌人，
bir eki jil baykayin.④ 我要观察一两年。

（ABAA）
men arnadim saga dep, 我献上给你，

---

① 居素普·玛玛依. 库尔曼别克［M］. 阿图什：克孜勒苏柯尔克孜文出版社，1984：1.
② 居素普·玛玛依. 库尔曼别克［M］. 阿图什：克孜勒苏柯尔克孜文出版社，1984：128.
③ 居素普·玛玛依. 库尔曼别克［M］. 阿图什：克孜勒苏柯尔克孜文出版社，1984：165.
④ 居素普·玛玛依. 库尔曼别克［M］. 阿图什：克孜勒苏柯尔克孜文出版社，1984：169.

kerek bolso malpuldan, 如果需要牲畜，
aytip tur dosum maga dep, 一定要给我说，
Kurmanbek baatir aytat kep.① 库尔曼别克说了这些。
（ABCB）

kaxkardan qigip Kurmanbek, 库尔曼别克离开喀什噶尔，
katarlap jvktv tōōgo mal jvktop, 被俘的女仆们牵着骆驼，
erte turup keq jatip, 满载着累累的战利品，
kul kvgv tōōnv jetelep.② 沿着盖别孜套山边。
（AAAA）

akilberseg teyitkan, 如果给铁依特别克出个主意，
aytkanga iktagan, 他不加思索地同意，
joosayixsa birsaygan, 胆怯如鼠，
tuu jayixsa bir jaygan.③ 没有主见。
（AABA）

jardisi bar, bayi bar, 有贫穷的，也有富有的，
jalgizi bar, kobv bar, 有孤独的，也有众多的，
krgiz kipqak eligdin, 在柯尔克孜普恰克中，
neqen miktuu biyi bar.④ 有许多个别克。
（ABBBCB）

ozvg menen baruuga, 跟你一起去的，
ategerdan ekini al, 带上两匹骏马，
qeqenderden jetini al. 带上七位智者，
el aralap jolgo sal, 去外地开阔眼界，

---

① 居素普·玛玛依.库尔曼别克［M］.阿图什：克孜勒苏柯尔克孜文出版社，1984：171.
② 居素普·玛玛依.库尔曼别克［M］.阿图什：克孜勒苏柯尔克孜文出版社，1984：172.
③ 居素普·玛玛依.库尔曼别克［M］.阿图什：克孜勒苏柯尔克孜文出版社，1984：256.
④ 居素普·玛玛依.库尔曼别克［M］.阿图什：克孜勒苏柯尔克孜文出版社，1984：181.

berem deseg taptayar,　　　　我已为赠送准备好了，
mgdep qigat kalig mal.①　　　千头牲畜。
（ABCBDB）
kanibiz bizdi jiberdi,　　　　你的父王铁依特别克派我前来，
akildax dep janiga,　　　　　将你的婚姻大事磋商。
kulak salgin Kurmanbek,　　 你要听库尔曼别克，
ortogo salgan agaga,　　　　特地派来的我的话，
aytkandi kabil albasag,　　　如果你不领会我的劝告，
atagiz salat balaga.②　　　　你爸爸会惩罚我。
（AABACA）
suusu tunuk jeri asil,　　　　有清澈的水的好地方，
suluusu kop eli asil,　　　　 美女多的好地方，
qalkak, qalkak tōrōlōrv,　　有群群的骆驼在游散，
qobv gvldvv kok jaxil.　　　有草有水的草原。
asildi asil qanabi?　　　　　珍贵不会嫌弃珍贵
aybattu batir sen asil.③　　威武的英雄，你最珍贵。
（ABBBAB）
abdan akil Bakburkan,　　　好的注意巴克布尔汗，
ozvgdvn tapkan kegexig,　　你说的话，
minday erge berbeseg,　　　女儿不嫁给这样的人，
kzigdi kimge beresig?　　　那还嫁给谁？
Kurmanbekti kolgo alsag,　如果库尔曼别克成你的女婿，
kirixkan joonu jegesig.④　 你就会战胜一切。

---

① 居素普·玛玛依.库尔曼别克[M].阿图什：克孜勒苏柯尔克孜文出版社，1984：182.
② 居素普·玛玛依.库尔曼别克[M].阿图什：克孜勒苏柯尔克孜文出版社，1984：182.
③ 居素普·玛玛依.库尔曼别克[M].阿图什：克孜勒苏柯尔克孜文出版社，1984：182.
④ 居素普·玛玛依.库尔曼别克[M].阿图什：克孜勒苏柯尔克孜文出版社，1984：218.

从上述尾韵排列方式可以看出《库尔曼别克》史诗的尾韵可以分为多种押韵方式，也比较复杂，多种多样，其中 AABA、ABAB、ABCA、AABB 等排列方式较为多用。尾韵部分一般多用 -ken、den、bar、eken、tan、qan、up、vp、rvp、rip、day、tay、in、non、gan、dv、tv、da、ta、di、ti、din、tin、dep、kep、dax、tax、bi、dim、tim、de、li、dep、nip、nup、day、sam、qi、doy、La、let、tet 等韵式。

头韵是一行诗或不同诗行中，有两个以上词的词首辅音、元音或辅音—元音组合成相同的韵式。① 押头韵是古代突厥语语文作品的常用韵式。这种押韵方式虽然在现代突厥语民族中已消失②，但作为《玛纳斯》史诗的最重要的押韵方式之一，也是《库尔曼别克》史诗中多用的一种韵律方式。如：

al zamanda kirgizga,　　　　　在那遥远的年代里，
kalmaktar kiyin kas eken.　　　卡勒玛克成柯尔克孜的敌人，
kalmaktin eli kanqa mig,　　　卡勒玛克有几千，
kirgizdin sani az eken.　　　　柯尔克孜族少数，
kara xaarlik Kalmakka,　　　　在住卡拉夏哈尔的卡勒玛克人，
kan Koron degen bax eken.　　有着名叫阔若尼的汗。
kayda barsa Koron kan,　　　　无论他去到哪里，
baatir Ekez janinda.③　　　　英雄艾克孜都在他身边。
……　……
aytkanima könsvn dep,　　　　他们应遵我为汗王，
aytkanima könbösö,　　　　　如果不听从我所愿，
ajaldan murun ölsvn dep,　　　那就必须将其处斩，

---

① 周式中、孙宏、谭天健，等. 世界诗学百科全书[M]. 西安：陕西人民出版社，1999：628.
② 郎樱. 玛纳斯论[M]. 呼和浩特：内蒙古出版社，1999：321.
③ 居素普·玛玛依. 库尔曼别克[M]. 阿图什：克孜勒苏柯尔克孜文出版社，1984：1－2.

Akmat zardar tvgöngvr,	该死的阿合玛特别克,
baxqi kilip bir erdi,	把一个人当作别克,
Teyitbekke bargin dep,	往铁依特别克宫廷,
alti kixi jiberdi.①	选派了六名恶棍。
…… ……	
tartuga ketken Zayirbek,	被俘获的扎依尔别克,
Teyitbekke bargani,	去了铁依特别克前面,
tentek oskon qunagig,	这位张狂的少年,
tegnen kepti salgani.②	开始说了这些话。
…… ……	
meni meni degender,	自我吹嘘的人,
menin kamim jegender,	为我担惊受怕的人,
menimenen kelgender,	跟我一起来的人,
menmensigenen berender.③	我行我素的勇士。

这种押韵方式与柯尔克孜族词语构造方法有密切的联系。④从上面关于史诗头韵的例子中不难看出头韵在这部史诗中的丰富性，头韵在表达史诗内容上有一定的作用，这些头韵都有一定的连贯性、持续性。音韵形式主要有 AAAA、AAAAAA、ABAB、AAAABCA、ABBBBB、AABB、ABBCC 等。这些头韵轮流出现，常常跟尾韵联系在一起给史诗的演唱添加色彩、音乐感和节奏感，演唱起来特别顺口。

《库尔曼别克》史诗的诗段一般有 4、5、6、7、8、11 行，也有数十个连续诗行构成的，常常以一个事件、某种形容为基本描述单位，对史

---

① 居素普·玛玛依.库尔曼别克[M].阿图什：克孜勒苏柯尔克孜文出版社，1984：16.
② 居素普·玛玛依.库尔曼别克[M].阿图什：克孜勒苏柯尔克孜文出版社，1984：65.
③ 居素普·玛玛依.库尔曼别克[M].阿图什：克孜勒苏柯尔克孜文出版社，1984：302.
④ 阿地里·居玛吐尔地.《玛纳斯》史诗歌手研究[M].北京：民族出版社，2006：191.

诗的节奏，韵律有一定的影响。史诗诗行分为音节，每一个诗行由若干个音节组成。《库尔曼别克》史诗一般由柯尔克孜族诗歌传统中的七八个音节组成，这也是《玛纳斯》史诗的主要音节特点之一。①《库尔曼别克》史诗中的音节：

bayirki ötkön zamanda,	3+2+3=8
ukmuxtan ukkan kabarda,	3+2+3=8
opldun berki betinde,	3+2+3=8
qoñ kökart degen jerinde,	1+2+2+3=8
kirgiz kipqak elderi,	2+2+3=7
kiyla jili jerdedi.	2+2+3=7
tag kvnv ulak tartixti,	1+2+2+3=8
tamaxaga batixti,	4+3=7
tay semizin basixti.	1+3+3=7
suusununa iqerge,	4+3=7
kimzdan arak aqitti.②	3+2+3=8

这种音节贯穿整个史诗，使史诗具有强烈的节奏感和音乐感。史诗歌手一般套用并顺着这些音节进行演唱，在学史诗时掌握音节这个程式对他们后来的学习和演唱有很大的帮助，并对史诗的音调、节奏产生影响。

史诗中还有丰富的腰韵（中韵）跟头韵、尾韵等联系在一起发挥作用。如：

opoldun jeri too boldu,	奥破力变成了山，
oy kiri birdey zoo boldu,	山脉变成了悬崖，

---

① 阿地里·居玛吐尔地.《玛纳斯》史诗歌手研究[M].北京：民族出版社，2006：187.
② 居素普·玛玛依.库尔曼别克[M].阿图什：克孜勒苏柯尔克孜文出版社，1984：1.

kalmaktan axip Akmatbek,	卡勒玛克和阿合玛特别克,
al dagi maga joo boldu.①	都变成了我的敌人。
…… ……	
teminip koyso irgixtayt,	一碰就摇摆的,
tegi baxka mal eken,	与众不同的骏马,
vstvnö mingen balasi,	骑在上面的孩子,
tvrpötv baxka jan eken.②	是说一个不平凡的人。
…… ……	
buruluxtan mug qigat,	从拐弯处听到声音,
musapir karip vn qigat,	听到孤独者的呻吟,
kayrilixtan vn qigat,	从拐弯处传来着声音,
kariptik katuu mug qigat,	传来着呼喊的声音,
kokoygon jalgiz bax qigat,	有着一个孤独的人,
kozvnon kanduu jax qigat.③	眼睛里流着眼泪。

史诗中这些中韵因为重复而表现出强烈的节奏感。对增强史诗的节奏感、韵律和音乐感起到很重要的作用。

除此之外，史诗中还有丰富的平行韵，跟上述的韵式联系在一起，让史诗的节奏更加完美，演唱更加顺口。如：

Akmat zardar bek tursa,	有阿合玛特别克,
kara kalpak elderi	有卡拉卡勒帕克,
jer jaynagan el tursa,	有着这么多人,
sen maktaysig kipqakti,	你却夸克普恰克人,

---

① 居素普·玛玛依. 库尔曼别克［M］. 阿图什：克孜勒苏柯尔克孜文出版社，1984：41.
② 居素普·玛玛依. 库尔曼别克［M］. 阿图什：克孜勒苏柯尔克孜文出版社，1984：32.
③ 居素普·玛玛依. 库尔曼别克［M］. 阿图什：克孜勒苏柯尔克孜文出版社，1984：303.

kantesig seni tuz ursa.①	你要小心我要惩罚你。
…… ……	
öödölögkv jerlerge,	在突起的坡地上面，
jigilgani dagi bar,	跌伤的到处都是，
kiyan jegen kemerge,	在洪水冲出的洼地里，
tigilgani dagi bar,	掉下进去的不计其数，
nayza qigip dalidan,	也有后背上穿出矛尖，
soroygonu dagi bar.	身体僵硬惨不忍睹，
kiy svbödön kan agip,	脖子上鲜血直流，
toroygonu dagi bar.②	仰面躺着的很多很多。

  这些诗行中，诗行中的 jigilgani、soroygonu、toroygonu、jerlerge、kemerge、dagi、bar、kiyan、kiysvbödön 等句首韵、中韵、尾韵相互呼应，平行地排在一起，在表现史诗的节奏感、音乐感方面起重要作用。

  从上述诗行所呈现的音节、韵式特点可以看出，《库尔曼别克》史诗的音律无处不在，这些韵式联合在一起，对史诗的整个结构，内容的音乐性、艺术性具有很大的影响。这些特点作为一种程式，在传承中发挥着很重要的作用。离开这些韵式我们很难想象这部史诗的模样。即使是散文形式的史诗故事，也都有一定的韵式特点，都服从某种音律和某种节奏规律。它们是史诗歌手即兴创作的工具，也是使史诗歌手能够迅速地掌握史诗内容，方便其演唱的重要因素之一。

---

① 居素普·玛玛依. 库尔曼别克[M]. 阿图什：克孜勒苏柯尔克孜文出版社，1984：32.
② 居素普·玛玛依. 库尔曼别克[M]. 阿图什：克孜勒苏柯尔克孜文出版社，1984：33.

第二节 特性修饰语

史诗中许多与人物相关的特性修饰语具有程式化的特点,每个人物以他的相应的性格、外表、心理、地位、特征的词来形容,构成一系列的特性修饰语。如史诗中形容库尔曼别克外表的词语:

bala baatir Kurmanbek	少年英雄库尔曼别克
beren bala Kurmanbek	勇敢的少年库尔曼别克
estv bala Kurmanbek	聪慧的少年库尔曼别克
er Kurmanbek	勇士库尔曼别克
kablan Kurmanbek	豹子库尔曼别克
kiraan baatir Kurmanbek,	雄鹰般的勇士库尔曼别克
arstan Kurmanbek	雄狮库尔曼别克
xer Kurmanbek	狮子库尔曼别克
baatir Kurmanbek	英雄库尔曼别克
kan Kurmanbek	汗王库尔曼别克
adamdan artik Kurmanbek	超人库尔曼别克
er jolbors Kurmanbek	猛虎库尔曼别克
balban baatir Kurmanbek	大力士库尔曼别克

kilimda jok Kurmanbek	世上无敌的库尔曼别克
kelbettv batir Kurmanbek	魁梧英俊的英雄库尔曼别克
jolbprs jvrok Kurmanbek	虎心的库尔曼别克
Paadixa Kurmanbek	皇帝库尔曼别克
ayday Kurmanbek	月亮般的库尔曼别克
kvndoy Kurmanbek	太阳般的库尔曼别克
kokjal baatir Kurmanbek	青鬃狼库尔曼别克

史诗的演唱者在演唱时以这些程式为基础，根据演唱时的情节、情景，为了使诗行、音节、格律与所要表达的内容相适应，反复替换使用这些特性形容词或属性形容词。

这些修饰语一般由特定词汇组成，表示某种特定含义。在柯尔克孜族的眼里，虎、豹子、狼、狮子、雄鹰等都是力量无限的，是威武、勇敢的象征。史诗中用这些词来形容英雄很常见，通过这样的修饰语来表示英雄的勇猛和力量。史诗中出现的每一个人物都运用特殊的修饰语来形容他们的外貌、性格等，在史诗的各异文（变体）中可以看到这一点。史诗中凡是人物出现时都会运用这种描述模式和手段。比如少年英雄库尔曼别克、猛虎般的库尔曼别克、胆怯的铁依特别克、狡猾的铁依特别克、心胸狭窄的铁依特别克、胆小怕事的铁依特别克、月亮般的卡妮夏依、太阳般的卡妮夏依、喀什噶尔的汗阿克汗、商人阿克汗、魔鬼般的朵罗尼汗、吸血鬼朵罗尼汗、巨人般的阿合玛特、强悍如饥饿的雄狮、年迈力衰的艾凯孜汗、无畏的艾凯孜汗、目中无人的呙尔吾勒、口齿伶俐的扎依尔别克、雄鹰般的四十勇士、红斑猛虎般的四十勇士、声名远扬的塔尔兰等。这些修饰性词语一般都跟人名连接在一起占一行，与史诗的内容紧密联系在一起，具有稳定性，是一个固定的单元。

不光是重要人物，次要人物也用这种方式引出。虽然有些人名，比如巴特玛、赛依特别克、木尔扎别克等人名不是修饰语，但是在故事讲述中，有一定的稳定性，所以也可以视为固定单元，具有成熟化特点。

同一个人物也以用很多种修饰语来形容，按照史诗内容、场所等有选择地，轮流替换地使用。比如胆小如鼠的铁依特别克、心胸狭窄的铁依特别克、爱财如命的铁依特别克、少年库尔曼别克、英雄库尔曼别克、巨人般的阿合玛特别克、巨龙般的阿合玛特别克等，具有具象性特点。史诗中的人物修饰词在提高史诗诗行的音乐性、节奏感、艺术性方面有一定的作用。史诗中的人名和相关的修饰语不是随意而来，而是根据诗歌步格，韵律的需要自然而成。这部史诗中的库尔曼别克、阿克玛特别克、多略尼汗、卡妮夏依、塔尔兰、呙尔吾勒、扎依尔别克、别尔旦别克等人名基本都由三个音节组成，如：

库尔曼别克	Kur man bek	1+1+1=3
阿克玛特别克	Ak mat bek	1+1+1=3
多略尼汗	Do lon kan	1+1+1=3
卡妮夏依	Ka ni xay	1+1+1=3
塔尔兰	Er tar lan	1+1+1=3
呙尔吾勒	Gor uu lu	1+1+1=3
扎依尔别克	Za yir bek	1+1+1=3
别尔旦别克	Ber den bek	1+1+1=3
赛依特别克	Se yit bek	1+1+1=3
库郭曲	Kv gue qv	1+1+1=3
托合托别克	Tok to bek	1+1+1=3
铁依特别克	Te yit bek	1+1+1=3
别克阿克汗	Bek ak kan	1+1+1=3
艾凯孜汗	E kez kan	1+1+1=3

史诗中共有铁依特别克、库尔曼别克、卡妮夏依、阿克汗、巴特玛、巴克布尔汗、扎依尔别克、阿克玛特别克、别尔但别克、巴依托罗尼、呙尔吾勒、木尔扎别克、托合托别克、库格曲、赛依特别克、朵罗

尼汗、艾凯孜汗、艾力别克、赛依特别克等 19 个人物。再加上库尔曼别克的四十勇士，共有 59 个人物。但四十勇士没有具体的人名，每次出现均在一起形容，概括为"四十勇士"一个词，如 kara qaar jolborskirikjigit 黑斑猛虎四十勇士、kizilqaarjolborskirikjigit 红斑猛虎四十勇士、aq jolborstoy kirik jigit 猛虎般的四十勇士、kirik jigit 四十勇士、kirik kanat 四十个翅膀等修饰词来形容。虽然也有提及呙尔吾勒的四十勇士，但没有具体的描述。这些人物中只有库尔曼别克、铁衣特别克、卡妮夏依、巴克布尔汗、阿和玛特别克、呙尔吾勒、赛依特别克、阿克汗、朵罗尼汗、艾凯孜汗、扎依尔别克等人物有详细的描述，其他人物除了修饰词语形容没有过多描述，有时不用人名，只用修饰词或隐喻代替人名，如：少年英雄、四十勇士等。

　　史诗中的人名基本上都由 3 个音节组成并不是巧合，而是根据史诗的即兴创作、演唱时的格律的需要而成。史诗中只有阿克汗 ak kan 这一人名由两个音节组成，但很多时候会在前面或后面加别克（bek）使其变成为 3 个音节。如别克阿克汗（bek ak kan）、阿克汗别克（ak kan bek）等都是为了遵守史诗的创作格律，诗行的演唱规律、步格、音节、音律等要求而成，在某个人名出现的时候加上修饰词，让他的名字占据大约一个诗句的长度。史诗中的修饰词也在某种程度上起这种作用。

　　史诗中的这些人名基本上都是以尾韵或头韵形式出现，如尾韵：

beren bala Kurmanbek,	英姿勃发的库尔曼别克，
Berdenbekke kep aytat:	向别尔丹别克倾吐心事：
urmattu Berdenbek,	尊敬的别尔丹别克，
atam menen kurbaldax,	您曾经是我父王的近邻。
siz ekensiz dep aytat.①	
…………	

---

① 居素普·玛玛依. 库尔曼别克［M］. 阿图什：克孜勒苏柯尔克孜文出版社，1984：11.

bvrkvttoy bolgon Kurmanbek,	雄鹰般的库尔曼别克,
teke joomart at minip,	骑着公山羊般的枣骝神驹,
today bolgon kelbetten,	他那巍巍如山的躯体,
mingen ati irgixtayt.	压得坐骑大张着嘴喘息。
oxol kezde Kurmanbek,	时乖运蹇的铁依特别克,
saanaga batip kaldi emi。	顿时跌入忧愁的苦海里,
beren baatir Kurmanbek,①	少年英雄库尔曼别克。
…… ……	
Kurmanbektin aldinda	库尔曼别克的面前,
oyun-kvlkv tamaxa	举行着如火如荼的游戏,
kizziganda Kurmanbek,	库尔曼别克如醉如痴,
Kanixay kaqan kelet deyt.②	"卡妮夏依怎么还不来?"他喃喃自语。
…… ……	
kvmvxtoy appak Kanixay,	纯洁如银的卡妮夏依,
kiygeni jibek kirmizi,	身披雪白银亮的绸衣,
ayday bolgon Kanixay,	皎洁如月的卡妮夏依,
tegdexi jok suluusu.	是世间美丽的窈窕淑女。
…… ……	
tunuk suulu Kanixay,	纯洁俊美的卡妮夏依,
on altida ozv jax,	芳龄刚刚十六岁,
bvtvn jibek kiygeni.	她穿着白丝织的衣衫。
tvymolorv asil tax.③	纽扣都是玉石做的。
…… ……	
ajal olvm baxigdi, torudubu	死神正在您的头上盘旋。

---

① 居素普·玛玛依.库尔曼别克[M].阿图什:克孜勒苏柯尔克孜文出版社,1984:46.
② 居素普·玛玛依.库尔曼别克[M].阿图什:克孜勒苏柯尔克孜文出版社,1984:223.
③ 居素普·玛玛依.库尔曼别克[M].阿图什:克孜勒苏柯尔克孜文出版社,1984:222.

Kurmanbek,	库尔曼别克，
oqvgvxvp kirik jigit, kelbedibi	您的四十勇士到哪里去了，
Kurmanbek,	库尔曼别克，
opko boorug agtara, sayayinbi,	让我撕碎您的心肝吧！
Kurmanbek.①	库尔曼别克。

史诗中的特性修饰语在史诗的诗行里以"修饰词＋句法成分＋名词"的形式出现如"tunuk suulu Kanixay 纯洁俊美的卡妮夏依"或"名词＋句法成分＋修饰词"的形式如"kizziganda Kurmanbek 库尔曼别克如醉如痴"或"名词＋修饰词"的形式如"Kurmanbek baatir 库尔曼别克英雄"等形式排列，以便于韵律上不出现问题。史诗中的人名，比如库尔曼别克、铁依特别克等，一般出现在头韵或尾韵，但尾韵出现的比较多，一般这些人名的出现会直接影响下一个诗行和整个诗行的韵律和节奏，有的时候这些人名就是一个韵式、韵律，对史诗格律有一定的影响。史诗中库尔曼别克这一人名出现过 455 次，铁依特别克这一人名出现过 101 次，有一定的出现频率和紧密度。

史诗中每一主要人物出现时，首先会对这个人物的故乡、名字、长相、穿着、性格特点等进行描述，然后再进行其他方面的讲述，这也是本史诗程式化的特点之一。

如：

menmensingen Gor uulu	目中无人的呙尔吾勒，
kara jorgosun al minip,	跨上了黑色千里驹，
qaraynasin taginip,	身上披着铠甲战袍，
nayzasi koldo qig tutup.②	双手紧握着闪光长矛。

---

① 居素普·玛玛依. 库尔曼别克 [M]. 阿图什：克孜勒苏柯尔克孜文出版社，1984：294.
② 居素普·玛玛依. 库尔曼别克 [M]. 阿图什：克孜勒苏柯尔克孜文出版社，1984：85.

…… ……
Akmat zardar qog palban, 他是一名名噪一时的武士,
ak jelek tixtan jaminip, 他身披白丝长袍,
ak arstanday qaminip, 强悍如饥饿的雄狮。
dookvrsvgon akmatbek, 巨人般的阿克玛特,
mingen at kok buudan. 他的坐骑是青色千里驹,
minday neqen er saygan. 身经百战的阿克玛特,
tik kaqirip kirgeni.① 转眼间冲到少年英雄面前。
…… ……

Gor uulu sultan tvgongvr 无坚不摧的呙尔吾勒,
jonop kaldi tvgongvr 披坚执锐即准备停当。
xum gepti ugup Gor uulu, 他像被誓言惩罚脸色苍白,
eg ele kiyin xaxkani. 魁梧之躯若耸入云天的山岗。
joo borvsv Ggor uulu, 他的容貌像饿虎一般,
ajdaar tvrdonvp, 他的威仪像巨龙一样。
kirik jigitin dvrbvtvp, 呙尔吾勒领着吵吵嚷嚷的人,
Akmat zardar dosuna, 拥至阿克玛特跟前。
kelip kaldi dvrbvxvp.②

史诗中每当一个人物出现时一般都用下列描述方式:

×××的地方   -tin jerinde
他像×××   -dey,
他的容貌×××般   -tvrv bar
他的×××一样   -ga okxop

---

① 居素普·玛玛依. 库尔曼别克[M]. 阿图什:克孜勒苏柯尔克孜文出版社,1984:30.
② 居素普·玛玛依. 库尔曼别克[M]. 阿图什:克孜勒苏柯尔克孜文出版社,1984:71.

他的坐骑是 ×××	mingeni-
穿的是 ×××	kiygeni-
手持 ×××	-kolunda
背上 ×××	-jonunda

在该文本中，人物出现时都套用这样的格式来形容他的容貌、外表、骏马等，并通过一组词形成一个诗行，或者是一个单独的诗句中的主题部分。无论这些人物在故事中的地位怎样，都采用此手法。

史诗中的人物修饰语，人名的步格等在史诗的每一个变体中都可以发现这种特点。虽然在这些变体，比如吉尔吉斯斯坦的某勒朵巴散·木苏尼玛尼库洛夫的变体中虽然有些人名有变化，如库尔曼别克父亲的名字不是铁侬特别克，而是玛达里汗（Madalkan），但还是由3个音节组成，有关的修饰语也基本一样，比如胆小如鼠的玛达里汗，胆怯的玛达里汗等。史诗的有些以韵散文结合形式演唱的唱本中，基本没怎么套用上面提到的那种人物叙事模式，多用修饰词来形容人物。

aq jolborstoy Akmatbek	白虎般的阿克玛特别克
döökvrövgön Akmatbek	巨人般的阿克玛特别克
neqen er saygan Akmatbek	身经百战的阿克玛特别克
töödöy bolgon Akmatbek	骆驼一样的阿克玛特别克
kara kalpak Akmatbek	卡拉卡勒帕克的阿克玛特别克
…… ……	
laqinday bolgon Kurmanbek	雄鹰般的库尔曼别克
beren bala Kurmanbek	少年英雄库尔曼别克
aq jolborstoy Kurmanbek	白虎般的库尔曼别克
aq boorvdoy Kurmanbek	青鬃狼般的库尔曼别克
tegdexi jok Kurmanbek	盖世无双的库尔曼别克
…… ……	

jindey bolgon Kurmanbek	魔鬼般的库尔曼别克
Manastay bolgon tvrv bar,	他有玛纳斯的神威
…… ……	
han padixa Ekezhan	君王多罗尼汗
kelbersingen Dolonhan	专横的多罗尼汗
…… ……	
karip kalgan Ekezhan	年迈已老的艾凯孜汗
toksongo kelgen Ekezhan	九十岁的艾凯孜汗
toksondon axkan Ekezhan	九十开外的艾凯孜汗

史诗中这些修饰词多次出现。歌手在表演中随着步格、韵律的变化，围绕这些词语程式不断替换，选用这些程式。关于人物、骏马的修饰词极为丰富，这是《库尔曼别克》史诗一个重要特点。

这些人物修饰语多为以下形式出现：

jvrogv qikkan Teyitben,	吓破了胆的汗铁依特别克，
bojurap aran kep salat.	结结巴巴将话来说。
…… ……	
batir bala Kurmanbek,	血气方刚的库尔曼别克，
elderden tvrkvn gep ugup.	听着众乡亲泣诉。
…… ……	
kelixken bala Kurmanbek,	英姿勃发的库尔曼别克，
Berdenbekke gep aytat.	向别尔丹别克倾吐心事。
…… ……	
Teytbek tolup sanaga,	铁依特别克愁眉苦脸，
jilanday bolup tolgonup.	犹如蛇一样扭动不安。
…… ……	
korkunqak Teyitbek,	胆小怕事的铁依特别克，

balaga minday kep aytat.	振振有词地劝说来使。
…… ……	
xumkarday bolgon Kurmanbek,	雄鹰般的库尔曼别克，
batirdik irin irdaxip.	唱着壮歌。

除这些人物外，对库尔曼别克的四十勇士的描述都出现在对库尔曼别克和他的骏马的描述之后。经常是库尔曼别克在前面，四十勇士在后面或左右，如：

teke joomart teltoru at,	那公山羊般的枣骝马，
qoyup ketip baratat,	像流星般疾驰向前。
kirik jigit kinaxip,	四十名勇士紧紧左右相连。
…… ……	
Kurmanbek batr al keldi,	库尔曼别克英雄来了，
kirik batir al keldi.	强悍的四十勇士来了。

也有库尔曼别克的四十勇士独立成型的情况，它也作为一个独立的程式，具有与其他程式亲和的能力。

总之，《库尔曼别克》史诗中的这些与人物相关的程式是高度固定化的，但这并不意味着它们不会在形态上或结构上有任何变化，固定中也有一定的变化。如"bala batirkurmanbek少年英雄库尔曼别克"是这部史诗中出现频率最高的比较固定的程式，但也在某些地方把"少年"换成"幼小"换成"beren batir Kurmanbek幼小的库尔曼别克"等意思接近的语言，试图在韵律和步格上取得一致。在居素普·玛玛依的《库尔曼别克》唱本中，几乎没有省略特性修饰词的例子。即使只是提到某个人物的名字，也还是带上修饰的成分。人物修饰词基本以"修饰词＋人名"的方式出现，且基本保持这个模式。

这些有关人名的修饰词与人名联系在一起，在每一个诗行的开端部分出现得比较多。

史诗中的地名虽然都是现实地名，确实在那些地方住着那些民族，具有史诗所说的特点，但是也与人名一样，为史诗步格的，音律的要求而选用，一般都由1+1或3个音节组成，如喀什噶尔（kax kar）、凯敏（ke min）、凯别孜套（ke bez too）、卡米比力（kam bil）、卡拉夏哈尔（kara xaar）、加斯（ja si）、塔什干（tax ken）、安吉延（an ji yan）吾曲吐尔番（uqturpan）、塔什吐然（taxtura）等。

这些地名也带有固定的程式特点，如：

jasidaki karakalpak	住在加斯的卡拉卡勒帕克
jasiga kelgen kipqaktar	迁居到加斯的克普恰克人，
kambildaki Gor uulu	住在恰木比力的呙尔吾勒，
oogandik Bakburhan	阿甫汗的巴克布尔汗
kirgiz kipqak	柯尔克孜克普恰克

史诗中的一些地名、族名等联系在一起，反复出现和套用，具有一定的程式意义。

一、关于骏马的程式

骏马形象跟英雄的形象一样，在柯尔克孜族史诗中处于很重要的地位，是柯尔克孜族英雄史诗的一个重要特点。和《玛纳斯》史诗一样，《库尔曼别克》史诗中也有关于骏马的描述。史诗中骏马形象与英雄形象一样，对其外表和特征等进行详细的描绘，英雄的马一般都跟英雄一样勇敢，是与其相匹敌的骏马，骏马是英雄的翅膀。英雄的骏马跟英雄的命运紧密联系在一起，英雄离开了骏马，就意味着英雄死亡的来临。这与《玛纳斯》等柯尔克孜史诗一样，具有程式化的特征。英雄和英雄之间的战争有时是二者骏马之间的斗争。骏马被描述为英雄的守护者，给英雄的英勇添加色彩。失去骏马就意味着英雄将会失去一切。

居素普·玛玛依的文本和其他文本一样，库尔曼别克死亡的原因是他父亲故意牵走与他融为一体的枣骝马。库尔曼别克无奈之下骑绵羊马出征，因骑了劣马而战败直至丧命。只是在个别变体，如某勒朵巴散·木苏尼玛尼库洛夫的变体中描述的是，库尔曼别克因犯错，父亲不愿借给他枣骝骏马。而且也没有绵羊马是塔尔兰送来的相关描述。在居素普·玛玛依的变体中，库尔曼别克无奈之下骑了塔尔兰送给他的年龄还很小，还没到可以骑的时候的绵羊马。因绵羊马跑累了不肯走，多罗尼汗发现库尔曼别克骑的不是枣骝马，而是一匹劣马，便冲杀而来，很快把英雄刺下马。不仅是英雄的命运，而且英雄父亲的命运也跟骏马联系在一起。库尔曼别克死亡后，他的父亲因故意不把骏马借给儿子而受到处罚，被库尔曼别克结义挚友阿克汗绑在枣骝马的尾巴上拖死。库尔曼别克的四十勇士也是因担心库尔曼别克未骑枣骝马会战败，而背叛库尔曼别克。后来他们因为背叛英雄库尔曼别克被英雄的妻子卡妮夏依处死。最后，卡妮夏依自己也殉情死亡。骏马的失去导致一系列的悲剧事件发生，并导致史诗以悲剧结束。骏马同英雄甚至同部落民族的命运紧密联系在一起。史诗中库尔曼别克也说：

bozdop jatkan armanda,	满怀悲愤痛苦不堪，
men Kurmanbek kurdashig,	你的同龄人库尔曼别克，
atam Teyit at berbey,	只因为没有良好的坐骑，
közümdön akti kan jaxim.①	两眼泪花遭到刺杀的命运。

史诗中出现的骏马除了有库尔曼别克的枣骝马铁勒托茹骏马（tel-toru）、绵羊马（koy-kvröñ）外还有朵罗尼汗的黑走马、阿克玛特别克的青色千里驹、托合托别克的栗色骏马、巴克布尔汗的黑色的驯马、呙尔

---

① 居素普·玛玛依.库尔曼别克[M].阿图什：克孜勒苏柯尔克孜文出版社，1984：308.

吾勒的黑色千里驹、阿克汗的黑骏马等8匹骏马，还有四十勇士的40匹灰色走马，总共48匹骏马出现在史诗中。无论在这部史诗的哪个文本中，马名都保持一致。这些马名、关于马的修饰语在史诗中反复运用，有高度程式化的风格，具有一定的稳定性。如：

teke joomart teltoru at	公山羊般的枣骝马，
ajdaarday tvrv bar	巨龙般的枣骝骏马，
jvgvrvk at teltoru	善跑的骏马，
okyaday uqup baratat	四蹄飞奔如射出的利箭。
xamalday uqup baratat①	昂首奋鬃驰突如风。
…… ……	
teke joomart telturu at,	公山羊般的枣骝马，
baskan jeri oyulup,	铁蹄踏处出现深坑。
…… ……	
teke joomart telturu at,	库尔曼别克那公山羊般的枣骝马，
jildizday uqup baratat.	像流星般疾驰向前。
…… ……	
aq borvdoy Kurmanbek,	库尔曼别克青鬃狼，
teltoru atti teminip.	放开枣骝神驹飞驰。
…… ……	
teltoru at menen kirik at,	枣骝马与四十匹黑马，
buguday uqup baratat.	鹿一样的长腿轻捷驰骋。
…… ……	
koy kvrog atti jetelep,	把一匹绵羊般的棕色马，
Zayrbekke keldi emi.	牵到扎依尔别克的面前。
…… ……	

---

① 居素普·玛玛依. 库尔曼别克［M］. 阿图什：克孜勒苏柯尔克孜文出版社，1984：22.

toodoy bolgon Akmatbek,	巨人般的阿克玛特，
kok toru atin al minip.	他的坐骑是青色千里驹。
…… ……	
kara kalpak Akmatbek,	卡勒帕克阿克玛特别克，
kok toru atin al minip.	骑着青色千里良骥。
…… ……	
attarin jvnvn taranip,	他们的骏马额发被紧紧束着，
kuyrugun egiz totorvp.	马尾被高高挽起，
teke jomart teltoru at,	他骑着巨龙般的枣骝马，
kuyugun egiz kotorvp.①	骏马的短尾高高挽起。
…… ……	
bakburkan opkup tolgonup,	巴克布尔汗焦灼不安
kozvnon jalin qaqirap.	两眼闪动着燃烧的火焰。
kara tor atin al minip,	他跨上了那匹黑色的驯马，
at kuyrugun kotorvp,	马尾高高地挽起，
balaga atilip keldi emi.②	巴克布尔向少年冲击。

其实这些程式还可以与形容人物的程式套起来，从而变成更大的一组程式。形容马匹的程式同时可以成为形容人物的程式的组成部分。关于马匹的程式，除要形容马匹本身是多么的不同凡响之外，还运用了相当的篇幅来描述如何给一匹非凡的骏马备上不同寻常的鞍具和装备。如：

teltoro at bolboso,	公山羊般的枣骝马，
koy kvrog at bar emesbi.	尚有绵羊般的棕色骏马。
…… ……	

---

① 居素普·玛玛依.库尔曼别克[M].阿图什：克孜勒苏柯尔克孜文出版社，1984：119.
② 居素普·玛玛依.库尔曼别克[M].阿图什：克孜勒苏柯尔克孜文出版社，1984：212.

```
teke joomart teltoru at              脖子像公鸡般的绵羊棕马，
jilanday bolup okton kaqip.          像蛇一样躲避着雨点似的毒箭。
……  ……
beren mingen koykvrog,               少年英雄骑着绵羊棕马，
teltoruday jvgvrvp.                  他像骑着枣骝骏马一样奔驰。
```

这些有关骏马的程式在史诗中重复出现很多次，对骏马的描述基本套用这些程式。史诗中库尔曼别克的公山羊般的枣骝马、巨龙般的枣骝马、善跑的枣骝马、流星般的枣骝马、四十勇士的一色的走马、阿克玛特别克的青色千里马、夗尔吾勒的黑色千里马、朵罗尼汗的黑色走马呈现在我们眼前。这些骏马的描述在史诗中多次出现，具有固定的程式化的特点。

史诗中公山羊般的枣骝马作为一个固定的程式呈现在我们面前。这些马名出现时前面都有修饰词，与人名的修饰方式一样。如修饰＋骏马或颜色＋骏马，巨龙般的枣骝骏马（ajdaarday teltoru at）、善跑的骏马（jvgvrvk at）、黑色千里马（kara ker at）、青色千里马（kok buudan）、黑色走马（kaz kara at）等。

```
alip keldim kirik at                 我为你们找来四十匹骏马，
qurkasada aqbagan                    它们奔跑起来不会感觉饥饿，
qilbirin vzvp kaqbagan               放开缰绳也绝不会逃跑，
alti ay minseg aribayt               骑上六个月也不会累倒，
koyondoy kilip okxotup,              它们的前胸像野公山羊，
jalpi bozdon mingizdi.①              这四十匹马全是雄健名马。
```

这是描述四十勇士的骏马特点的诗段，是由几组句子结合起来的。

---

① 居素普·玛玛依．库尔曼别克［M］．阿图什：克孜勒苏柯尔克孜文出版社，1984：108.

是骏马的全套式形容程式,虽然只出现一次,也是传统的程式之一。

上述程式里还有更小的程式单元。那就是骏马的颜色、骏马奔跑的快慢、对主人的呵护、骏马的动作、骏马的归宿(如失去骏马的原因)等等,这些程式具有一定的通用程度,是史诗歌手演唱时常用的程式之一。

二、关于故乡、武器的程式

《库尔曼别克》史诗中程式无处不在。史诗中的程式不仅限于上面的人名、骏马等,还表现在对英雄们的穿着、武器和故乡等特定事物的描述上。

bayrki ötkön zamanda,	在那遥远的年代里,
ukmuxtan ukkan kabarda.	在古人的传说里。
opoldun berki betinde,	在奥普勒的这边,
qog kök art degen jerinde.	在琼阔克阿尔特地方,
kirgiz kipqak elderi,	柯尔克孜克普恰克部落,
kiyla jili jerdedi.①	在那里居住了很长时间。

关于库尔曼别克父亲的住地,宫廷的描述在这个文本中出现了3次。每次出现时都稍微地变化。这一程式还用在史诗中其他的人物、场所的描述上。如:

anjiyandin astinda	在安集延的下方,
keg Kokondun astinda	在宽广的浩罕的下方,
Teyitbekten ordosu	铁依特别克的宫殿,

---

① 居素普·玛玛依. 库尔曼别克[M]. 阿图什:克孜勒苏柯尔克孜文出版社,1984:1.

tegiz tala jiasida ① 在平坦宽阔的加斯地方。

在卡力克·阿克耶夫的变体中把铁依特别克的住处描述为：

anjiyandin astinda， 安集延的下方，
keg kokondun baxinda， 在宽阔的浩罕的上方，
Teytbektin ordosu 铁依特别克的宫廷，
tegiz talaa jazida ② 位于加斯地方。

呙尔吾勒的住处：

qambildin qoñ betinde， 在险岭的恰木比里大坂，
tvrkvmöndvn elinde， 居住着昌盛的土库曼人，
Gor uulu batir degen bar， 举世称雄的英雄呙尔吾勒，
baxkarip jvrgon oz elin. ③ 在那里是汗王管理着人民。

卡拉卡勒帕克的首领阿合玛特别克住处的描述：

oxol kezde kipqakka， 住在加斯的卡拉卡勒帕克，
kara kalpak kogxu eken. 是克普恰克人的近邻。
kara kalpak elinin， 名叫阿和玛特的汗王，
kani Akmatbek bolqu eken. 是卡拉卡勒帕克的首领，
taxkenden berki kop jerdi， 他是个贪得无厌的暴君，

---

① 居素普·玛玛依. 库尔曼别克 [M]. 阿图什：克孜勒苏柯尔克孜文出版社，1984：116.
② 阿比德勒达江·阿克玛塔列耶夫. 库尔曼别克、赛依特别克 [M]. 比什凯克：夏木出版社，1998：15.
③ 居素普·玛玛依. 库尔曼别克 [M]. 阿图什：克孜勒苏柯尔克孜文出版社，1984：68.

Akmatbek eelep turqu eken.① 塔什干一带全被他占领。

史诗中还有库尔曼别克宫廷的程式，库尔曼别克的金城堡、金门城堡等住处的形容词也作为一个小程式多次出现，反复使用。

史诗中对幸福生活的描述：

tag kvnv ulak tartixti,	日出，他们纵马叼羊嬉戏，
tamaxaga batixti,	日落，他们缓拨琴弦歌唱。
orvxko batbay dvrkvrop,	四种大畜肥壮成长，
tort tvlvk mali toldodv.	布满山坡布满草场。
kvnvvsvno jeerge,	饥饿的时候，
tay semizin basixti.	饱餐两岁的马驹，
suusuna iqerge,	干渴的时候，
kimizdan arak aqitti.②	畅饮芳香的马奶酒浆。③
…… ……	
ekei jax kok at soydurup,	宰杀了两岁的青母马，
tay semizin soyuxtu.	宰杀了幼母马。
…… ……	
kozu, tayin soydurup,	宰杀了羊羔和肥马，
qay kimizin sundurup,	端上芳香的茶水和马奶。
tay semizin soydurup.	宰杀了两岁的马驹。
…… ……	

搬迁到加斯后的幸福生活的描述：

---

① 居素普·玛玛依. 库尔曼别克[M]. 阿图什：克孜勒苏柯尔克孜文出版社，1984：15.
② 居素普·玛玛依. 库尔曼别克[M]. 阿图什：克孜勒苏柯尔克孜文出版社，1984：14.
③ 居素普·玛玛依. 库尔曼别克[M]. 阿图什：克孜勒苏柯尔克孜文出版社，1984：1.

kipqaktin eli gvldodv	克普恰克人的生活开始兴旺，
tay semizin soydurup,	宰食两岁的嫩肥马，
kimizina bal koxup,	鲜香的马奶拌进了蜜糖，
kykirixip erkinqe,	夜以继日地歌舞狂欢，
jirgalina batixti.①	一片昌盛的升平景象。
……　……	
qigix jagi jayik jer,	东边是连着天边的原野，
ak too menen kurqalip,	河北岸与阿克套相接壤，
tvxtvk jagi erme qol,	南面是广漠戈壁滩，
batix jagi bel eken,	西面是高耸的冰大坂，
tort tarabi bek eken,	这里是四面合围的一个盆地，
mina bul qoptvn keni eken,	这里是水丰草鲜的好地方，
ar jagi arpa der eken,	美称为"四季之仓"，
vzvktv axip Kurmanbek,	库尔曼别克翻过玉孜克，
jasiga bagan gep eken.②	来到了久别的加斯故乡。

史诗中对幸福生活的描述基本类似，呈现出程式化的特点。史诗中对艰难生活的描述也是一样，如：

minilbegen subayin	三个月的马驹和种马，
aygiri menen kunanin	高大的骆驼和种牛，
orkoqtvn uqun ilbegen	未穿鼻子的大畜，
murduna kixi tiybegen	未挽过尾巴的骏马，
saamsalatkan qudasin	还有雄健的骆驼，
takir koyboy algani	全被抢掠精光，

---

① 居素普·玛玛依.库尔曼别克[M].阿图什：克孜勒苏柯尔克孜文出版社，1984：67.

② 居素普·玛玛依.库尔曼别克[M].阿图什：克孜勒苏柯尔克孜文出版社，1984：245.

bexkteki baldardi baymaal jerde iylatti　　摇篮里的婴儿弃于荒野，
katindin baarin bozdottu.① 　　姑娘少妇被踩蹦。
……　……

katin kizin oljolop,　　妻子被踩蹦，
karinin baarin kakxatti.　　老翁遭欺凌，
alixa keter ali jok,　　像羊群失去了带头羊，
aylasiz turup bergeni.②　　柯尔克孜人分崩离析。
……　……

nayza tvxso kolumdan,　　当我的长矛落手的时候，
kiliqim tvxso janiman,　　当我的利箭滑脱的时候，
kalkanim tvxso janiman.　　当我的盾牌落地的时候，
atim basbay kalganda.③　　当我的战马疲惫的时候。
……　……

joo tuman tvxkon kvgvmdoy,　　当人安卧万籁俱寂的时候，
jildiz agarip tvxkondo,　　当星夜将尽白日来临时，
vrkor jildiz jogolup,　　当启明星悄悄地消失时，
tag svzvlvp atkanda,　　当东方曙光微微发亮时，
Kurmanbek turup ordunan　　英雄库尔曼别克一跃而起，
kirik jigitin oygotup.④　　他唤醒了四十位勇士。

这是一个比较完整的典型场景之一，套用两种场景模式。相似的程式史诗中多次出现，虽然为保持步格的统一、韵律的一致，这个程式中的个别词语，会出现稍有不同的形态，但基本套用上面的模式，具有程

---

① 居素普·玛玛依.库尔曼别克[M].阿图什：克孜勒苏柯尔克孜文出版社，1984：4.
② 居素普·玛玛依.库尔曼别克[M].阿图什：克孜勒苏柯尔克孜文出版社，1984：4.
③ 居素普·玛玛依.库尔曼别克[M].阿图什：克孜勒苏柯尔克孜文出版社，1984：282.
④ 居素普·玛玛依.库尔曼别克[M].阿图什：克孜勒苏柯尔克孜文出版社，1984：207－208.

式化的特点。它是一种野外场景的定格，在史诗中如果需要同样场景的描述，总是套用这样的模式。出征前场景，战场的场景的描述，也都有一定的程式化特点。

史诗中关于武器的程式反复出现，发挥作用。如史诗中对库尔曼别克的武器的描述：

beren bala Kurmanbek,	少年英雄库尔曼别克，
qaraynasin taginip,	胸围甲胄和护心镜，
baxina soot kiyinip.	头戴铁制的战盔。
…… ……	
dalina kiliq asinip,	背着闪烁的长矛，
kalkanin janga asinip,	身挂盾牌，
doobulbasin taginip.	头戴头盔。
…… ……	

呙尔吾勒的：

erensigen Gor uulu,	目中无人的呙尔吾勒，
kara tulpar at minip.	跨上了黑色千里驹，
qaraynasin jabinip,	身上披着铠甲战袍，
joldo nayza karmanip.①	双手紧握着闪光长矛。
…… ……	

四十勇士的：

| kalkandarin asinip, | 盾牌已放在你们肩上， |
| kilqtarin asinip. | 身边佩带宝剑。 |

---

① 居素普·玛玛依. 库尔曼别克[M]. 阿图什：克孜勒苏柯尔克孜文出版社，1984：85.

英雄们每次出征时的武器及场景的描述都是相同的。史诗中对每一位人物进行描述时首先是长相、性格特征、骏马，然后对武器一并进行描述。上述武器的反复描述，同时他们手持的武器姿势也是构成相应的程式，多次出现。如：

kirik jigit menen Kurmanbek,	四十勇士和库尔曼别克，
birbirinen sin-sindap,	彼此打量对方，
aldinda mingen attarga,	座下的骏马，
kamqi basip bulkuntup,	挥鞭催赶腾跳不羁，
qarayna, zoot kalkanin,	铠甲、头盔和盾牌，
Jarkiratip kulpuntup.	闪烁着耀眼的光芒。
artinan tvxtv Kurmanbek,	库尔曼别克从后面赶来，
kaldaygan joosun mekem kuup,	追赶着强大的敌人。
bir teltoru at, kirik kara at,	一匹铁勒托茹马和四十匹黑马，
buguday butun bvgvltvp.①	鹿一样挽起了四蹄。

三、行为程式

行为程式是《库尔曼别克》史诗中不可缺少的一个部分。我们在听史诗的演唱或解读史诗文本时发现很多动作、行为密切联系在一起，用来描述一个行为的过程、方式、结果等。它跟人物、骏马、情景等的静态描述不同，是对动作的过程进行描述。行为程式给我们展现的是一个模式化的场景。它虽然描述行为过程，但跟某个含义与修饰词，动词紧密联系在一起。各种行为程式在《库尔曼别克》史诗中是到处可见的。

史诗中宰杀了2岁的青马驹、走了12天的路、跨上了马、下了马、

---

① 居素普·玛玛依.库尔曼别克[M].阿图什：克孜勒苏柯尔克孜文出版社，1984：149.

刺下了马等行为程式多次出现，具有一定的程式意义。如：

tvrvn körgön adamdar	看到他们容貌的人，
tag karaxip kalixip.	个个瞠目结舌。

上述两个诗行是描述人们看见库尔曼别克和四十勇士的时候的情景描述。是对别人的仰慕，吃惊的表情的描述。这在史诗里多次出现，构成程式。史诗中还有下面的各种动词结合在一起的行为过程的描述，如：

attap otvp……jerlerden	越过了……地方
attap otvp……toolordon	越过了……山
qigip barip……toolordon	踏过了……山
attap otvp……kaptaldan	跨过了……峻岭
aylanip ptvp……kiyadan	翻过……丘陵
jetip keldi…ga（ge）	来到了……地方
……	……
kvn karaggi batkanda	在一个傍晚的时候
ertegmenen saharda	在一个清晨
kvn batkanda	当黎明就要降临的时候
kvgvm bolgondo	直到黄昏时
bolgondo	当来到……时
bar kezinde	当……健在时
akiri jetip keldi	终于到了……地方

这里的跨过了、翻越了、的时候等都在描述行为的过程，反复地出现，有程式的意义。如终于到了某个地方、某人身边、某人面前等，虽然每次出现时稍有变化，但其在史诗中有比较固定的地位，是一个行为程式。史诗中每次搬迁，人物从一个地方到另一个地方，以及对出征的

描述一般都参考了上述模式，一般将特定的含义与特定的修饰词紧密结合在一起，把事情从头到尾说一遍，具有一定的程式化特点，如：

akeleqek too boylop	沿着覆雪的白色山沟，
agraygan koo boyolp	绕过九曲八弯的山岭，
tomuraygan bel axip	翻过陡峭的冰大坂，
tompologdop jol basip	历尽了坎坷险阻的危途，
kebezi togo kelixip.①	来到了凯别孜套山谷。
…… ……	
at ayabay mol jvrvp,	披星戴月走向盖别孜套山，
on eki kvn jol jvrvp,	跋涉了十二天的路程，
jete bardi keqinde,	在一个晚上的时辰，
Berdenbektin aylina.②	来到了别尔丹别克的家园。
…… ……	
arkaygan toodon otvxvp	他们翻越一座座雪山，
kvnv tvnv jol jvrvp,	风餐露宿连续行进，
on bex kvnv jol jvrvp,	整整走了一十五天，
jasiga jetip barixti.③	克普恰克人到了加斯。
…… ……	
jer korom dep xattanip,	他饱赏从没见过的奇景，
koluna bergen katti alip,	他手持英雄的信件，
keg kemin kozdoy jol tartti,	朝着开敏的地方飞奔前进，
ak eleqek orongon,	跨过了终年积雪的峻岭，
ar porumdu el korvp,	他见识了风情迥异的人民，

---

① 居素普·玛玛依. 库尔曼别克 [M]. 阿图什：克孜勒苏柯尔克孜文出版社，1984：7.
② 居素普·玛玛依. 库尔曼别克 [M]. 阿图什：克孜勒苏柯尔克孜文出版社，1984：11.
③ 居素普·玛玛依. 库尔曼别克 [M]. 阿图什：克孜勒苏柯尔克孜文出版社，1984：14.

kok alamaydan jer korvp,	踏过了色彩斑斓的牧场,
keminge jete bargani.①	来到了著名的开敏。
…… ……	
keminden qigip Zayirbek,	扎依尔别克辞别了开敏,
at qulburu kolunda	把骏马的缰绳抓在手上,
uqkan kux menen jarixip,	像奋飞的鸟儿一样,
kirka too boylop jol jvrvp,	沿着山路勇猛飞翔。
kebez toonun betine,	越过了开别孜套山麓,
keg kaxkardin qetine,	越过了宽广的喀什嘎尔地方,
jetip keldi keqinde,	在一个傍晚的时候,
jetip keldi jasiga.②	终于回到了加斯家乡。
…… ……	
on bex kvnv jol jvrvp,	走了十五天的路,
on eki kvn jol jvrvp,	走了十二天的路,
…… ……	
meyman bolup alti kvn,	做客了六天,
meyman boluo on bex kvn,	做客了十五天,
on eki kvn bolgondo,	第十二天将要到来,
…… ……	
jerge oodarip,	把……刺翻在地
kirik jigiti janinda,	四十勇士紧紧左右相随,
arkasinda kirik jigit,	四十勇士紧紧跟着后面,
…… ……	
korkorgo kimiz kuydurup,	装满马奶酒的皮囊,
tolorvno arttirip.	驮在许多骆驼背上

---

① 居素普·玛玛依. 库尔曼别克 [M]. 阿图什:克孜勒柯尔克孜文出版社, 1984: 103.
② 居素普·玛玛依. 库尔曼别克 [M]. 阿图什:克孜勒柯尔克孜文出版社, 1984: 96.

…… ……
okxox kiyim kiyinip, 穿一色的装束，
okxox jorgo minixip, 坐骑全是一色的马驹，
…… ……
atti mindi emi, 跨上马，
attan tvxtv emi. 跨下马。

和上述一样，人物的某个行为、做法也作为程式多次出现在史诗中的同时，还有多次出现"说道，说到了，说，听到了，听听"等不起眼的小小的行为程式，不管是什么时候库尔曼别克给四十勇士说，四十勇士说道，毕恭毕敬地说，慌张地说，滔滔不绝地说，声音洪亮地说，振振有词地说，结结巴巴地说，议论纷纷，以后再听听吧等在史诗中多次出现，有相当的稳定性，也跟上述的程式一样起着一定程式作用，与上述的例子一样都搭配基本的意象。

karsildatip tixterin	咬牙切齿咆哮如雷
kozvnon ot jalindap	眼中喷出怒火
tandalgan attan minixip	骑上精选的骏马
ixtanina siyiptir	吓得尿湿裤子
aq borvdoy atilip	如狼似扑了过来
aq jolborstoy athlip	猛虎似扑向前
at kulagin tepkilep	英雄抽打着坐骑的双耳
at kursagin tepkilep	英雄抽打着坐骑的肚子
atnan jigiliptvxtv emi	从马鞍上滚了下去
alaktap kaqip jogoldu	跟跟跄跄逃
oz erkigqe tandagin	任意挑选
koqvp kelixti	迁到了
koqvp keldi	搬到了

qakirip kelixip	喊来
kulagina tapxirip	叮咛道
buyruktarin berixip	一声令下
kamqiga bolop turu atti	放开枣骝神驹飞驰
onbex kvn aram alixip	休息了十五天
atlixip kelixip	冲来
tag bolup	震惊
dvrkvrotv alamdi	使大地微微抖颤
qig karmap	紧握着
alaidaxip，kaqixip	仓皇而逃
kykirixip，bakirip	发出揪人心的嘶鸣
jakindaxip，janaxip	紧紧相随

这些是史诗的行为程式的一部分而已，这些程式虽然微不足道，不太引起我们注意，但它也是作为程式发挥着作用。史诗中随着语气和曲调的变化，格律、步格的需要，人物的变化，场景的变化等，重复出现的句子在词语的使用上虽然不完全一样，但基本意思是一样的。

四、数字程式

各种数字及数字程式是《库尔曼别克》史诗的重要组成部分。史诗中有各种数字重复出现，具有程式化的特点。如：

vq kvn murda	三天前
vq kvn murda	前三天
vq dayra vrgonvq	三个岛的乌尔干尼绮河
otuz kvn jol jvrvp	走了三十里的路
otuz kelin，otuz kiz	三十个媳妇，三十个姑娘

vq kabat temir exik	三层铁大门
vq ay otvp	已过三个月
vq ooz gep	三句话
vq too minip	骑了三头骆驼
vq jaxinda nisin	三岁才可以骑
otuz mal tartulap	三十个牲畜
otuz kvn	十三天
vq kvn bolboy	不到三天
vq kvn kyin basip	三天后出发
otuz mal aydap	带走三十个牲畜
kirik kazan	四十个锅酒
kirik too atxtik	四十骆驼的食品
kirik kokor kimiz	准备四十袋马奶酒
kirik batir	交给四十勇士
kirik tug arak	四十桶
kirik jax	四十岁
kirik kerben	四十个骆驼队
kirik akmak	四十个傻瓜
kirik it	四十个狗
kirik adam	四十个人
kirik kaaran	四十个人的影子
kirik kablan	四十个豹子
kirik adam kelip	来四十个人
kirik kara at	四十个黑马
kirik uruu	四十个部落
kirik at	骑着四十个马
kirik jax	年到四十岁生子

tort tarabi tuyuk	四方封闭
on tort jaxtan beri	十四岁以来
tort jvz mig duxman	对付四万个敌人
kirik kvn	走十四天也不累
kirktan kiyin	四十岁后
kirik batir	集中四十勇士
tort adam jiberip	派四个人
kirik batir	四十勇士
kirik kanat	四十个翅膀
kirik at	四十个骏马
at sooyuga bex adam	宰杀马的五个人
on bex kv jol jvrvp	整整走了十五天的路
bex aylanip.	转了五圈
at baguuga alti adam	牧马有六个人
alti dayra vrgonvq	六个河的乌尔干尼绮河
alti aral	六个岛
alti wazir	六个大臣
altimix ek ozgorvp	六二变
alti ay jol jvrvp	走六个月的路
alti mig adam	六千个人
alti jaxtik sayitbek	六岁的赛依特别克
altiay murun kelbey	没六个月前来
alti kvn boldu	来已经六天
alti kvnv kozotvp	观察了六天
altimig kalmak	来了六千个卡勒玛克
alti xaar	六个城市

alti katin	有六个妻子
altimix too	六十个骆驼
altmix keqil	六十个克绮力
on alti jaxtik kurmanbek	六十岁的库尔曼别克
altmix qapan	六十个大衣
bir ayqalik aralik	一个月远
bir mig adam	一千个人
bir baatir	一个英雄
bir kan	一个汗
bir mig duxman	一千个敌人
bir top mal	一群牲畜
bir adam migden mal	一个人拿一千马
bex too tawwar	五个骆驼驮丝绸
bex barmak	五个指甲
bex kvn jatip	住了五天
bex tvrdvv kubulup,	变五色的大衣
bex jvz at	五百匹骏马
on kvn murda kaminip	十天前准备
on barmak	十个指甲
on kvn jol basip,	走了十里的路
on eki jax	已十二岁
on jildan kiyin.	十年后
eki kvn	两天
eki kan	两个汗

eki jildan kiyin	两年后去
eki kvn meyman bolup	做客两天
tokson jaxtik kariya	九十岁的老人
toksan jaxtik ekezkan	九十岁的艾凯孜汗
toksongo kelgen	到了九十岁
tokson jax	到九十岁
toksonmig adam	来九十万个人
toksongo barbagan	年龄还不到九十
toguz dayra vrgonvq	九个河的乌尔汗尼绮河
toguz kvn kamap	包围了九天
tokson too	九十个骆驼
onsegiz jax batir	十八岁的英雄
onsegiz jaxtan kyin	十八岁后
on eki kvn jol jvrvp	走十二天的路
on eki kvndon kiyin kelip	走十二天后到
on eki jaxta batir bolup	十二岁成为英雄
on eki kvndon kiyin kaytix boluu	十二天后死去
on bex kvn dayardalip	准备了十五天
on bex kvndon kyin	十五天后
on bex kvn meyman bolup	做客十五天
on bex kvn iqnde	十五天内
ontort-onbex jax ortosundf	十四——十五岁中间
onbex batir at bulap	十五个英雄抢走马
onbex batir birdikte	十五个英雄在一起

onbex adam bir kelip	十五个人一起来
on bex kvn jol jvrvp.	走十五天的路
jeti katin alip,	娶七个妻子

从上述数字中不难看出史诗中的数字的出现的频率和紧密度。这些数字在史诗中反复出现具有固定的程式化的特点。同一个数字表述不同东西的数量，歌手在演唱时随史诗的内容和格律变化选择性地，轮流、反复使用，起着重要作用。如：

barxiga eki kvn, svyloxorgo ekikvn	去两天，协商三天，
kelixge eki kvn, bari bolup jeti kvn	回两天，来回共七天，
altinqi kvnv kelbeseg	你如果不来我等六天，
anda menda baramin.①	之后我去你们那里。

…… ……

altimig kalmak kalamdi	六千个人，
alti aylanip kaliptir,	把宫廷包围了六圈，
jetimig kalmak kalamdi	七千个人，
jeti aylanip kalptir.②	把宫廷包围了七圈。

…… ……

altimix ak nardi alip	十二个白色骆驼，
on eki batman jvk jvktop	驮了十二巴特曼货，

…… ……

otuz nardi minixip	骑了三十头骆驼，
on ek batman jvk artip	驮十二巴特曼货，

…… ……

---

① 居素普·玛玛依. 库尔曼别克[M]. 阿图什：克孜勒苏柯尔克孜文出版社，1984：155.
② 居素普·玛玛依. 库尔曼别克[M]. 阿图什：克孜勒苏柯尔克孜文出版社，1984：278.

altimix nardi aliptir,	拿走六十个骆驼，
altimix a knar aliptir	拿走六十个白灰骆驼，
…… ……	
toguz dayra vrgonvq,	九条河的乌尔干尼绮河，
toguz aral vrgoonvq.	九个岛的乌尔干尼绮河。
alti dayra vrgonvq,	六条河的乌尔干尼绮河，
alti aral vrgonvq.	六个岛的乌尔干尼绮河。
vq dayra vrgonvq,	三条河的乌尔干尼绮河，
vq aral vrgonvq.①	三个岛的乌尔干尼绮河。

史诗中这样的固定化的数字程式到处可见，整个史诗中数字基本套用这样的模式进行描述。史诗中的数字基本以 1、3、5、6、7、9、12、14、15、30、40、60、90 等数字出现并出现频率比较多，这些数字用于数量（人数，马数、骆驼数、岁数），表示天数（走了几天，做客了几天，等了几天，几天前，几天后等），表述量度，力量多少等。其中出现频率较高，紧密度较多的为 1、3、12、14、15、40、90 等数字。史诗中的数字的一个特点是同一个数字用于表示不同的东西的数目，有的用于数量，有的用于天数，等等。这些数字是构成这些诗行的主要因素。史诗歌手在适当的诗行里由格律和内容需要选用其中的几种数字，这些描述在史诗中轮流出现很多次。同一个数字用在不同的人物和物品中，马匹、畜群等的数量的计算上并反复使用。如 40 位勇士，40 个豹子，40 个猛虎，40 个英雄，40 个伙伴，40 个小伙等轮流出现，在描述库尔曼别克的年龄时，12、14、16 等数字轮流使用。

史诗歌手在演唱中灵活地运用这些数字，有一定的程式意义和特定的含义。如：

---

① 居素普·玛玛依. 库尔曼别克［M］. 阿图什：克孜勒苏柯尔克孜文出版社，1984：201.

on bex kixi jiberip,	他们派去十五名武士，
bex jvz jilki aydaptir,	赶回他的五百匹骏马，
artinan kelip bir bala,	谁料迎面突来一个少年，
baarisin koyboy jaylaptir.①	将十四人全都刺杀。

……　……

altimix booz ak at	白母孕马六十匹，
altimix toogo arttirip	珍贵紫驼六十峰，

……　……

Kurmanbekti bek akkan,	阿克汗让库尔曼别克，
ordosuna tvxvrvp,	住在自己的宫廷，
alti kvnv kvzotvp,	看待了六天，
meyman kilkip kvtvnvp,	让他休息。
sooga berqv nemesin,	准备好，
kem-kerqi jok bvtvrvp,	要送的礼品，
〈dostoxkonum uxul〉dep,	这就是结义的行礼，
torko-tonun boktvrvp,	准备了丝绸，
on eki batman jvk artqu,	驮十二巴特曼货的，
kara logvn otkorvp.	黑色的骆驼背上。
altin-kvmvx aralax,	金和银，
otuz toogo jvktotvp,	驮了三十峰骆驼上，
altin-kvmvx asildan.	金和银珍贵的物品。
〈ala ket baatir soogam〉dep,	说"您拿回去吧"
Akkan turdu kaxkardan.②	阿克汗从喀什噶尔送走了。

……　……

kirik jigitke al aytat	向四十勇士一件件地讲。

---

① 居素普·玛玛依.库尔曼别克［M］.阿图什：克孜勒苏柯尔克孜文出版社，1984：35.
② 居素普·玛玛依.库尔曼别克［M］.阿图什：克孜勒苏柯尔克孜文出版社，1984：169.

menin akilduu batirim	我聪明聪颖的朋友，
kablannim kirik jigit	猛虎似的四十勇士。
…… ……	
erexen tartip kurmanbek	幼年的库尔曼别克，
kvndon kvngo qogoyup	长一天就像别人长一年，
estvv bala bolgonu	库尔曼别克臂力超人，
on eki jaxar kezinde	当他长到十二岁的时候，
naqan balban soylodu	世上已无人能将他摔倒，
on eki jaxta qunakka	这个曲纳克长到十二岁，
teg kalgen kixi bolbodu.①	世上竟无人能与他匹敌。

上面的描述中数字也有表述多、数量多、完美之意。这些数字也有一定的文化含义，如40、7、3等数字在柯尔克孜族中被视为神秘的数字，表示无限、多等神秘色彩。

不难看出，《库尔曼别克》史诗从头到尾运用上述多种程式和程式化的语言来叙述史诗内容，具有浓厚的口头传统特征。程式的确立不是一个随机的过程，而是与民族民间文化有着千丝万缕的关系。从口头传统、口头语言艺术的角度观察，《库尔曼别克》史诗无论在史诗结构还是内容、情节安排、人物形象塑造、语言等方面都表现出高度的程式化的特点。如上所述，其在结构上借鉴了《玛纳斯》等史诗的结构特点、框架。叙述主人公从出生到死亡之间的事迹，在人物形象方面运用程式化的语言和方法，运用民间的口头语言，在格律、韵律方面遵守一定的规律。这种程式化不仅表现在史诗的结构上，还表现在史诗的内容上。而且这种结构上的程式化有一定的功能性。史诗歌手即兴创编史诗时，运用构造方面的某个框架，在此基础上铺展描述。《库尔曼别克》史诗的叙事结构、主题以及语言都具有高度的程式化趋势，结构的模式，是大程

---

① 居素普·玛玛依.库尔曼别克［M］.阿图什：克孜勒苏柯尔克孜文出版社，1984：9.

式，而与内容相关的内部程式则为语词和句法上的程式。

程式是一组词或短语，甚至是如同阿尔伯特·洛德一样称为"大词"的那种由特定的词组和短语组成的一节诗。程式为这部史诗的演唱者、学习者提供了方便，各种程式在史诗的演唱过程中起着很重要的作用，史诗演唱者常常选择性地运用这些程式。史诗中也有比较稳定的程式，比如人名、马名、地名等，无论在史诗的创作还是学习过程中这些程式都起到重要作用，演唱者记住这些稳定的主要程式之后根据程式化的框架，程式化的语言，描述方式等很快地进行演唱，在此基础上进行即兴创作。

史诗的演唱，本质是表演中的创作。在史诗演唱过程中面对听众演唱，即兴创作使程式起到重要作用。这种程式贯穿史诗演唱的全部过程。同上述分析的一样，这些程式是十分古老的，保持着它古老的状态，而且这种程式数量众多，文本中反复使用和出现，如"少年库尔曼别克""月亮般的库尔曼别克""太阳般的库尔曼别克""巴克布尔的女儿卡妮夏依""月亮般的卡妮夏依""口齿伶俐的扎依尔别克"，等等。在表演创作中演唱者都遵守一定的诗行、格律规律，围绕这个规律而运行，并为这个步格要求而思考内容、词语，考虑到一定的格律要求，如果脱离了这个轨道，那就很难进行演唱。

表演中的创作创编和演唱只是同一事物的两个方面。史诗演唱艺人一般运用脑海中多年来储存的、十分熟悉的程式来进行演唱，并加之程式化的眼神、手势等身体语言加史诗格律、音调等让听众更加欣赏他们的演唱。跟《玛纳斯》史诗一样，《库尔曼别克》史诗的演唱是一个综合性的艺术表演过程，不仅仅是演唱者演唱，连听众也积极参与互动，对史诗的演唱内容和气氛起到一定的作用。听众们在这样的互动过程中感到无穷的乐趣，这就是这部史诗的"表演中的创作"特征。而印刷本《库尔曼别克》不包含史诗故事背后的丰富多彩的因素，不能完全展示出史诗演唱过程中的语境。通过读印刷本只能够欣赏《库尔曼别克》史诗的诗句和故事内容，不能欣赏演唱者在演唱史诗过程中的表演。而这部史诗更让听众欣赏的部分正是演唱中的表演,人们常常欣赏他们在演唱中的音调、有趣的手势和眼神,他们按照在场的气氛、人物和事件进行即兴创作并加进史诗里面去。在听众面前演唱《库尔曼别克》是在特定的语境下重新创作这部史诗的过程。《库尔曼别克》史诗千百年来传递和继承着古老的口头传统,不断翻新和再创作,它的演唱不仅仅是简单的演唱,史诗的演唱者和听众都是史诗演唱的参与人,史诗演唱过程也是演唱者展示自己演唱和即兴创作才能的一个机会和过程。

从上述程式中可以看出《库尔曼别克》史诗的框架、情节、格律的稳定性与柯尔克孜族其他史诗的相似性,原因是它们都是从一个古老的传统中而来,具有一个共同的源头,经过世世代代人的演唱,创作而基本固定下来的特定的模式。

口头表演是一个复杂的过程,《库尔曼别克》史诗的口头表演也在不断变化,我们无法想象离开表演语境的情况下如何总结这部史诗的本质特征。

结　语

《库尔曼别克》史诗是柯尔克孜族口头传统的成果和结晶。柯尔克孜族丰富的口头传统和民俗，生活环境和所经历的历史是《库尔曼别克》史诗形成和流传的渊源。它不仅有形成基础和文化背景，而且流传形式多样。这部史诗在国内外有几种已出版的书面文本，目前也以口头形式流传。但无论是国内还是国外，对这部史诗的研究却寥寥无几。当今，随着时代的发展和人们生活环境的变化，口头传统和讲述空间环境也有所改变。史诗的演唱和流传慢慢开始失去原有的语境和口头特征，面临失传危机。在传统演述空间日渐萎缩的当今，通过现代媒体和书面传承成为当前《库尔曼别克》史诗传承的主要特点。《库尔曼别克》史诗的演唱走向舞台化，现代化的演唱方式更受人们的喜爱。

对于史诗的产生年代问题，虽然国内外有各种观点，但本书认为《库尔曼别克》史诗与其说形成在某一个年代，还不如说是某一个时代。根据史诗的国内外文本的内容，以及其中的人物、地名及相关事件等因素，可以初步得出结论：《库尔曼别克》史诗的形成和流传源于我国柯尔克孜族聚居区，反映了柯尔克孜族人民的生活现实。史诗的基本结构框架和许多母题套用《玛纳斯》等操突厥语民族英雄史诗的传统模式。

从史诗的内容来看，它涉及柯尔克孜族《赛依特别克》《西尔达克别克》《呙尔吾勒》等其他英雄史诗,《赛依特别克》《西尔达克别克》等柯尔克孜族英雄史诗形成了串联关系结构关系,这也与《玛纳斯》史诗的结构相对应。

柯尔克孜民间认为,《库尔曼别克》史诗的主人公是真实的历史人物,所描述的事件为真实的历史事件,并把他同柯尔克孜民间的《赛依特别克》《西尔达克别克》等英雄史诗的主人公联系起来,认为这些史诗的主人公之间存在血缘关系。从史诗的形成过程规律、内容、结构及程式化特点看,史诗运用传统英雄史诗的框架模式,彼此之间存在着密切的关联。从这3部史诗的产生年代来看,这种观点是不合实际的,需要进一步研究和论证。史诗的形成和演唱不完全是为了记载历史,也有教育、娱乐等功能。虽然其中包含许多现实的因素。如地名、人名、民俗等,但没有足够的证据,不能跟历史融为一体。

通过对史诗国内外各文本的比较,可以看出,史诗因演唱艺人的演唱才能、技巧、记忆、程式的掌握和即兴创作能力等因素的作用而在内容上有长有短、艺术性方面有高有低,史诗歌手的演述才能会直接影响史诗内容的完整性和演唱形式。史诗目前以韵文、韵散文相结合和散文3种形式流传。在史诗的散文和韵散文相结合的诗行中,传统的大量重复的程式、母题被删减,而纯韵文体的国内外各种文本却仍保留着口头文本特征,显示出来自口头传统文本的特征。

从不同文本内容比较可以看出,史诗的各个文本虽然有一定的差别,但基本保持史诗的主题思想和内容。史诗歌手们在各自的演唱中保持对继承传统的高度关注,尽量保持传统,并在适当范围内进行改唱。无论史诗的唱本之间有多大变化,可以肯定,史诗的文本具有同一个渊源,只是在流传和发展过程中形成不同的文本。

通过对不同歌手的史诗演唱的田野调查可以看出,史诗至今保持着高度的口头程式化特点和浓烈的韵律和节奏感。史诗歌手在演唱中广泛使用丰富的修饰词和夸张、比喻等修辞手法,呈现出柯尔克孜族口头史诗的独特艺术魅力。程式化是柯尔克孜族口头史诗的重要特征。通过对这部史诗中的程式的理解，我们进一步了解到柯尔克孜族史诗中程式的运用情况及程式化特点。另外，程式的意义还在于一定程度上帮助我们辨别史诗的历史真实性，让我们进一步理解它比历史更接近于艺术，在造句、演唱方面追求节奏、音律等因素，具有浓烈的艺术之美。

参考文献

图书类

［1］居素普·玛玛依. 库尔曼别克（柯文）［M］. 阿图什：克孜勒苏柯尔克孜文出版社，1984.

［2］居素普·玛玛依. 柯尔克孜族民间长诗精选（汉文）［M］. 刘发俊，帕自力，岩石，翻译整理. 乌鲁木齐：新疆人民出版社，1986.

［3］居素普·玛玛依. 柯尔克孜族民间长诗：1［M］. 吐尔达力·库其肯，整理. 阿图什：克孜勒苏柯尔克孜文出版社，2006.

［4］居素普·玛玛依. 玛纳斯（柯文，上下册）［M］. 乌鲁木齐：新疆人民出版社，2004.

［5］居素普·玛玛依.《玛纳斯》（第一部1—4卷）［M］. 阿地里·居玛吐尔地，译. 乌鲁木齐：新疆人民出版社，2009.

［6］萨帕尔别克·扎克若夫. 库尔曼别克、加尼西-巴依西［M］. 吉尔吉斯斯坦科学院语言文学学院，1970：1.

［7］阿比德勒达江·阿克玛塔列耶夫编. 库尔曼别克、赛依特别克［M］. 比什凯克：夏木出版社，1998.

［8］贾玛力·贾尔勒德耶娃. 赛麦台依与小型史诗（吉尔吉斯文）［M］. 吉尔吉斯斯坦，比什凯克，V.R.S协会，2015.

［9］贺继宏，马雄福，阿地里·居玛吐尔地，程海序. 柯尔克孜民间长诗精选叙事诗精选（第三集）［M］. 北京：中国文联出版社，2003.

［10］奥莫尼·玛米提，塔依普·苏勒坦. 中国柯尔克孜民间长诗［M］. 阿图什：克孜勒苏柯尔克孜文出版社，2011.

专著类

[1] 郎樱. 玛纳斯论[M]. 呼和浩特：内蒙古大学出版社，1999.

[2] 郎樱，张彦平. 柯尔克孜民间文学概览[M]. 阿图什：克孜勒苏柯尔克孜文出版社，1992.

[3] 郎樱. 中国北方民族文学比较研究[M]. 北京：民族出版社，2011.

[4] 卡尔·赖希尔. 突厥语民族口头史诗：传统、形式和结构[M]. 阿地里·居玛吐尔地，译. 北京：中国社会科学出版社，2011.

[5] 阿地里·居玛吐尔地，托汗·依沙克. 当代荷马：《玛纳斯》演唱大师居素普·玛玛依评传[M]. 呼和浩特：内蒙古出版社，2002.

[6] 阿地里·居玛吐尔地. 中华民族全书：中国柯尔克孜族[M]. 银川：黄河出版传媒集团，宁夏人民出版社，2012.

[7] 阿地里·居玛吐尔地. 口头传统与英雄史诗[M]. 北京：中央民族大学出版社，2009.

[8] 阿地里·居玛吐尔地. 玛纳斯史诗歌手研究[M]. 北京：民族出版社，2006.

[9] 托略克·托若汗. 柯尔克孜部落史话[M]. 阿图什：克孜勒苏柯尔克孜文出版社，1996.

[10] 阿尔伯特·贝茨·洛德. 故事的歌手[M]. 尹虎彬，译. 北京：中华书局，2004.

[11] 尹虎彬. 古代经典与口头传统[M]. 北京：中国社会科学出版社，2002.

[12] 朝戈金. 口传史诗诗学：冉皮勒《江格尔》《冉皮勒》程序句法研究[M]. 南宁：广西人民出版社，2000.

[13] 黄中祥. 哈萨克英雄史诗与草原文化[M]. 北京：中央编译出版社，2007.

[14] 约翰·迈克尔·弗里. 口头诗学：帕里-洛德理论[M]. 朝戈金，译. 北京：社会科学文献出版社，2000.

[15] 格雷戈里·纳吉. 荷马诸问题[M]. 巴莫曲布嫫，译. 桂林：广西师范大学出版社，2008.

[16] 阿尔伯特·贝茨·洛德. 故事的歌手[M]. 尹虎彬，译. 北京：中华书局，2004.

[17] 曼拜特·吐尔地. 柯尔克孜族文学史[M]. 阿地里·居玛吐尔地，译. 香港：天马出版社，2005.

[18] 杨建新. 中国西北少数民族变迁史[M]. 北京：民族出版社，2009.

[19] 贺继宏，张光汉. 克孜勒苏柯尔克孜自治州民族志[M]. 阿图什：克孜勒

苏柯尔克孜文出版社，1992.

［20］艾山阿里·阿布都拉耶夫.玛纳斯史诗历史发展的基本层次［M］.曼拜特·吐尔地，译.阿图什：克孜勒苏柯尔克孜文出版社，2014.

［21］凯艾西·居素颇夫.柯尔克孜族［M］.吉尔吉斯斯坦：比什凯克出版社，1993.

［22］凯艾西·居素颇夫.伟大的玛纳斯奇萨根巴依［M］.吉尔吉斯斯坦：阿拉套出版社，1992.

［23］闸依纳阔娃.玛纳斯奇们［M］.吉尔吉斯斯坦：伟大的山出版社，2015.

［24］勒内·韦勒克、奥斯汀·沃伦.文学理论［M］.波罗提·奥托尔巴耶夫，译.吉尔吉斯斯坦：turar出版社，2016.

［25］国家民委全国少数民族古籍整理研究室.中国少数民族古籍总目提要柯尔克孜族卷［M］.北京：中国大百科全书出版社，2008.

［26］贺继宏.中国柯尔克孜族百科全书［M］.乌鲁木齐：新疆人民出版社，1998.

［27］柯尔克孜族简史编写组编.柯尔克孜族简史［M］.北京：民族出版社，2008.

［28］杜荣坤，安尼瓦尔.柯尔克孜族［M］.北京：民族出版社，1991.

［29］维柯.新科学［M］.朱光潜，译.北京：商务印书馆，2012.

［30］亚里士多德.诗学诗艺［M］.罗念生，译.北京：中国社会科学出版社，1962.

［31］E.M.梅列金斯基.英雄史诗的起源［M］.王亚民，张淑明，刘玉琴，译.北京：商务印书馆，2007.

［32］爱德华·希尔斯.论传统［M］.傅坚（铁），吕乐，译.上海：上海人民出版社，2014.

［33］理查德·鲍曼.作为表演的口头艺术［M］.杨利慧，安德明，译.桂林：广西师范大学出版社，2008.

［34］希伯.史诗与英雄［M］.尹虎斌，译.桂林：广西师范大学出版社，2004.

［35］敬钟文.民间文学概论［M］.北京：首都师范大学出版社，2008.

［36］林继富.民间叙事传统与故事传承［M］.北京：中国社会科学出版社，2007.

［37］卡莱尔.英雄与英雄崇拜［M］.何欣，译.沈阳：辽宁教育出版社，1998.

［38］王明珂.英雄祖先与兄弟民族［M］.北京：中华书局，2009.

［39］潜明兹.史诗探幽［M］.北京：中国民间文艺出版社，1986.

［40］定宜庄，汪润.口述史读本［M］.北京：北京大学出版社，2011.

[41]陈军.文类基本问题研究[M].北京：北京大学出版社，2013.

[42]张彦平.柯尔克孜族民间文学探幽[M].北京：中央民族大学出版社，2012.

[43]伯希和.卡尔梅克史评注[M].耿升，译.北京：中华书局，1994.

[44]马大正，成崇德，乌云毕力格阿拉.卫拉特蒙古史纲[M].乌鲁木齐：新疆人民出版社，2012.

[45]新疆民间文艺家协会.玛纳斯研究[M].乌鲁木齐：新疆人民出版社，1994.

[46]乌日古木勒.蒙古突厥语民族史诗人生礼仪原型[M].北京：民族出版社，2007.

[47]米尼克·希珀.中国少数民族文化中的史诗与英雄[M].尹虎彬，译.桂林：广西师范大学出版社，2004.

[48]新疆维吾尔自治区丛刊编辑组，中国少数民族社会历史调查资料丛刊修订编辑委员会.柯尔克孜族社会历史调查[M].北京：民族出版社，2009.

[49]格雷戈里·纳吉.荷马诸问题[M].巴莫曲布嫫，译.桂林：广西师范大学出版社，2008.

[50]贺继宏，纯懿.玛纳斯故事[M].阿依肯·吐尔逊，译.北京：五洲传播出版社，2011.

[51]玛纳斯论文集[M].乌鲁木齐：新疆人民出版社，1998.

[52]潜明兹.中国少数民族英雄史诗[M].北京：商务印书馆，1996.

[53]格雷戈里·纳吉.荷马诸问题[M].巴莫曲布嫫，译.桂林：广西师范大学出版社，2008.

论文类

[1]张凤武.柯尔克孜族民间长篇叙事诗库尔曼别克[R/OL].中国民族文学网，2006-10-20.

[2]朝戈金.口传史诗文本的特征，以蒙古史诗为例[J].民族文学研究，2000（04）.

[3]朝戈金."多长算是长"：论史诗的长度问题[J].中央民族大学学报（哲学社会科学版）2015（05）.

[4]尹虎彬.中国史诗的多元传统与史诗研究的多重维度[J].百色学院学报，2009（01）.

[5]巴莫曲布嫫.田野研究的"五个在场"——巴莫曲布嫫访谈录[J].民族艺

术，2004（03）．

［6］阿地里·居玛吐尔地．突厥语民族英雄史诗结构模式分析［J］．民族文学研究，2014（04）．

［7］郎樱．新疆——史诗的宝库——简论新疆史诗研究的成就与特点［J］．西域研究，1995（03）．

［8］阿地里·居玛吐尔地．突厥语民族史诗类型及分类［J］．西北民族大学学报，2011（02）．

［9］阿地里·居玛吐尔地．突厥语民族口头史诗类型的本土命名和界定——语义学视角［J］．内蒙古社会科学，2014（03）．

［10］阿地里·居玛吐尔地．突厥语民族史诗国外研究钩沉［J］．西北民族大学学报，2015（02）．

［11］阿地里·居玛吐尔地．20世纪中国新疆阿合奇县玛纳斯奇群体的田野调查分析报告［J］．西北民族研究，2006（04）．

［12］阿地里·居玛吐尔地．《玛纳斯》史诗的程序以及歌手对程序的运用［J］．民族文学研究，2006（03）．

［13］阿地里·居玛吐尔地．《玛纳斯》史诗的口头特征［J］．2003（02）．

［14］阿地里·居玛吐尔地．玛纳斯奇的表演和史诗的戏剧化特征［J］．新疆艺术学院学报，2005（03）．

［15］阿地里·居玛吐尔地．活态的史诗传统与历史的互动——与口头史诗《玛纳斯》相关的历史文化遗迹［J］．国际博物馆，2010（01）．

［16］托汗·依萨克．《玛纳斯》史诗五个唱本中"阔阔托依的祭奠"一章的比较研究［J］．民族文学研究，2003（03）．

［17］曼拜特·吐尔地．论柯尔克孜族和哈萨克古老民间叙事长诗的共性［J］．新疆社会科学，2007（01）．

［18］曼拜特·吐尔地．玛纳斯奇加帕尔·铁米尔和他记录、搜集的柯尔克孜民间达斯坦，［J］．2011（04）．

［19］曼拜特·吐尔地．史诗《艾尔吐西吐克》及其各种变体［J］．西域研究，2007（04）．

［20］普罗普，李连荣．英雄史诗的一般定义［J］．民族文学研究，2000（02）．

［21］段宝林．史诗研究方法论刍议［J］．民族文学研究，1987（04）．

[22] 劳里·航柯, 孟慧英. 史诗与认同表达 [J]. 民族文学研究, 2001 (02).

[23] 朝戈金, 冯文开. 史诗认同功能论析 [J]. 民俗研究, 2012 (05).

[24] 尹虎彬. 荷马与我们时代的故事歌手 [J]. 读书, 2003 (10).

[25] 曼拜特·吐尔地, 巴赫特·阿曼别克. 史诗艾尔托西图克及其各种变体 [J]. 西域研究, 2007 (04).

[26] E. M. 梅列金斯基. 当代关于史诗起源的理论——英雄史诗的起源序言 [J]. 王亚民, 译. 民族文学研究, 2007 (04).

[27] 吴刚. 英雄故事与英雄史诗的同源、转换关系 [J]. 社会科学家, 2015 (04).

[28] 尹虎彬. 口头史诗的内涵和特征 [J]. 河南教育学院学报, 2009 (03).

[29] 巴莫曲布嫫. 在口头传统与书写文化之间的史诗演述人——基于个案研究的民族志写作 [J]. 北京师范大学学报, 2008.

[30] 陈泳超. 倡立民间文学的"文本学" [J]. 民族文学研究, 2013 (04).

[31] (芬) 劳里·航柯. 作为表演的卡拉瓦拉 [J]. 刘先福, 译. 民族文学研究, 2015 (01).

[32] 万建中. 刍议民间文学的主题学研究 [J]. 民间文化, 2000 (07).

[33] 瓦尔特·海西希. 蒙古英雄史诗的历史真实性 [J]. 蒙古学资料与情报. 1988 (03).

[34] 朝戈金. 国际史诗学若干热点问题评析 [J]. 民族艺术, 2013 (01).

[35] 熊黎明. 中国少数民族三大英雄史诗叙事结构比较 [J]. 云南民族大学学报, 2005 (02).

[36] 陈永香, 曹晓宏. 简谈史诗 [J]. 楚雄师范学院学报, 2011 (08).

[37] 万建中. 史诗"起源"的叙事与社会功能 [J]. 江西社会科学, 2006 (05).

[38] 郎樱. 歌手的追踪调查与歌手文档建立—田野工作思考 [J]. 玛纳斯, 史诗歌手研讨会-论文总汇, 2014 (10).

[39] 郎樱. 史诗《玛纳斯》的家族传承 [J]. 国际博物馆, 2010 (01).

[40] 胡振华. 学习《玛纳斯》的经过及体会 [J]. 《玛纳斯》史诗歌手研讨会-论文总汇, 2014 (10).

[41] 依斯哈别克·别先别克. 玛纳斯其艾什玛特·曼别特居素甫及其所演唱

《玛纳斯》的艺术特点[J].《玛纳斯》史诗歌手研讨会-论文总汇,2014(10).

[42]托汗·依萨克.解析居素普·玛玛依传播、保护《玛纳斯》口头传统的若干问题[J].玛纳斯,史诗歌手研讨会-论文总汇,2014(10).

[43]薛剑莉."非遗"时代《玛纳斯》史诗歌手村落变迁与身份重构[J].玛纳斯,史诗歌手研讨会-论文总汇,2014(10).

[44]托论美·托尔干.阿克卡尼别克·努热洪和他的口头演唱艺术[J].玛纳斯,史诗歌手研讨会-论文总汇,2014(10).

[45]阿克拜尔·买买提.荷马和居素普·玛玛依[J].《玛纳斯》史诗歌手研讨会-论文总汇,2014(10).

[46]卡依热提·卡地尔库勒.玛纳斯奇曼拜特阿山·卡帕尔[J].《玛纳斯》史诗歌手研讨会-论文总汇,2014(10).

[47]阿米尔别克·萨特巴勒德.玛纳斯奇萨特巴勒德·阿玛特和他演唱的玛纳斯的层次之谈[J].玛纳斯,史诗歌手研讨会-论文总汇,2014(10).

[48]祖拉·拜先纳勒.《玛纳斯》的国家级传承人曼拜特阿里·阿拉曼[J].玛纳斯,史诗歌手研讨会-论文总汇,2014(10).

[49]曼拜特艾莎·曼拜特吐尔干.论居素普·玛玛依学《玛纳斯》和其他史诗情况[J].玛纳斯,史诗歌手研讨会-论文总汇,2014(10).

[50]对谢汗·巴依江.特斯凯套的玛纳斯奇们和她们的《玛纳斯》演唱特点[M].国家社科基金重大招标项目柯尔克孜族百科全书《玛纳斯》综合研究史诗歌手研讨会论文总汇,2014(10).

[51]朱玛克·卡德尔.关于玛纳斯奇的保护与传承[J].《玛纳斯》史诗歌手研讨会-论文总汇,2014(10).

[52]萨依普别克·阿里.论保护玛纳斯演唱传统的若干个问题[M].国家社科基金重大招标项目柯尔克孜族百科全书《玛纳斯》综合研究史诗歌手研讨会论文总汇,2014.

[53]扎依尔·朱玛西.《玛纳斯》与玛纳斯奇[M].国家社科基金重大招标项目柯尔克孜族百科全书《玛纳斯》综合研究史诗歌手研讨会论文总汇,2014.

[54]曼拜特艾莎·曼拜特吐尔干.我见到的玛纳斯奇们[J].柯尔克孜文学,2010(05).

[55]张彦平.柯尔克孜族民间叙事诗的历史演变及其主要特征[J].民族文学

研究,1990(04).

[56]张彦平.史诗中的祈子仪式的比较研究[J].民族文学研究,1993(03).

[57]张彦平.柯尔克孜族与中亚突厥语族英雄史诗中的相似因素辨析[J].民族文学研究,1991(03).

[58]曼拜特·吐尔地.史诗《玛纳斯》的阿富汗变体[J].西域研究,2011(01).

[59]向锡静.玛纳斯艺术特色初谈[J].中央民族大学学报,1980(03).

[60]米合尔班·尼亚孜.突厥语民族史诗中的英雄的出征和结婚母题[J].美拉斯,2016(01).

[61]李春慧,范学新.哈萨克英雄史诗与《玛纳斯》叙事结构比较研究[J].丝绸之路,2014(22).

后 记

在书稿终于落笔的这一刻，回忆起过往的种种，不禁感慨万千。这一路离不开诸多人的支持与帮助，我满怀感激。

本书是在我的博士论文基础上进一步完善而成的。在此，我要衷心感谢我的博士导师阿地里·居玛吐尔地教授和托汗·依沙克教授、郎樱教授等，他们为我的田野调查和博士论文的撰写提供了悉心指导，让我在学术道路上不断前行。

感谢克孜勒苏柯尔克孜自治州阿图什市、阿合奇县、乌恰县等地非遗处的同志们，以及在这些地区田野调查中给予帮助的各位民间艺人和亲友们。他们的热情与支持，为我的研究提供了宝贵的素材和灵感。

我还要诚挚地感谢原单位新疆维吾尔自治区文联民间文艺家协会的领导和同事们，感谢他们一直以来的支持与帮助，让我在工作中不断成长。感谢博士期间的同学朋友们，他们的陪伴与帮助，让我在学术道路上不再孤单。

感谢学苑出版社的陈佳老师，她的辛勤付出与悉心指导，让这本书得以顺利出版。

感谢西昌学院彝语言文化学院、新疆社会科学院博士后工作站的各位领导和老师们，感谢博士后导师刘宾研究员、胡毅教授，他们的支持是我不断进步的动力。

  我要感谢我的家人。亲爱的妈妈，在我人生的各个阶段都赋予了我无尽的动力，让我勇敢前行。感谢姐姐、弟弟们，他们的鼓励与陪伴，让我倍感温暖。感谢我的爱人对我无微不至的支持与帮助，让我能够安心专注于学业。有他们在，我才能在人生道路上一次次奋楫扬帆，向着新的理想和目标进发。

  最后，感谢各位读者。由于本人水平有限，书中难免会有不足之处，恳请各位专家学者不吝批评指正。

于四川西昌
2024 年 12 月 5 日